クリスティー文庫
17

ポアロのクリスマス
〔新訳版〕

アガサ・クリスティー
川副智子訳

Agatha Christie

早川書房

9007

HERCULE POIROT'S CHRISTMAS

by

Agatha Christie

Translated by
Tomoko Kawazoe
Published 2023 in Japan by
HAYAKAWA PUBLISHING, INC.
This book is published in Japan by
arrangement with
AGATHA CHRISTIE LIMITED
through TIMO ASSOCIATES, INC.

あの老人にこんなにたくさんの血があった
なんて、だれが考えたでしょう……
——『マクベス』

親愛なるジェイムズ

あなたはいつだって、もっとも忠実な、もっとも心優しい読者でいてくれます。だから、あなたから批評の言葉をもらったときには本気で不安を覚えました。わたしの書く殺人はだんだんとお上品になってきている、というより、血が足りないと不満を言いましたね。「もっと血が大量に流れる元気で凶暴な殺人」を読みたいと。どこからどう見ても殺人でしかありえないものを!

そんなわけで、これはあなたに捧げる——あなたのために書いた——特別なお話です。どうか気に入ってくれますように。

慈愛あふるる義妹

アガサより

目次

ポアロのクリスマス〔新訳版〕

登場人物

エルキュール・ポアロ……………私立探偵
シメオン・リー…………………………リー家の当主
アルフレッド・リー…………………シメオンの長男
リディア・リー…………………………アルフレッドの妻
ハリー・リー……………………………シメオンの次男
ジョージ・リー…………………………シメオンの三男
マグダリーン・リー…………………ジョージの妻
デイヴィッド・リー…………………シメオンの四男
ヒルダ・リー……………………………デイヴィッドの妻
ジェニファー……………………………シメオンの長女
ピラール・エストラバドス………ジェニファーの娘
エベニーザ・ファー…………………シメオンの旧友
スティーヴン・ファー………………エベニーザの息子
エドワード・トレッシリアン……リー家の執事
シドニー・ホーベリー………………シメオンの世話係
ジョンスン大佐…………………………ミドルシャー州の警察本部長
サグデン…………………………………ミドルシャー警察の警視

第一部　十二月二十二日

1

　スティーヴンはコートの襟を立てて早足でプラットフォームを歩いていた。駅にはうっすらと霧がたちこめ、いくつもの大きな機関車が冷えきった空気のなかに勢いよく蒸気を吐きだしていた。なにもかもが煙で不快に黒ずんでいた。

　スティーヴンは胸のむかつきを抑えられなかった。

「なんて汚い国だ——なんて汚れた市《まち》なんだ！」

　はじめてロンドンに来たときの、たくさんの店やレストランや、しゃれた身なりの魅惑的な女たちを目にして浮き立った気持ちが薄れていった。いまはこの市が、すすけた台にはめこまれてぴかぴか光る模造ダイヤモンドに見えた。

　このまま南アフリカに戻れたら……望郷の念が胸にこみあげた——あの陽光、青い空、花の咲き乱れる庭園、涼しげな青い色の花。ルリマツリの生け垣、どの小屋にもかならず蔓《つる》を這わせているアオイヒルガオ。

それに比べてここには汚れと煤《すす》と、いつ果てるともない、ひっきりなしの人混みしかない。彼らはたえず急いで動いている――人を押しのけて進んでいる。蟻塚のまわりをあくせく移動する蟻の大群のように。

スティーヴンはふと思った。「来るんじゃなかった……」

それからここへ来た目的を思い出し、陰鬱に唇を引き結んだ。いや、なにがなんでも続けてみせる! 何年もかけてこの計画を練ってきたんじゃないか。ずっとそれを――これからやろうとしていることを――実行するつもりでここまで来たんじゃないか。そうとも、続けてみせる!

こんなふうにつかのま嫌気がさしたり、〝なぜだ? こんなことをしてなんになる? なぜ過去に執着する? なぜすべてを水に流してしまわない?〟と、不意に自分に疑問が湧いたりするのは、ぜんぶ弱さでしかない。自分はもう、その場の思いつきに左右される若造ではない。自信も目的もある四十男なのだ。予定どおり進めよう。はるばるイギリスまでやってきた目的を実行に移そう。

スティーヴンは列車に乗ると、座席をさがして通路を進んだ。ポーターが近づくと手ぶりで断り、革製のスーツケースを自分で運んだ。一両一両、客室を覗くうちに、列車が満員なのがわかった。あと三日でクリスマス。スティーヴン・ファーは不機嫌な目を混雑した客室に向けた。

人だらけだ！　絶え間なく現れる人、人、人！　しかも、みんな、やけに——やけに——的確な言葉が見つからない——やけに、くすんだ顔つきをしている！　みんな似すぎている。気味が悪いほどそっくりだ。顔が羊に似ていないやつは兎に似ているのだな、と彼は思った。ぺちゃくちゃしゃべってばかりのやつらがいるかと思えば、不満げな唸《うな》り声を漏らしている中年太りの男たちもいる。どちらかというと豚に近い連中だ。ほっそりとして、卵のようにつるんとした顔と赤い唇をもつ娘たちですら、気が滅入るほどに個性がない。

またも懐かしさが胸にこみあげる。熱い太陽に焼かれ人里離れた、広大な草原……

そこでスティーヴンは息をのみ、客室のなかを覗きこんだ。周囲とはあきらかに異質な雰囲気をまとった娘がいた。黒い髪、濃いクリームのようになめらかな肌。夜の深さと暗さを感じさせる目。南国の悲しげな誇りをたたえた目だ……この娘が、こんなどんよりとくすんだ人々にまじって列車の座席に座っているのは——イングランドのうら寂しい内陸部へ向かおうとしているのは——まったく似合わない。彼女はむしろ唇に一輪の薔薇をくわえ、誇り高きその頭を黒いレースで優美に包んで、バルコニー席にこそいるべきだろう。周囲には埃と熱気と血のにおい——闘牛場のにおい——こそがあるべきだろう……こんな三等車の隅っこで身をちぢめているのではなくて、特等席に座っていなくてはおかしいだろう。

スティーヴンの鋭い観察眼は、娘が身につけている窮屈そうな上着とスカートのみすぼらしさも、布手袋の安っぽさも、靴の粗末なつくりも、真っ赤なハンドバッグの派手派手しさも見逃さなかった。にもかかわらず、彼女には華《はな》がある。掛け値なしに華麗で、洗練されていて、エキゾチックだ……

いったい彼女は、霧と凍てつく寒さとせわしない働き蟻だらけのこの国で、なにをしているんだろう？

スティーヴンは思った。「彼女はだれなのか、なんのためにここにいるのかを知らなければならない……知る必要がある……」

2

ピラールは窓に体を押しつけて座っていた。イギリス人はなんて変なにおいがするんだろう……イギリスに来てなにより驚いたのはそのことだった。においがまるきりちがうのだ。この国にはニンニクや埃のにおいはまるでないし、香水のにおいもほとんどない。いま、この客室のなかにあるのは冷えびえとして息苦しいにおい、列車特有の硫黄臭さや石鹸のにおいだ。それとはまたべつのひどく不快なにおいもあって、その源は、隣に座っているでっぷりとした女の人の毛皮の襟だと思った。ピラールは防虫剤の異臭を嗅ぎ分けて、いやいやながらも吸いこんだ。こんな変なにおいをさせているものでわざわざ自分の体を包むなんてどうかしている。

汽笛が鳴り、大声で叫ぶ声がして、駅に停まっていた列車がゆっくりと動きだした。ようやく発車したのだ。いよいよ始まるのだ……

ピラールの鼓動がわずかに速くなった。うまくいくだろうか？　計画したとおりにやりおおせるだろうか？　大丈夫。きっと大丈夫。念には念を入れて考えたのだから……突発的なことが起きた場合の準備もした。ええ、そうよ、きっと成功する。成功させなくてはならない……

ピラールのカーブした赤い唇の左右の端が上がると、急にその口が冷酷さを帯びた。子どもや子猫のもつ残酷な欲深さを。それは、おのれの欲望しか知らぬ、人の情けにまだ触れていない口だった。

彼女は子どものような好奇心を隠そうともせずに周囲を見まわした。ここに座っている人たち――全部で七人――はなんておもしろいイギリス人なんだろう！　みんなお金持ちで、裕福な暮らしをしているらしい。りっぱな服にりっぱな靴。すごい！　イギリスが噂に聞いていたとおりの、大金持ちの国なのはまちがいなさそうだ。だけど、この人たちは愉《たの》しそうじゃない――そう、ぜんぜん愉しそうじゃない。

ハンサムな男がひとり通路に立っていた……ほんとうにハンサムだとピラールは思った。褐色に日焼けした顔も、鼻すじのとおった高い鼻も、広い肩幅も好ましかった。ピラールはイギリスのどんな娘にも負けない目ざとさで、その男が自分に見とれていることに気づいていた。男のほうに一度も視線を向けなかったが、男がたびたび自分を見ていることも、どんな目で見ているかも、完璧にわかっていた。

そうした事実をピラールはたいした興味も感情も抱かずに頭に留めた。彼女が育った国の男たちは、当然のように女を眺め、それをことさら隠そうともしなかったから。あの男はイギリス人だろうか？　いいえ、きっとちがう。

イギリス人にしてはずいぶん生き生きとしている、というか、いまここにいるという感じが強すぎる。それでいて堂々としている。もしかしたらアメリカ人《アメリカー》かもしれない。

西部劇に出てくる俳優に似ているような気もする。

車掌が通路を進んできた。

「最初のランチです。ファースト・ランチです。食堂車の席にお着きください」

ピラールと同じ客室の七人の乗客はみなファースト・ランチのチケットを持っていた。彼らがいっせいに立ちあがると、急に客室が閑散として、平和になった。

ピラールはすぐさま上の窓を引きあげて閉めた。窓はさっき、向かい合わせの席の隅にいたグレイの髪の、さも気が強そうな婦人の手で、十センチほど引きさげられていた。窓を閉めたピラールは、座席の背にもたれてゆったりと手足を伸ばし、窓の外を流れるロンドン北部の郊外の風景に目を凝らした。客室のドアが開かれる音がしても振り向かなかった。通路にいた男だ。もちろん、自分と話すのが目的ではいってきたのだとわかった。

ピラールはあいかわらず愁《うれ》いをたたえた顔で窓の外を見つづけた。

スティーヴン・ファーが言った。

「窓を少し開けましょうか？」

ピラールは遠慮がちにこたえた。

「逆ですわ。いま閉めたところなんです」

彼女は申しぶんのない英語を話したが、アクセントにかすかに特徴があった。

そのあと短い間《ま》が生じるとスティーヴンは考えた。

〝声もきれいだ。声のなかに太陽の暖かさがある……夏の夜に似た、ぬくもりのある声だ……〟

ピラールも考えた。

〝この人の声、好きだわ。大きくて力強くて。彼は魅力的、やっぱり魅力的よ〟

スティーヴンは言った。「ひどく混んでますね」

「ええ、ほんとうに。みんなロンドンから離れるのね、煤で真っ黒だからかしら」

ピラールは、列車で見知らぬ男と話すのははしたないという躾《しつけ》を受けていなかった。身持ちのよさにかけて、彼女はどの娘にも負けなかったが、厳格なタブーの意識はまったくもちあわせていなかった。

もし、スティーヴンがイギリス育ちだったら、こうして若い娘と会話するのは居心地が悪かったかもしれない。だが、スティーヴンは気さくな人間で、だれとでも自分が話したければ話すのはごく自然なことだと思っていた。

自分がどう見られているかということは微塵も気にかけず、彼はピラールに笑いかけた。

「ロンドンはかなり恐ろしいところですよね？」

「ええ、そうね。あたしはぜんぜん好きじゃありません」

「同じく」

ピラールは言った。「あなたはイギリス人じゃないんでしょう？」

「英国人ではあるけれど、育ったのは南アフリカさ」

「ああ、そうなの。そういうことだったのね」

「きみも外国からやってきたの？」

ピラールはうなずいた。「ええ、スペインから」

スティーヴンは興味をそそられた。

「へえ、スペインから？　じゃあ、スペイン人なんだ？」

「半分スペイン人。母はイギリス人だったの。だから、英語はちゃんと話せます」

「いまは内戦でいろいろたいへんだろう？」とスティーヴンは訊いた。

「そりゃもう、ひどいものよ、ええ——悲しいことばかり。たくさんの被害も受けたし」

「きみはどっちの側なの？」

ピラールの政治的な立場は曖昧なようだった。自分が育った村には戦争に大きな関心をもっている者はいなかった、と彼女は語った。「戦争はあたしたちの身近で起きてることじゃないもの。わかるでしょ。もちろん、村長は政府の役人だから政府を支持してるし、司祭はフランコ将軍の支持派よ。だけど、村の人のほとんどは葡萄畑で忙しくて、どっちにつくかなんて考える時間もないのよ」

「つまり、きみの周囲には争いがないということかな？」

なかった、とピラールは言った。「ただ、車で国を東西に走ったことがあったの。破壊の跡がすさまじくて、爆弾が落とされるのも見たわ。車が一台吹っ飛ばされて、つぎの爆弾では家が一軒こっぱみじん。はらはらドキドキの体験よ！」

スティーヴン・ファーは口もとをゆがめて苦笑した。

「つまり、きみにとって戦争はそんな感じだったわけだ？」

「迷惑でもあったけど」とピラール。「だって、もっと先へ進みたかったのに、車を運転していた人が殺されちゃったんだもの」

スティーヴンは彼女を見つめた。

「それでよく気が動転しなかったね」

ピラールの黒目がちな大きな目がさらに大きく見開かれた。

「だれだってかならず死ぬわ！　そうでしょ？　それに、あんなふうにいきなり空から爆弾が落ちてきたら——ズドーン！って——どうしようもないじゃない。いま生きてた人が、つぎの瞬間には死んでるのよ。それがこの世界で起きていること」

スティーヴン・ファーは声をあげて笑った。

「きみは平和主義者じゃないらしい」

「え？　あたしはなにじゃないらしいですって？」ピラールは自分の語彙《ごい》にない言葉に戸惑っているふうだった。

「きみは自分の敵を許せるかい、セニョリータ？」

ピラールは首を振った。

「敵なんかいないもの。でも、もしいたら——」

「いたら？」

スティーヴンは甘く残酷なカーブを描いた彼女の口に見とれた。

ピラールは厳粛な口調でこたえた。

「もし、敵がいたら——あたしを憎む人がいて、あたしもその人を憎んでいれば——そのときは、敵の喉をかっ切るでしょうね、こうやって……」

彼女はあからさまなジェスチャーまでしてみせた。

あまりにもすばやく露骨な仕種に、スティーヴン・ファーはあっけにとられた。

「きみは血に飢えた娘なんだな！」

ピラールは淡々とした口ぶりで尋ねた。

「じゃ、あなたなら敵に対してなにをする？」

彼はぎょっとしてピラールを見つめた。それからまた声をあげて笑った。

「そうだなあ――迷うなあ！」

ピラールは納得しなかった。

「でも、ぜったい――わかってるはずだわ」

スティーヴンはふと笑うのをやめ、息を吸いこんでから低い声で言った。

「ああ。わかってるよ……」

そこで急に彼の態度が変わった。

「きみはどうしてイギリスへ来たんだい？」

ピラールもややあらたまった調子でこたえた。

「親戚の――イギリスの親戚のところで、しばらく過ごすつもりなの」

「なるほど」

スティーヴンは座席の背にもたれて彼女を観察した。彼女のいうイギリスの親戚とはどんな人たちなんだろう。彼らはスペインから来たこのよそ者をどう思うんだろう……

彼は、クリスマスのこの時期に英国人の厳格な一家に囲まれているピラールの姿を思い浮かべようとした。

ピラールが訊いた。「南アフリカはいいところなんでしょうね？」

スティーヴンが南アフリカの話を始めると、彼女は物語を聞かせてもらっている子どものように嬉しそうな顔をして、耳を傾けた。スティーヴンは、無邪気でありながらも的を射た彼女の質問を愉しみつつ、おとぎ話の拡大版をこしらえることも同時に愉しんでいた。

客室の乗客たちが戻ってきたので、この気晴らしは終わりとなった。スティーヴンは立ちあがり、彼女の目を見て微笑むと、ふたたび通路に出た。

年配の婦人がなかにはいれるように、スティーヴンは戸口で身を引いた。すると外国製とひと目でわかるピラールの麦わら製のスーツケースのラベルに目がいった。彼は興味をひかれてその名前を読んだ——ミス・ピラール・エストラバドス。そこに書かれた住所を目で追ううちに、スティーヴンの目は大きく見開かれた。信じがたい思いとともに、べつの感情も胸に湧いた——アドルズフィールド、ロングデール、ゴーストン館。

スティーヴンはうしろを振り返り、先ほどとは異なる、困惑と腹立たしさと疑念が入りまじった表情で、娘を見つめた……通路に出てから足を止めた。煙草に火をつけると、顔をしかめてその場に立ち尽くしていた……

3

ゴーストン館の青と金を基調とする広い客間に腰を落ち着けたアルフレッド・リーと妻のリディアは、クリスマスの準備をめぐって揉めていた。アルフレッドは角張った体つきの中年男で、穏やかな顔とやわらかい茶色の目をしていた。話す声は静かでも言葉のひとつひとつが聞き取りやすい話し方をしたが、首が短くて頭が肩のなかに沈みこんでいるように見えるせいか、なんとなしに無気力な印象を与えた。妻のリディアは細身のグレイハウンドを思わせるエネルギッシュな女で、驚くばかりに痩せているのに、身ごなしはあくまですばやく、しかも、ほれぼれするほど優雅だった。

彼女の化粧っ気のないやつれ顔は美しさとは無縁でも、独自の魅力があった。声はチャーミングだった。

アルフレッドが言った。

「親父が言い張るんだからさ！　しかたがないじゃないか」

リディアは我慢できずに腰を上げたくなるのをなんとかこらえた。

「お義父《とう》さまの言うことをなんでも聞かなくちゃならないの？」

「相手は年寄りなんだから、きみも少しは――」

「ええ、わかってるわ。わかってますとも！」

「親父は自分のやりたいようにやっていいと思ってるんだ」

リディアはそっけなく応じた。

「当然そうでしょうね。いつだってやりたいようにやっていらっしゃるもの！　だけど、アルフレッド、いつかあなたは抵抗するべきでしょう」

「どういう意味だ、リディア？」

アルフレッドは彼女を見つめた。夫の驚きと動揺が手に取るようにわかったので、リディアは下唇を嚙み、話を先へ進めるべきかどうか迷った。

アルフレッド・リーは同じ言葉を繰り返した。

「どういう意味だ、リディア？」

彼女はほっそりした優美な肩をすくめた。

リディアは用心深く言葉を選んだ。

「お義父さまは――まるで暴君よ――」

「これからもっと年を取るでしょ。結果としてますます暴君になる。どこで終わるの？　いまだって、わたしたちの生活は一から十までお義父さまの言いなりで、自分ではなにひとつ計画を立てられないのよ！　かりに自分たちで計画したとしても、結局いつもひっくり返されてしまう」

アルフレッドは言った。

「年寄りだからさ」

「親父はいつでも自分がいちばんだと思ってるんだ。それに、われわれにはとてもよくしてくれるじゃないか」

「そうね！　わたしたちにはよくしてくださるわね！」

アルフレッドの口調が険しくなった。

「とてもよくしてくれるよ」

リディアは冷静に言い返した。

「金銭的に、ということ？」

「そうさ。親父の望みはいたって単純だ。だが、われわれに対する金の出し惜しみはけっしてしない。きみも好きなだけ金をつかえているだろう。着るものにしろ、この家でかかる費用にしろ。請求書だって文句のひとつもなく支払われている。つい先週、親父に新しい車を買ってもらったばかりだろ」

「お金のことだけを問題にするなら、たしかにお義父さまはとても寛大よ。それは認めます」とリディアは言った。「でも、そのかわりに、わたしたちが奴隷のようにふるまうのを期待なさってるのよ」

「奴隷だと？」

「そう、奴隷。あなたはお義父さまの奴隷そのものだわ、アルフレッド。旅行プランをすでに立てていても、突然、お義父さまに行くなと言われれば、あなたは旅の手配をキャンセルして、不満を漏らすこともなく家に残るの！　もし、お義父さまがわたしたちを追い出そうと気まぐれを起こせば、わたしたちは出ていくことになる……わたしたちには自分の生活がないのよ――自立できていないの」

彼女の夫は苦しげに言った。

「そういう言い方をしないでくれ、リディア。それじゃあんまり恩知らずだろう。親父はわれわれのためになんでもしてくれてるじゃないか……」

リディアは唇まで出てきている反論の言葉を嚙み切って、ほっそりした優美な肩をもう一度すくめた。

アルフレッドは言った。

「わかってるだろう、リディア、親父はきみのことが大好きなんだよ――」

彼の妻はきっぱりと言い放った。

「わたしはあの方がちっとも好きじゃありません」

「リディア、きみがそんなふうに言うのを聞くのはつらいな。いくらなんでも思いやりがなさすぎる――」

「そうかもしれないわね。でも、人はときには真実を語らなければならないという気持ちに襲われるものよ」

「もし、親父がそれを――」

「お義父さまはようくごぞんじよ、わたしがご自分を好いていないことを！　それをおもしろがっていらっしゃるのよ、きっと」

「いや、リディア、断言してもいいが、その点はきみの思いすごしだ。きみの態度がどんなにチャーミングか、親父はよく話している」

「もちろん、わたしはいつも失礼にあたらないように接しているもの。これからもいつもそうするでしょうよ。ただ、本心をあなたに知っておいてもらいたいだけ。わたしはお義父さまが嫌いだってことを。意地の悪い暴君のようなお年寄りだと思うわ。あなたをいじめて、父親への愛情につけこんでいらっしゃるのよ。あなたはもっと若いときに立ち向かうべきだったんだわ」

アルフレッドは不機嫌に突っぱねた。

「もうじゅうぶんだ、リディア。頼むからそれ以上なにも言わないでくれ」

彼女はため息をついた。

「ごめんなさい。たぶん、わたしがいけなかったのね……クリスマスの支度の話をしましょう。デイヴィッドはほんとうに来るかしら？」

「そりゃ来るだろう」

リディアは疑わしげに首を振った。

「デイヴィッドは——変わり者だから。もう長いことこの家に足を向けていないのよ。彼はお義母《かあ》さまへの愛情が深すぎて、ここにはわだかまりがあるんでしょうね」

「デイヴィッドは昔から親父を苛つかせていたな」とアルフレッド。「あいつの好きな音楽や現実離れした考え方が親父の神経にさわるんだ。親父が多少つらくあたることもあったかもしれない。でもまあ、デイヴィッドとヒルダも来ると思うよ。クリスマスだしね」

「平和と善意あれ」リディアの繊細な口もとが皮肉っぽいカーブを描いた。「どうかしらね！　ジョージとマグダリーンは来るわね。着くのは明日になるだろうと言っていたわ。マグダリーンが退屈でたまらないんじゃないかと心配だけれど」

アルフレッドは戸惑いぎみに応じた。

「ジョージはなんだって二十も年が下の娘と結婚したんだろうな。理解に苦しむよ。昔から馬鹿なやつだったが」

「仕事はりっぱにやっているでしょう」とリディア。「選挙区の有権者の信頼を得ているし。政治活動をするうえではマグダリーンの働きも大きいんじゃないかしら」

アルフレッドはゆっくりと言った。

「どうも彼女は好きになれないね。たしかに美人ではあるが――店先にならぶ洋梨のような美しさだと思うことがある。薔薇色をして、まるで蠟を塗ったみたいな外見が――」彼はやれやれというように首を振った。

「中身はひどいということ？　あなたがそんなことを言うなんておかしいわ、アルフレッド！」

「なにがおかしい？」

リディアはこたえた。

「なにがって――ふだんのあなたは温厚で寛大で、だれかを悪く言うことなどめったにない人だからよ。わたしはときどき腹が立つくらいなのよ。あなたはちょっと――ああ、どう言えばいいのかしら？——人を疑う気持ちが不足しているんじゃないかって——あまり世間を知らないんじゃないかって！」

彼女の夫は微笑んだ。

「つねづね考えるんだが、世間というのは自分自身がつくるからあるんだよ」

リディアは反発した。

「いいえ！　悪は人の心のなかだけにあるものではないの。悪は存在するの！　あなたはこの世の悪をまったく意識していないように見えるのよ。わたしは意識しているわ。感じることができるし、いつだって感じてきたから。この家にいてもそれを感じてきた——」彼女は下唇を噛んで、顔をそむけた。

アルフレッドは言った。「リディア——」

しかし、リディアはすぐさま片手をあげて彼の言葉を制した。彼女の目は夫の肩越しになにかを見ていた。アルフレッドは振り返った。

そこにはのっぺりした浅黒い顔の男がうやうやしく立っていた。

リディアは鋭い口調で訊いた。

「なんの用、ホーベリー？」

ホーベリーは丁重だがぼそぼそと、低い声でこたえた。

「大旦那さまからのご伝言です、奥さま。クリスマスのお客さまがもうおふたり増えたので、お部屋を用意するようにとのことでございます」

リディアは訊き返した。「お客さまがもうふたり？」

ホーベリーはよどみなくさらにこたえた。「はい、奥さま。紳士がもうおひとりと、若いご婦人がおひとりとうかがいました」

アルフレッドも解《げ》せぬというように訊き返した。「若いご婦人？」

「リーさまはそうおっしゃいました、旦那さま」

リディアが間髪《かんはつ》をいれずに言った。

「お義父さまにお会いしてきます――」

ホーベリーは小さく一歩、踏みだした。影のような動きだったが、それが自然とリディアのすばやい足を止めることになった。

「失礼ながら、奥さま、大旦那さまはお昼寝の最中でございます。邪魔をしないようにととくに申しつかっております」

「わかった」とアルフレッド。「むろん、われわれには邪魔するつもりはないよ」

「畏《おそ》れいります」ホーベリーは引きあげた。

リディアは不満をぶちまけた。

「大嫌いだわ、あの男！　猫のような忍び足で家のなかを歩きまわって！　あの男が部屋にはいってきても出ていっても、だれにも音が聞こえないのよ」

「わたしもあまり好きではないね。だが、彼は自分の仕事を心得ている。身のまわりの世話ができる優秀な従者《じゅうしゃ》はなかなか見つからない。しかも、親父はあの男を気に入っている。そこが肝腎さ」

「そうね、そこが肝腎ね。あなたの言うとおりよ。それにしても、アルフレッド、若いご婦人ってだれのこと？　どこの若いご婦人かしら？」

アルフレッドはかぶりを振った。

「想像がつかないな。もしかしたらという人物さえ思い浮かばない」

ふたりは顔を見合わせた。それから、不意にリディアが意味ありげに口もとをゆがめた。

「わたしがなにを考えているかわかる、アルフレッド？」

「なんだ？」

「お義父さまは近ごろ退屈なさっているんだと思うの。それでクリスマスのちょっとした気晴らしをご自分のために計画していらっしゃるんだわ」

「だれだかわからない人間ふたりを家族の集まりに招き入れてか？」

「そうよ！　詳しいことはわからないけれど、想像はつくわ、お義父さまはきっと——ご自分を愉しませる準備を進めているのよ」

「それで親父が少しでも愉しめるといいがね」アルフレッドは暗い調子で応じた。「いまは足の不自由な、体も弱ってしまった哀れな老人なんだから。あれだけ冒険に満ちた人生を送ってきた人なのに」

リディアはゆっくりと夫の言葉をなぞった。

「あれだけ——冒険に満ちた人生を送ってきた人なのに」

ひと呼吸の間が、あとに続く言葉におぼろげながらも特別な意味を加えた。それを感じたアルフレッドは赤面し、惨めな表情を浮かべた。

リディアは唐突に叫んだ。

「どうしてあのお義父さまにあなたみたいな息子が生まれたのかしら？　不思議でならないのよ。両極端のふたり。彼はあなたを魅了しつづけ、あなたはただ彼を崇拝するだけ！」

アルフレッドの口ぶりにかすかな苛立ちがにじんだ。

「少し言いすぎじゃないか、リディア？　息子が父親を敬うのは自然なことだと思うがね。そうでないほうがよほど不自然だろう」

リディアは言った。

「それなら、この家族のほとんどは――不自然ね！　ああ、もう議論はよしましょう！　悪かったわ、謝ります。あなたの気持ちを傷つけてしまったわね。でも、信じて、アルフレッド、そんなつもりで言ったんじゃないの。心から敬服してるのよ、あなたのその――忠誠心《いしん》に。忠誠を示せるというのは近ごろではまれな美徳ですもの。もしかしたら嫉妬しているのかしら。女はふつう夫の母親に嫉妬するものよ。だったら、夫の父親にだって嫉妬してもおかしくないでしょ？」

アルフレッドは妻に優しく腕をまわした。

「舌が暴走しているぞ、リディア。きみが嫉妬する理由などどこにもないじゃないか」

リディアは悔やむようにすばやいキスをした。唇が夫の耳たぶをそっとかすめた。

「わかってます。でも、あなたのお母さまに嫉妬したとはとても思えないの。もっとお義母《かあ》さまのことを知りたかったわ」

「母は気の毒な人だったよ」とアルフレッドは言った。

妻は興味をひかれて彼を見た。

「つまり、そのことがあなたの心を傷つけたのね……気の毒な人だったということが。もっと知りたいわ」

アルフレッドは夢見るように言った。

「記憶のなかの母はほとんどいつも病《やまい》で臥《ふ》せっていた……よく泣いていた」彼はかぶりを振った。「母には生きる気力がなかった」

なおも夫を見つめながら、リディアは小声でつぶやいた。

「そんなことって……」

しかし、夫から問いたげな視線が返されると、即座に首を振って話題を変えた。

「謎のお客さまがどなたなのかはわたしたちに教えていただけないようだから、庭仕事を終わらせてくるわね」

「外は冷えるぞ。風の冷たさが身に沁《し》みる」

「暖かいものを羽織っていきます」

リディアは部屋から出ていった。ひとり残されたアルフレッド・リーは、眉をひそめて身じろぎもせず、少しのあいだ立ち尽くしていた。それから、部屋の奥の大窓に近づいた。窓の外には家の奥行きと同じ長さのテラスがあった。一、二分ほど眺めていると、平たいバスケットを手にしたリディアがテラスに現れた。大きめのブランケット・コートを着こんでいた。彼女はバスケットを下に置くと、地面からいくらか高くなるように設《しつら》えられた四角い石のシンクに向かって手作業を始めた。

アルフレッドはその様子をしばらく見守っていたが、とうとう自分も部屋を出てコートとマフラーを取ってくると、横手のドアからテラスに出た。彼はそのまま、多彩な石のシンクの箱庭が並ぶテラスを進んだ。どれもリディアの器用な指がこしらえた作品だった。

そのうちのひとつは砂漠の景色をあらわしたもので、なめらかな黄色の砂が敷かれたなかに、色づけしたブリキでつくられた緑の小さなヤシの茂みがあった。ラクダの隊列もいて、豆粒のようなアラブ人がひとりふたりと配されていた。素朴な泥壁の家には工作用の粘土が用いられていた。テラスや花壇があるイタリア式の庭園には封蠟《ふうろう》でつくった色とりどりの花が咲いていた。北極の風景もあった。緑のガラスの塊が氷山で、ペンギンの小さな群れもいた。そのつぎの日本庭園には育った美しい木が二本植わっていて、鏡の池に粘土の橋が架かっていた。

やっとリディアが作業しているところまで来ると、アルフレッドは妻の横に立った。その箱庭は青い紙を敷きつめた上にガラスがかぶせてあり、ガラスのまわりに大きめの石が積みあげられていた。リディアが小ぶりの袋から目の粗い小石をそそぎこむと、そこが砂利浜になった。岩に見立てた大きな石と石のあいだには小さいサボテンもいくつか見えた。

リディアはひとりごとをつぶやいた。

「さあ、できあがり。これでいいわ」

アルフレッドが言った。

「この最新作のタイトルはなんというんだい？」

彼がそばまで来ている気配に気づいていなかったリディアはびっくりした。

「これのこと？　これは死海よ、アルフレッド。お気に召した？」

「かなり殺風景だね。もっと植物があったほうがいいんじゃないのか？」

リディアは首を横に振った。

「わたしのイメージする死海はこうなのよ。死んだ湖なの――」

「ほかの庭と比べると目立たないなあ」

「ことさら目立つようにはつくっていないもの」

テラスに出てくる足音が聞こえた。白髪でやや腰の曲がった年配の執事がふたりのほうへ歩いてきた。

「ジョージ・リー夫人からお電話をいただきました、奥さま。ご夫妻は明日の五時二十分までに到着なさるご予定だそうで、さしつかえないかとお尋ねでございます」

「ええ、それでけっこうだと伝えてちょうだい」

「かしこまりました、奥さま」

執事は足早に立ち去った。リディアは穏やかな表情でそのうしろ姿を見送った。

「かけがえのない老執事、トレッシリアン。ほんとうに頼りになる人！　彼がいなければなにをどうすればいいかわからないほどよ」

アルフレッドも同意した。

「彼は昔気質《かたぎ》な人間だからね。かれこれ四十年もうちにいる。家族に一身を捧げてくれているのさ」

リディアはうなずいた。

「ええ。物語に出てくる忠実な老召使いのようね。もし、家族のだれかを守らなければならないという状況になったら、嘘をつきとおすにちがいないわ」

アルフレッドは言った。

「ああ、そう思うよ……きっと彼はそうするだろう」

リディアは砂利浜の最後の部分を手でたいらにした。

「さてと、準備がととのいました」

「準備？」アルフレッドは戸惑い顔をした。

リディアはけらけらと笑った。

「クリスマスの準備よ。お馬鹿さんね！　わたしたちがこれから迎えるセンチメンタルな家族のクリスマスの」

4

デイヴィッドは手紙を読んでいた。一度くしゃくしゃに丸めて投げ捨ててから、もう一度それをつかんで皺を伸ばし、読みなおした。

妻のヒルダは無言でその様子を見守っていた。デイヴィッドのこめかみの筋肉が（あるいは神経だろうか？）引きつっていることにも、華奢な長い指がかすかに震えていることにも、全身がひくひくと小刻みに動いていることにも気づいていた。彼が額に落ちてくるブロンドの髪を手でかきあげて、魅惑的なブルーの目を自分に向けたときには、ヒルダの覚悟はできていた。

「ヒルダ、どうしたらいいだろう？」

ヒルダはちょっとためらってから話しはじめた。夫の声にある懇願の響きを聞き取っていた。夫が自分に頼っているのは——結婚してからずっと頼りきりなのは——わかっていた。自分の意見が彼の決断に最終的かつ決定的な影響をおよぼすかもしれないということも。けれど、まさにその理由で、なにごとも決めつけた言い方はするまいと心していた。

口を開いたヒルダのもの静かな声には、いつも子ども部屋にいるベテランの乳母の声を想像させるような心地よさがあった。

「大切なのはあなたの気持ちじゃないかしら、デイヴィッド」

豊満な体つきのヒルダは、美人ではないが人をひきつける魅力の持ち主で、どことなくオランダの絵画を思い出させた。その声は人の心をあたため、親愛の情を抱かせた。それは彼女に備わった強さ——弱いものに訴えかける、表には見えない生き生きとした強さ——だった。いかにも頑丈そうで、ずんぐりしていて、とくに賢いわけでも才能があるわけでもない中年の女。だが、彼女には人が見過ごすことのできないなにかがあった。気迫だ。ヒルダ・リーには気迫があった。

デイヴィッドは立ちあがり、部屋のなかを落ち着きなく行きつ戻りつしはじめた。まだ白髪の一本もなく、奇妙なほど少年の面影を残している。おっとりとした顔はまるでバーン＝ジョーンズが描く騎士のようで、どこか現実離れしていた……

デイヴィッドはもの思いに沈んだ声で言った。

「ぼくの気持ちはわかってるだろ、ヒルダ。わかってるはずだ」

「よくはわからないわ」

「だって、きみには話しただろう――話したよ、何度も！　なにもかもを憎んでいたことを――あの家もこの国も、なにもかもだ！　惨めな思い以外なにひとつ思い出せない。あそこで過ごす時間のすべてを憎んだよ。そのことを考えると――母の苦しみを考えると……」

ヒルダは同情を示してうなずいた。

「母はほんとうに優しかったんだ、ヒルダ。それに辛抱強かった。いつも臥せっていた。たいていは苦痛とともに。それでも耐えていた――あらゆることを耐え忍んでいた。だから、父のことを思い出すとぼくは――」デイヴィッドの顔が暗くなった。「あの男は母の人生をあんなにも不幸にした。自分の浮気を自慢げに語って母を侮辱し、母に不誠実のかぎりを尽くし、そのことを隠そうともしなかった」

ヒルダ・リーは言った。

「お義母《かあ》さまは耐えるべきじゃなかったのよ。お義父《とう》さまと別れればよかったのに」

デイヴィッドは咎《とが》めるように言った。

「善良すぎる母にそんなことはできなかった。とどまることが自分の務めだと思っていた。それに、あそこは母の我が家だった――ほかのどこへ行けばいいんだ？」

「ご自分の人生を築けたかもしれないでしょう」

デイヴィッドは苛立ちをつのらせた。

「あの時代にできっこないよ！　きみにはわからないんだ。女はそうやって生きていたんだ。なにがあろうと辛抱して、耐えに耐えていたのさ。母はぼくら子どものことを考えなければならなかった。かりに父と離婚していたら、どうなった？　父はたぶん再婚しただろう。あの家に第二の家族ができてしまったかもしれない。そうなったら、ぼくらのほうは利益が失われてしまったかもしれない。そういうことを母は全部ひとりで考えなければならなかったんだ」

ヒルダはこたえなかった。

デイヴィッドは続けた。

「そうとも、母のしたことは正しかった、母は聖者だったよ！　最後まで耐えたんだ。不平も言わずに」

ヒルダは言った。「不平をまったく口にされなかったなら、あなたがそんなにいろいろ知っているわけがないでしょ、デイヴィッド！」

彼の口調がやわらぎ、表情が明るくなった。

「そうだ——いろいろ話してくれたっけ。ぼくがどんなに母を愛しているかをわかっていたからね。母が死んだときは——」

デイヴィッドは言葉をつまらせ、両手で髪を梳いた。

「ヒルダ、怖かったよ——恐ろしかった。どんなに心細かったか！　母はまだ若かった。死ななきゃならないような年じゃなかった。父が母を殺したんだ——父がね！　母の死の責任は父にある。父は母を悲嘆に暮れさせた。ぼくはあのとき、もう父と同じ屋根の下では暮らさないと決めた。家を飛びだし、過去のすべてから離れたんだ」

ヒルダはうなずいた。

「その判断はまちがっていなかったわ。あなたは正しいことをしたのよ」

デイヴィッドは言った。

「父はぼくに家業を手伝わせたがった。それはあの家で生活するという意味だ。そんなことに耐えられるわけがない。どうしてアルフレッドが我慢できるのか理解できない。こんなに長くよくも耐えていられると思うよ」

「逆らったことが一度もないの？」ヒルダは興味をそそられて尋ねた。「あなたから聞いた話では、アルフレッドはべつの職業に就きたかったのに諦めたんじゃなかった？」

デイヴィッドはうなずいた。

「アルフレッドは陸軍に入隊するつもりだったんだ。そのための手配のいっさいも父がやった。長男のアルフレッドはどこかの騎兵連隊にはいり、ハリーが家業を継ぐはずだった。ぼくも同じく。ジョージは政界入りすることになっていた」

「実際にはそうはならなかったわけね？」

デイヴィッドはかぶりを振った。

「ハリーがぶち壊したのさ！　ハリーは昔からめちゃくちゃな男だった。借金をつくったり、ほかにもあれやこれや面倒の種を蒔いた。とうとうある日、数百ポンドの金を勝手に持ちだして、行方をくらました。オフィスの椅子は自分にはしっくりこないので世界を見てくるという置き手紙を残して」

「それからは一度も便りがないの？」

「いや、あったよ。あったさ！」デイヴィッドは声をあげて笑った。「しょっちゅう便りをよこした。金を無心する電報が世界のあちこちから年じゅう送られてきた。しかも、たいていの場合、ハリーは望んだものを手に入れた！」

「アルフレッドはどうしたの？」

「父は兄を除隊させて家に戻らせ、家業を継がせた」

「お義兄《にい》さまはそれでよかったの？」

「はじめのうちはいやがっていたよ。父の仕事が大嫌いだった。だが、父はいつだってアルフレッドを手なずけてしまうんだ。アルフレッドはいまだに親父の言いなりなんだろうよ」

「で、あなたは――逃げたのね！」とヒルダは言った。

「そうだ。ぼくはロンドンへ行き、絵の勉強をした。父ははっきりとこう言った。そうやって自分から無駄足を踏みにいくなら、わしが生きているうちはわずかな手当しかやらん、死んだときにはおまえに遺産はいっさい残さんとね。それでかまわない、とぼくはこたえた。考えなしの若造だと父は言った。それだけの話だ！　以来、父とは一度も会っていない」

ヒルダは優しく言った。

「そのことに後悔はないのね？」

「まったくね。ぼくの実力では絵の世界で成功することはないだろうと自覚しているよ。でも、このささやかな住まいでのきみとの暮らしはじゅうぶんに幸せだ。ぼくらは欲しいものをみんな手に入れた――暮らしに必要なものはすべて。それに、万一ぼくが死んでも、きみにはぼくの生命保険がある」

デイヴィッドは一拍の間をおいてから言った。

「そうしたら、いまになって——これだよ！」

彼は手のひらで手紙を叩いた。

「あなたをそれほど怒らせることになるとは、手紙を書かれたお義父さまもお気の毒ね」

デイヴィッドは妻の言葉が聞こえなかったかのように続けた。

「クリスマスにおまえの妻を家に連れてこいとさ。家族そろってクリスマスを祝いたい、家族の団結だと！　いったいどういう意味なんだ？」

ヒルダは言った。

「文字どおりの意味に受け取ればいいのではないかしら？」

デイヴィッドは訝《いぶか》しげに妻を見た。

「つまり」ヒルダは笑みを浮かべた。「お義父さまも年を取られたから、家族の絆というものにセンチメンタルな感情を抱きはじめていらっしゃるのよ。そういうことってあるじゃない」

「まあ、あるだろうね」デイヴィッドはしぶしぶ応じた。

「年老いて、ひとりぼっちなんですもの」

デイヴィッドはすばやい視線を妻に投げた。

「きみはぼくを行かせたいんだな、ヒルダ？」

ヒルダはおっとりした口調で説明した。

「なんだかかわいそうな気がするの——お義父さまの訴えにこたえてさしあげないのは。古風と言われればそのとおりだけど、クリスマスの時期だからこそ平和と善意を実践してみたらどう？」

「これまでの経緯《いきさつ》を聞いたあとでそう言うのか？」

「わかってるわ、あなた、わかってるけど、すべては過ぎたことでしょ。もうすんでしまったことなのよ」

「ぼくにとってはすんでいない」

「そうね、あなたはそれを終わらせたくないから。過去を自分の心のなかに生かしているから」

「忘れることができないんだよ」

「忘れるつもりもない——そう言いたいんでしょ、デイヴィッド」

彼の口は一文字に引き結ばれた。

「ぼくらは——リー家は——そういう家族なんだ。どんなことも何年でも覚えている——たえずそのことを考えて記憶を新たにしているんだ」

ヒルダは苛立たしさをにじませた。

「それは誇れることかしら？　わたしはそうは思わないわ！」

デイヴィッドは考えこむような目で妻を見た。それはいくぶん弱気なそぶりでもあった。

「きみは忠誠心に――記憶に対する忠誠心に――あまり価値を見いだせないんだな？」

ヒルダは言った。

「わたしは、大切なのは現在だと信じてるの。過去ではなくて！　過去は去らなくてはいけないわ。過去を生かそうとすれば、きっと過去をゆがめてしまう。誇張された時間で――誤った遠近感で――それを見てしまうから」

「ぼくはあのころ耳にした言葉も起きたこともひとつ残らず完全に思い出せる」デイヴィッドは感情をたかぶらせた。

「ええ。でも、それじゃだめなのよ、あなた！　そういうものではないの！　過去に起きたことを当時の少年の気持ちで判断してはだめ。もっと穏やかに、おとなの目で振り返らなくては」

「それのどこがちがうんだい？」

ヒルダはこたえるのをためらった。議論を続けてもきりがないと気づいていたからだ。

それでも言わずにはいられないことがあった。

「わたし、思うのだけど」と彼女は言った。「あなたはお義父さまを悪霊かなにかのように見ているでしょう。いまのお義父さまに会ってみれば、たぶん、ごくふつうの人間だとわかるわよ。たしかに、かつては情熱のほとばしる男性、清廉潔白とはほど遠い方だったのかもしれないけれど、いまはただの人——異界の怪物なんかじゃないってことが」

「きみにはわからないんだよ。父が母にどんな扱いをしたか——」

ヒルダは動じなかった。

「ある種のおとなしさは、つまり、従順な態度は、人の最悪な部分を引きだすの。それでいて、同じ人が強い気性や決断力をまえにしたときには別人のようになることだってあるのよ」

「それじゃ、きみは母が悪かったと言うのか——」

ヒルダはその言葉を遮った。

「いいえ、もちろん、そんなことは言ってません！　あなたのお父さまがお母さまをひどい目に遭わせたということは少しも疑ってないわ。ただ、結婚って特別なことよ。第三者に——たとえその結婚によって生まれた子どもでも——そのよしあしを判断する権利があるかどうかは疑わしいと言っているの。それに、あなたにいくら恨みがあったところで、お義母さまを助けてあげることはもうできないでしょ。みんな過ぎ去ったことだもの――過去のことだもの。いまのあなたに残されているのは、クリスマスに帰ってきてくれと息子に頼んでいる、体の弱ったご老人ひとりなのよ」

「だから、ぼくを行かせたいと？」

ヒルダは一瞬迷ったが、すぐに決断した。「ええ、そうよ。あなたに行ってほしい。そして、これを最後に悪霊を埋めてもらいたいわ」

5

ウェスタリンガム選出の下院議員、ジョージ・リーは肥満ぎみの四十一歳の紳士で、疑り深そうな表情をたたえた淡いブルーの軽い出目と、いかつい顎をもち、知識をひけらかすようにゆっくりとしゃべるのがつねだった。

彼はもったいぶった調子で口を開いた。

「というわけで、マグダリーン、行くのが息子の務めだろうな」

彼の妻は苛立たしげに肩をすくめた。

マグダリーンはすらりと痩せた女だった。髪はプラチナ・ブロンド、眉はきれいにととのえられ、顔はつるんとして卵を思わせた。ときおり、その顔からいっさいの表情が消えてうつろになることがあり、いまもそんな顔をしていた。

「ダーリン」と彼女は言った。「とんでもなく気の重い滞在になりそうね。きっとそうなるわ」

「それにだ」ジョージ・リーの顔がにわかに輝いた。妙案がひらめいたのだ。「行けばだいぶ節約になるじゃないか。クリスマスはなにかと金がかかる。留守にすれば、使用人への支払いを食事つき宿泊手当ですますことができる」

「なるほどね！」とマグダリーン。「クリスマスなんて、どこで過ごそうと気が重いことには変わりないし」

「まあ、彼らも」ジョージは自分の考えをさらに進めた。「クリスマス・ディナーを食する気ではいるだろうがな？　たぶんビーフステーキを。七面鳥ではなく」

「だれが？　使用人が？　ジョージったら、そんなに気を揉まなくてもいいのに。いつもお金の心配ばかりしてるんだから」

「だれかが心配しなくちゃならないだろう」とジョージは言った。

「それはそうだけど、なんでもかんでもそうやってケチケチ切りつめるのは馬鹿げてるわ。もっと援助してくださるようにお義父《とう》さまにお願いすれば？」

「いまだって親父はずいぶんと気前よく手当をくれているさ」

「いまのように一から十までお義父さまの意向しだいというのはひどすぎるわよ。お義父さまは一定の金額を無条件にあなたに分け与えるべきなのに」

「それは親父の流儀じゃないのさ」

マグダリーンは夫を見つめた。彼女のハシバミ色の目が急に鋭く光った。無表情だった卵型の顔にも突如として意志が現れた。

「お義父さまは大金持ちなんでしょう、ジョージ？　いわゆる百万長者なのよね？」

「百万長者かける2だろうね、きっと」

マグダリーンはうらやましげにため息をついた。

「どうやってそんなにお金持ちになったの？　たしか南アフリカにいらしたのよね？」

「ああ、若いころに向こうで大儲けをしたんだ。おもにダイヤモンド鉱山で」

「スリル満点！」

「それからイギリスへ戻って事業をおこした。それで財産を二倍、いや三倍にしたわけさ」

「もし、お義父さまが亡くなったらどうなるのかしら？」とマグダリーンは訊いた。

「親父はめったにその話題を口にしないんだ。もちろん、だれもきちんと尋ねられない。財産の大半はアルフレッドとわたしの手にわたることになるとは思う。当然、アルフレッドの取りぶんのほうが多いだろうが――」

「兄弟はほかにもいるんでしょう？」

「ああ、弟のデイヴィッドがね。ただ、あいつの分けまえが多いとは思えない。芸術だかなんだかくだらんことをやると言って家を飛びだしたやつだから。おまえの名前は遺言書からはずすと親父に警告されても、デイヴィッドはかまわないと言ったんだ」

「ばっかみたい！」マグダリーンは軽蔑をあらわにした。

「ジェニファーという妹もいたが、やはり家を出て外国人と一緒になった――デイヴィッドの友人で、スペイン人の画家と。しかし、ジェニファーは一年まえに死んだ。娘がひとりいるはずだから、親父はその娘にも多少の遺産を残すかもしれない。たいした額ではないだろうがね。それと、むろんハリーもいる――」

彼はちょっと困ったように、そこで言葉を切った。

「ハリー？」マグダリーンは驚いて、訊き返した。「だれなの、ハリーって？」

「ああ――まあ――兄だよ」

「兄弟がもうひとりいるなんてぜんぜん知らなかった」

「いや、彼は——まあ——われわれの自慢ではなかったからね。だれもハリーの話はしないんだ。彼のやったことは家族の恥だったから。もう何年も消息すらわからない。もしかしたら死んでいるかもしれない」

マグダリーンはぷっと吹きだした。

「なんだ？　なにがおかしい？」

マグダリーンは言った。

「あなたに——ジョージ、よりによってあなたに、世間体の悪い兄弟がいたなんておもしろすぎると思っただけよ。あなたはこんなに世間から尊敬されてるのに」

「そう願いたいものだね」ジョージは冷たく応じた。

マグダリーンは目を細くした。

「お義父さまはあまり——尊敬できる方じゃないわよね、ジョージ」

「おいおい、マグダリーン！」

「あの方のおっしゃることを聞いてると、ときどき不快になるの」

ジョージは言った。

「まったく、きみには驚かされるよ、マグダリーン。じゃあ、リディアも同じように感じてるのかな？」

「お義父さまはリディアにはわたしに言うようなことをおっしゃらないのよ」マグダリーンは怒ったようにつけ加えた。「そうなの、ぜったいに彼女には言わないの。なぜなのかしら」

ジョージはちらっと妻を見てから、すぐに目をそらし、曖昧な説明をした。

「そうだな、まあ、大目に見てやらなくてはいけないこともあるさ。親父の年齢と、衰えるいっぽうの健康状態を考えると――」

彼が間合いをとると、妻が質問した。

「お義父さまはそんなに――具合が悪いの？」

「そうは言っていないだろう。とにかく不屈の人間だからね。それでもやはり《トゥ・ドゥ・メム》、クリスマスには家族に囲まれることを望んでいるなら、行ってやるのがいいんじゃないかと思うんだ。ひょっとしたら、これが最後のクリスマスにならないともかぎらないし」

マグダリーンは強い調子で応じた。

「そんなふうに言うけれど、ジョージ、現実にはお義父さまはもっと長生きなさるんじゃないかしら？」

彼女の夫はびっくりして口ごもった。

「あ、ああ——そりゃそうかもしれないが」

マグダリーンは顔をそむけた。

「とにかく、行くことがわたしたちの正しいおこないということね」

「それはまちがいないよ」

「でも、やっぱりいや！　アルフレッドは退屈すぎるし、リディアはわたしに冷たい態度をとるし」

「くだらんことを言うな」

「ほんとうなのよ。それに、あの薄気味悪い従者も大嫌い」

「老いぼれトレッシリアンか？」

「そうじゃなくて、ホーベリーよ。猫のような忍び足で家のなかを歩きまわって、顔にはいつもにやにや笑いを浮かべてる男」

「たしかに、マグダリーン、あのホーベリーがどんな方法でもきみの関心をひけるとは思えないよ」

「とにかく神経にさわるの。ただそれだけ。でも、気にするのはよすわ。行かなければならないということはわかったから。ご老人の気分を害することはしないようにします」

「そうだな、それこそが肝腎な点だ。使用人のクリスマス・ディナーについては——」

「そんなの、いまじゃなくてもいいでしょ、ジョージ、べつのときでも。リディアに電話して、明日の五時二十分までに着くと言っておくわ」

マグダリーンはそそくさと部屋を出ていった。電話をかけ終わると、二階の自室へ行って、書き物机のまえに座った。それから、机についている蓋をおろし、整理棚のなかを手探りした。請求書の束がこぼれるように落ちてきた。マグダリーンはそれらの紙をよりわけて整理しようとしたが、最後にははがゆそうにため息をつき、紙をかき集めて、またもとの場所に押しこみ、プラチナ・ブロンドのなめらかな髪を片手で撫でつけた。

「いったいどうすればいいの？」と彼女はつぶやいた。

6

ゴーストン館の二階の長い廊下は、屋敷の正面の私道を見渡せる広い一室に通じていた。その部屋の窓や仕切りには古風な火炎模様の装飾がほどこされ、壁には重厚な錦織りのパターンを配した壁紙がはられていた。肘掛け椅子はいずれも豪奢な革張りで、いくつもの大きな花瓶にはドラゴンの浮き彫りがあった。彫像はブロンズ……部屋にあるものはどれもこれも堂々として、高価で、頑丈なものばかりだった。

肘掛け椅子のなかでもいちばん大きくて、いちばんりっぱな、どっしりとした一脚に、痩せてしなびた老人が座っていた。長い両腕は椅子の左右の肘掛けに置かれ、手にはかぎ爪がついているかのようだ。金箔をかぶせた杖が脇に立てかけてあった。老人は着古しの青い部屋着を身にまとい、ぶ厚い毛織りの室内履きをはいていた。髪は真っ白、顔の色は黄みがかっていた。

知らない人間が見たら、どこにでもいる、みすぼらしい老人と思っただろう。だが、いかにも尊大そうな鷲鼻と、異様なほど生気にあふれた暗い色の目を見れば、その考えは変わるかもしれない。この部屋には炎と命と力が宿っていた。

老いたシメオン・リーは突然、さもおかしそうに、雌鶏《めんどり》が鳴くようなかん高い声で笑った。

彼は言った。

「アルフレッド夫人にことづてをしたんだな、ええ？」

ホーベリーは主人の座る肘掛け椅子の横に立ち、もの静かで丁寧ないつもの口調でこたえた。

「はい、いたしました」

「わしが言ったとおりの言葉を、そのまま伝えたんだな？」

「はい、お伝えしました、大旦那さま。一語たりともまちがえずに」

「そうだな、おまえはまちがえん。まちがえないほうがいいぞ。でないと後悔することになる！　で、彼女はなんと言っていた、ホーベリー？　アルフレッド氏はなんと言った？」

ホーベリーは感情をさしはさむことなく静かに、自分が聞いた言葉をそのとおりに述べた。老人はふたたび雌鶏じみたクワックワックワッという笑い声をあげながら、両手をこすり合わせた。

「すばらしい……最高だ……やつらはああでもないこうでもないと考えたことだろう――午後いっぱいかけて！　それでいい！　そろそろふたりを呼ぶことにするか。ここへ連れてこい」

「かしこまりました」

ホーベリーは音もなく部屋を横切って出ていった。

「ああ、それと、ホーベリー――」

老人は部屋を見まわしてから、自分に向かって毒づいた。

「まったく、猫のような動きをするやつだ。どこにいるのかちっともわからん」

シメオン・リーが指で顎をさすりながら、椅子に座ったままじっと待っていると、ドアをノックする音がして、アルフレッドとリディアがはいってきた。

「おお、来たか、おまえたち。そこに掛けなさい、リディア、わしのそばに。やけに顔色がいいじゃないか」

「外の寒い空気に触れておりましたので。戻ってくると頬がほてってしまいます」

アルフレッドが言った。

「具合はどうですか、お父さん？　午後はゆっくり休めましたか？」

「最高さ――最高だよ。昔の夢を見たぞ！　身を固めて社会に出るまえの夢をな」

老人は不意にクワックワックワッと笑った。

彼の息子の妻は椅子に腰掛け、礼を失しないよう注意を払いつつ、無言の笑みを浮かべていた。

アルフレッドが言った。

「これはどういうことなんです、お父さん？　クリスマスにあとふたりも追加で招くなんて」

「それだ、それ！　そのことをおまえに話しておかなければならない。今年はじつに愉しいクリスマスを迎えられそうなんだ。ええと、まずジョージとマグダリーンがやってくる——」

リディアが言った。

「はい、おふたりは明日の午後五時二十分までにいらっしゃるそうです」

シメオン老人は言った。

「哀れな退屈野郎、ジョージ！　あいつはしゃべることしか能がない！　それでもとりあえず息子だからな」

アルフレッドが言った。

「選挙民は彼を好いていますよ」

シメオンはまた雌鶏声で笑った。

「あいつを正直者と思っているからだろうよ。正直者だと！　リー一族に正直者などひとりとしていたためしがないのに」

「そんな、お父さん」

「おまえはべつさ、息子よ。おまえはちがう」

「デイヴィッドはどうでしょう？」とリディアが訊いた。

「デイヴィッドか。これだけ年月が経ってから、あいつに会ってみたくなった。若いときは気の弱いやつだった。どんな女を妻にしたんだろうな？　いずれにせよ、馬鹿なジョージのように年が二十も下の女と結婚しなかったのはたしかだ」

「ヒルダからはとてもきちんとしたお手紙をいただきましたわ。ついさっき、電話もありました。明日の午後にはかならず着くとのことです」

リディアの義父は突き刺すような視線を彼女に向けた。

彼は笑った。

「リディアに訊くだけ無駄だったな。これだけは言っておこう、リディア、おまえは育ちのいい女だ。育ちがものをいうのさ。知る必要のあることはそれでだいたいわかる。だが、遺伝はおもしろい。わしに似ている者はおまえたちのなかでただひとり――わしの血を引く者のなかでひとりしかおらん」

シメオン・リーの目がおどった。

「さあ、クリスマスにだれが来るかあててみろ。あて推量は三つまでだ。五ポンド賭けてもいい、ぜったいにこたえられないぞ」

彼はふたりの顔をかわるがわる見た。アルフレッドは顔をしかめた。

「ホーベリーは若い婦人が来ると言っていました」

「それがおまえの好奇心をそそったわけか――そうだ、そうにちがいない。じつはピラールがもうじきやってくるんだ。迎えの車をやるように命じたから」

アルフレッドはきつい口調で問い返した。

「ピラール？」

シメオンは言った。

「ピラール・エストラバドス。ジェニファーの娘さ。わしの孫娘だよ。どんな娘なのか愉しみでね」

アルフレッドは叫んだ。

「そんな、お父さん、わたしにはいままで一度も……」

老人はにやりと笑った。

「ああ、秘密にしておこうと考えたからな！　チャールトンに手紙を書かせて手配したんだ」

アルフレッドは同じ言葉を繰り返した。傷ついて責めるような口調で。

「わたしにはいままで一度も……」

彼の父はなおも意地悪そうな笑みを浮かべていた。

「話してしまえば驚かすことができないだろうが。ひさしぶりに元気のいい若者とひとつ屋根の下で過ごすのはどんな感じだろうな？　父親のエストラバドスにはわしも会ったことがない。娘はどっちに似ているだろう。母親似か、それとも父親似か?」

「それが賢明なやり方だと本気で思っていますか、お父さん?」とアルフレッド。「あらゆることを考慮して――」

老人は息子の言葉を遮った。

「安全、安全――おまえは事を安全に運ぶということしか考えないんだ、アルフレッド! いつだってそうだ! わしはそんなやり方をしてこなかった。自分のやりたいようにやって、あとはどうとでもなれ! いつもそう言っているだろう。その娘はわしの孫娘だ――リー家のたったひとりの孫だ。父親がどんなやつだろうと、なにをやっていようと、かまわん! わしの血を分けた孫娘なんだ! その娘がこの家で暮らすためにやってくる」

リディアが思わず声をあげた。「ここで暮らすですって?」

シメオンはすばやい視線を送った。「おまえは反対か?」

彼女は首を振り、笑顔で言った。

「お義父《とう》さまがご自分の家にどなたをお呼びになっても、わたしが反対することなどできませんでしょう? ただ、ちょっと心配なのです――彼女のことが」

「彼女のこと――どういう意味だ?」

「この家で愉しく暮らせるかどうかが――」

シメオン老人は頭を振りあげた。

「どうせ無一文の身の上なんだ。感謝しているにちがいない！」

リディアは肩をすくめた。

シメオンはアルフレッドのほうを向いた。

「わかったな？　盛大なクリスマスになるぞ！　わしの子が一堂に会するんだからな。子どもたち全員が、だ！　さて、アルフレッド、これでヒントになっただろう。もうひとりの客はだれだかあててみろ」

アルフレッドは父親を見つめた。

「わしの子が全員！　もうわかったな！　ハリーさ、むろん！　おまえの弟のハリーだ！」

アルフレッドは青ざめ、口ごもった。

「ハリー――まさかハリーが――」

「ハリーだよ！」

「でも、ハリーは死んだはずでは！」

「死んではおらん！」

「まさか——ここへ呼び戻すつもりなのですか？　あれだけのことがあったのに？」

「あんな放蕩息子を、か？　ああ、そのとおりだ。肥えた子牛を用意するか！　われわれも肥えた子牛でやつを歓待してやらなければな（新約聖書「ルカによる福音書」十五章十一〜三十二節の放蕩息子の帰還にまつわるたとえ話から）、アルフレッド」

アルフレッドは言った。

「彼はあなたの——われわれ家族の——恥さらしなんですよ。あいつは——」

「やつの犯した罪をここに挙げるにはおよばない。長いリストになってしまう。だが、忘れるなよ、クリスマスは赦《ゆる》しの季節だということを。放蕩息子の帰還を歓迎しようじゃないか」

アルフレッドは腰を上げ、不満のつぶやきを漏らした。

「こういうことだったとは——驚きを禁じえませんね。ハリーがこの家の敷居をふたたびまたぐことがあろうとは夢にも思わなかった」

シメオンは身を乗りだした。

「おまえはハリーを好いていなかったからな、そうだろう？」と囁き声で言った。

「お父さんにあれだけの迷惑をかけたのに——」

シメオンは雌鶏声で笑った。

「ああ。だが、すんだことはすんだことだ。それがクリスマスの精神だ。そうだろう、リディア？」

リディアの顔も真っ青だった。彼女はそっけなくこたえた。

「今年のクリスマスについて壮大な構想がおありだったということはよくわかりました」

「家族に囲まれたいのさ。平和と善意に。わしも年老いた。おや、もう行くのかい？」

アルフレッドはすでに急ぎ足で廊下に出ていた。リディアはちょっと間をおいてから、夫のあとを追おうとした。

シメオンは遠ざかる息子の背に向かって、こっくりとうなずいた。

「動揺させてしまったな。あいつとハリーはそりが合わなかった。ハリーはよくアルフレッドを馬鹿にして、〝急がばまわれ〟くんと呼んでいた」

リディアが結んでいた唇を開き、しゃべりだそうとしたそのとき、老人の刺すようなまなざしに気づき、自分を抑えた。すると、その自制心が義父をがっかりさせたようだった。それがわかってリディアはやっとこう言うことができた。

「兎と亀のたとえでしょうか。最後に競走に勝つのは亀でしたわね」

「そうとはかぎらん」とシメオンは言った。「そうとはかぎらんのだよ、可愛いリディア」

彼女はなおも笑みを消さずに言った。

「失礼いたします、アルフレッドのところへ行ってあげないと。あの人、急に興奮すると取り乱してしまうので」

シメオンはまた例の声を発した。

「ああ、アルフレッドは変化が苦手なのさ。あいつは昔から型にはまって融通がきかない」

リディアは言った。

「アルフレッドは一生懸命お義父さまに尽くしてきましたわ」

「おまえにはそれが妙なことに思えるというわけか？」

「ときには」とリディアは言った。「そう思えます」

彼女は部屋をあとにした。シメオンはそのうしろ姿を見送った。

くすくす笑いながら、彼は両の手のひらをこすり合わせた。

「おもしろいことになりそうだ。お愉しみはまだこれからだ。今年のクリスマスはうんと愉しませてもらおうじゃないか」

彼は苦労して椅子から腰をあげると、杖の助けを借りて、足を引きずりながら部屋の反対側まで歩いた。

部屋の片隅に鎮座する大きな金庫のまえまで行くと、組み合わせ数字のついたダイヤル錠のハンドルをまわした。金庫の扉が開くと、震える指でなかをまさぐった。

そして、なめし革の小袋を取りだして口をあけ、カットされていないダイヤモンドの原石を手のひらにのせ、指のすきまからこぼれ落ちるにまかせた。

「よしよし、我が美しきものたちよ……変わりないな。おまえたちはいまもわしの旧友だ。あのころはよかった――いい時代だった……おまえたちを刻んだり切ったりさせはしないぞ、我が友よ。おまえたちは女の首に巻かれたり、女の指にはめられたり、女の耳にぶらさげられたりすることはない。おまえたちはわしのものだ！　わしの旧友なんだ！　われわれにはたしなみがある、おまえたちもわしも。すっかり老いて体が弱ったとやつらは言うが、まだくたばってはおらん！　この老犬にはまだ命がたんと残っているのさ。人生の愉しみもまだ多少は残っている。まだ多少の愉しみはな――」

第二部　十二月二十三日

1

トレッシリアンは呼び鈴に応じて玄関へ向かった。いつになく攻撃的な鳴らし方だった。彼がゆっくりとした足取りで広間を横切るまえにふたたび鳴らされた。

トレッシリアンは頬をほてらせた。紳士の邸宅の呼び鈴をじれったそうに何回も鳴らすとは無作法な！　新参の聖歌隊だったら小言のひとつもくれてやろう。

玄関ドアの上半分の磨りガラスの向こうにシルエットが見えた。つば広のソフト帽をかぶった大柄な男だ。トレッシリアンはドアを開けた。思ったとおり、安っぽい派手な身なりの見知らぬ男――なんと趣味の悪い、けばけばしい柄のスーツだろう！――が立っていた。たかり屋かなにかにちがいない。

「おお、トレッシリアンじゃないか」とその見知らぬ男は言った。「元気だったか、トレッシリアン？」

トレッシリアンはじっと相手を見つめ、深呼吸をしてから、もう一度、目を凝らした。見覚えのある、線のはっきりとした傲慢そうな顎、鼻すじのとおった高い鼻、きょろきょろとよく動く目。そうだ、三十年まえ……あのころの大旦那さまはこうだった。もう少し落ち着きがあったかもしれないが……

そこでトレッシリアンは息をのんだ。

「ハリーさま！」

ハリー・リーはげらげら笑った。

「ずいぶん驚かせちまったようだな。なぜだい？　おれが来るのはわかっていたんだろう？」

「はい、もちろん。もちろんでございます」

「だったらどうしてそんなに驚くんだ？」ハリーは一、二歩あとずさりして、家を見あげた。陳腐ではあるけれども、いかにも堅固で丈夫そうな赤煉瓦のどっしりとした塊を。「あいかわらず醜悪な古い館だな。それでもまだ建っている。たいしたもんだ。親父は元気にしてるかい、トレッシリアン？」

「いささか弱られまして、お部屋にこもりがちで、あまりお歩きになりません。とは申しましても、お元気にお過ごしでいらっしゃいます」

「罪深き老人よ！」

ハリー・リーはなかにはいり、自分のマフラーとやや芝居がかった帽子をトレッシリアンが脱がせるにまかせた。

「我が親愛なる兄、アルフレッドも変わりないかい？」

「たいへんお元気にお過ごしです」

ハリーはにんまりとした。

「おれに会いたがってるだろ？　ええ？」

「そのように推察いたします」

「おれはそうは思わないね！　まったく逆だ。おれがやってくると聞いて、ぎょっとしたはずさ！　アルフレッドとおれは気が合ったためしがない。聖書を読んだことがあるだろう、トレッシリアン？」

「は？　はい、たまには」

「放蕩息子の帰還の話があっただろう。覚えてないかい？　善良な兄は弟の帰還を喜ばなかった。まったく喜ばなかったのさ！　ずっとこのうちにいる善良なアルフレッドも弟の帰還を喜ばないにちがいない」

トレッシリアンは沈黙して、視線を自分の鼻先に移した。こわばらせた背中が無言の抗議をあらわしていた。ハリーは執事の肩を叩いた。

「案内してくれよ、じいさん」と彼は言った。「肥えた子牛の歓待がありそうだな！　そこへ連れていけ」

トレッシリアンは口のなかでぼそりと言った。

「こちらの客間で少しお待ちくださいませ。みなさまがどこにお集まりになるのか、まだ承知しておりませんので……アルフレッドさまご夫妻があなたさまをお迎えする使いを出すことができなかったのは、ご到着の時刻をごぞんじなかったからではないでしょうか」

ハリーはうなずき、トレッシリアンについて広間を進んだ。歩きながらあっちを向きこっちを向きして、まわりを見まわした。

「まだ同じものが同じところに飾ってあるんだな」とハリーは感想を口にした。「二十年まえにおれが出ていったときからなにも変わってないらしい」

ハリーはトレッシリアンのあとから客間にはいった。老執事はぼそぼそと言った。

「アルフレッドさまご夫妻をおさがししてまいります」トレッシリアンは急いで出ていった。

ハリー・リーはずんずんと部屋に足を踏みいれてから、ふと立ちどまり、窓台のひとつに腰をのせている人影を見つめた。彼はその人物の黒髪とエキゾチックなクリーム色の肌に怪しむような視線をめぐらした。

「ほほう！　きみは親父の七番めのもっとも美しい妻なのか？」

ピラールは窓台からするりと腰をおろして、彼のほうに近づいた。

「ピラール・エストラバドスです」と彼女は名乗った。「あなたはハリー伯父さまね。母の兄の」

ハリーは彼女を見つめたままでこたえた。

「すると、きみがそうなのか！　ジェニファーの娘か」

ピラールは言った。「なぜあたしがあなたのお父さまの七番めの妻かなんてお訊きになったの？　おじいさまにはほんとうに六人も妻がいたの？」

ハリーは笑った。

「いや、正式の妻はひとりだけのはずだ。それで、ピル——なんだっけ、きみの名前？」

「ピラールよ」

「で、ピラール、この霊廟にきみのような花が咲いているのを見ると心底たまげるな」

「この――れい――なんですって？」

「おがくずがつまった人形の博物館ってことさ。この家はろくでもないところだと昔から思ってたんだ。こうして戻ってみると、以前にも増してひどいと思うね」

ピラールはショックを受けたように言った。

「そんなこと！　とっても素敵なところだわ。家具はりっぱだし絨毯も――いたるところにぶ厚い絨毯が敷いてあって――いろんなものが飾られていて。どれもこれも上等な、値段の高そうなものばかり！」

「その点はきみが正しいよ」ハリーはにやにやして、おもしろがるように彼女を見た。

「なんだかわくわくしてきたぞ、きみがあの連中に囲まれて――」

リディアが部屋に飛びこんできたので、ハリーは口をつぐんだ。

彼女はまっすぐハリーに歩み寄った。

「はじめまして、ハリーですね？　わたしはリディア――アルフレッドの妻です」

「はじめまして、リディア」ハリーはリディアと握手を交わしながら、すばやい視線を走らせて、その知的で表情豊かな顔を観察した。彼女の歩き方には心のなかで称賛を送った――これほど優雅に歩く女はそういないだろう。

リディアはリディアで、すぐさまハリーを値踏みしていた。

心のなかでこう言いながら。〝ものすごく手強そうだけど、魅力的ではあるわね。これっぽっちも信用する気はないけれど……〟

リディアはにっこり笑った。

「しばらくぶりのこの家はどんなふうに見えまして？　まるでちがう印象？　それとも以前とあまり変わらないかしら？」

「ほとんど同じだね」彼は部屋を見まわした。「この部屋は模様替えしたようだ」

「何度もしていますわ」

ハリーは言った。

「きみがしたんだね、と言ったのさ。きみがこの部屋を——がらりと変えた」

「ええ、わたしはここをなるべく……」

ハリーはにやりと彼女に笑いかけた。茶目っけのある唐突なにやにや笑いを見て、リディアは二階にいる老人を思い出し、はっとした。

「昔よりも気品が増したよ！　そういえば、アルフレッドのやつが結婚したのは、征服王ウィリアム一世とともにイングランドへ渡ってきた人々を祖先にもつ娘だと聞いたっけ」

リディアは微笑んだ。

「先祖をたどればそうなんでしょうけど、一族の繁栄はむしろあの時代に終わっていますわ」

ハリーは言った。

「アルフレッドのやつはどんな調子だい？　あいかわらず頭の固い退屈な男のままなんだろうね？」

「あなたが彼を見て、変わったと思うかどうかはわかりません」

「ほかの連中は？　イギリスのあちこちに散らばっているのかな？」

「いいえ——クリスマスにはみなさん、ここへいらっしゃるのよ」

ハリーの目が見開かれた。

「世間の慣わしどおりクリスマスに家族が再会するってか？　親父はいったいどうしちまったんだ？　昔は感傷とは無縁の人間だったのに。親父が家族のことを気にかけていた記憶もないし。よほど変わったんだろうね」

「そうかもしれませんわね」リディアの口ぶりが冷淡になった。

ピラールは大きな目をさらに大きく見開いて、興味しんしんに見つめた。

ハリーが言った。

「ジョージはどう？　あいかわらずの守銭奴かい？　あいつは自分の懐から半ペニー硬

貨が一枚出ていくだけでも、わめきたてていたものさ！」

リディアは言った。

「ジョージは国会で仕事をしています。ウェスタリンガム選出の議員として」

「なんだって？　国会のポパイになったのか？　そりゃあ、たいしたもんだ」

ハリーは頭をのけぞらせて笑った。

豪快な大笑いだった。遠慮のない荒々しいその声が、かぎられた空間に響きわたった。

ピラールは息をつまらせた。リディアはわずかにひるんだ。

そのとき、背後に気配を感じてハリーは笑うのをやめ、勢いよく振り返った。人が部屋にはいってくる音は聞こえなかったのだが、アルフレッドが静かにそこに立っていた。

彼は奇妙な表情でハリーを見ていた。

ハリーはちょっとのあいだ突っ立っていた。それから、唇にゆっくりと笑みを広げ、一歩、進み出た。

「なんだ、アルフレッドじゃないか！」

アルフレッドはうなずいた。

「やあ、ハリー」

ふたりは互いに見つめあった。リディアは固唾をのんで見守りながら、心のなかでつぶやいた。

〝どうしたというの。二匹の犬みたいににらみあったりして……〟

ピラールの目がますます大きく見開かれた。彼女も心のなかでつぶやいた。

〝ふたりとも突っ立ってるだけで馬鹿みたい……どうして抱きあわないの？　ああ、イギリス人だからそういうことはしないのがふつうなのね。だとしても、なにか言えばいいのに。なぜ黙って見てるだけなの？〟

やっとハリーが口を開いた。

「やれやれ。またここにいるとはおかしな気分だよ！」

「そうだろうな、ああ。長い年月が経ったんだ、おまえが――出ていってから」

ハリーは頭をそらし、指で顎の線をたどった。それは彼が昔からよく見せていた仕種で、いつでも一戦まじえる用意はあるという意思表示だ。

「ああ」とハリーは言った。「帰ってきてよかった」ひと呼吸おいてから、いっそう深い意味をこめて言葉を続けた。「我が家に……」

2

「われながら、じつによこしまな人間だったと思うよ」とシメオン・リーは言った。

シメオンは椅子に背中をあずけた。顎が上を向くと、条件反射的に指の一本でその線をなぞった。彼のまえにある暖炉では火が燃えさかり、炎がおどっていた。暖炉のそばにピラールが座っていた。彼女の手には小さな張り子の火よけ扇の柄が握られ、暖炉の熱が顔にあたるのを防いでいた。ピラールはときどき手首をしなやかに前後させて顔をあおいだ。シメオンはそのさまを満足げに眺めた。

彼は話を続けた。孫娘に語るというよりは、ピラールがそこにいることに刺激を受けて自分に語りかけているのかもしれなかった。

「そうだ、わしはよこしまな男だったんだ。それを聞いて、おまえはどう考える、ピラール？」

ピラールは肩をすくめた。

「人間はみんなよこしまです。尼僧さまがそうおっしゃってるもの。だから人はよこしまな人間のために祈らなければならないんだって」

「なるほど。だが、わしはおおかたの人間よりもよこしまだったぞ」シメオンは声をあげて笑った。「そのことを悔やんではいないがな。なにひとつ悔やんではいない。これまで愉しんできた……人生のいっときいっときを！　年を取ると後悔をするというが、たわごとだ。わしは後悔などしていない。それに言っておくと、ほとんどのことはやってきた……古きよき罪を重ねてきたんだ！　人を騙し、盗みを働き、嘘をついた……そうとも、主よ！　そして女。いつも女だ！　このあいだ聞いた話だが、四十人いる自分の息子で護衛隊を編成したアラブの首長がいるそうだ。しかも、その息子たちの年がほぼ同じだという。なんと！　四十人だぞ！　わしも、四十人は無理としても、息子どもをさがす気になれば、まずまずの人数の護衛隊をつくれるはずさ。さあ、ピラール、これを聞いてどう思う？　ショックを受けたか？」

ピラールはじっと一点を見つめた。

「いいえ、どうしてショックを受けなくちゃいけないの？　男はいつだって女を求めるものよ。わたしの父もそう。妻が何度も悲しい思いをするのはそのためだし、教会にかよってお祈りするのもそのためでしょ」

シメオン老人は顔をしかめた。

「たしかにアデレイドには悲しい思いをさせたな」ほとんどひそひそ声で彼は言った。「それにしても、なんという女だったことか！　結婚式でピンクと白の衣装に身を包んだ妻はそれは美しかった。で、そのあとは？　明けても暮れても泣いてばかりだ。それが男のなかにひそむ悪魔を目覚めさせるのさ。妻がいつも泣いてばかりいると……アデレイドは意気地のない女だった。それがアデレイドの問題だったのさ……もし、わしに食ってかかってくれていれば！　だが、彼女はそういうことはしなかった——ただの一度も。こんな自分も結婚すれば落ち着くことができるだろうとわしは思いこんでいた——家族を養い、昔の生活と決別できるだろうと……」

声が先細りになって消えた。シメオンは目を凝らし、燃えさかる炎の中心を見つめた。

「家族を養うか……とんだ家族ができあがったものだ！」彼は怒りをはらんだ耳ざわりなけたたましい声で笑いだした。「やつらを見るがいい——ようく見るがいい！　ひとりもおらんのだ、跡を継がせることのできるやつが！　いったいどうした？　やつらにわしと同じ血が一滴でも流れているのか？　リーを名乗っていようといまいと、息子と呼べるやつはひとりもおらん。たとえばアルフレッドだ。なんともはや、アルフレッドほど退屈なやつはいない！　犬のような目でわしを見る。言われたことはなんでもしますといわんばかりに。愚か者が！　さて、やつの妻のリディアだが、わしはリディアを気に入っておる。心意気のある女だからな。向こうはわしを好いていないようだが。ああ、リディアはわしを好いてはいない。しかし、あの出来の悪いアルフレッドのために辛抱するしかないのだ」シメオンは暖炉のそばの孫娘に目をやった。「ピラール、覚えておけよ、だれかに尽くすことほど退屈なものはないということを」

ピラールはシメオンに笑顔を返した。シメオンは、若さと力強い女らしさを併せもつ彼女の存在に勇気づけられたように、話を続けた。

「ジョージはどうか？　ジョージは？　でくのぼうさ。口を閉じることのできない、頭におがくずがつまった鱈《たら》だ！　脳味噌も根性もないくせに、口だけがよくまわる。そのうえ、金に汚いときている！　デイヴィッドは？　あいつは昔から夢ばかり見ている間抜けなやつだった。母親のお気に入り。それがデイヴィッドだ。あいつがやった唯一の分別あることは、しっかり者で居心地のよさそうな女と結婚したことさ」彼は片手をおろした。手が椅子のへりにぶつかり、大きな音をたてた。「息子のなかでいちばんましなのはハリーだ！　哀れなハリー、悪党め！　だが、ともかく、あいつは活《い》きがいい」

ピラールも同感だった。

「ええ、あの人は素敵だわ。よく笑うの、大きな声で。頭をぐっとのけぞらせて。ええ、そうね、あたしもあの人が大好き」

老人は彼女を見た。

「そうか、大好きなのか、ピラール？　ハリーは昔から女にもてたからな。その点はわしに似ている」シメオンは笑いだした。今度はゆっくりと、喉をぜいぜい鳴らしながら。

「いい人生を送ってきたよ――じつにいい人生を。いろんなものを手に入れた」

ピラールが言った
「スペインの格言に〝欲するものを手に入れよ。そして代価を支払え〟というのがあるわ」

シメオンは椅子の肘掛けを叩いて賛同を示した。

「そいつはいい。そうこなくては。欲するものを手に入れよ……わしはそれをやってきた。生涯をかけて――欲するものを手に入れてきた……」

ピラールは突如として関心をひくような高い声ではっきりと言った。

「それで、代価を支払ったの？」

シメオンはひとり笑いをやめると、座ったまま姿勢をただし、彼女を見つめた。「どういうことだ？」

「こう言ったのよ、おじいさま、代価を支払ったの？」

シメオン・リーはおもむろにこたえた。

「さあ――どうだろうな……」

そこで不意に怒りをこめて、椅子の肘掛けを拳で打ちながら叫んだ。

「おまえはなんのためにそんなことを訊く？　なんのためだ？」

ピラールは言った。

「ちょっと――知りたかっただけよ」

火よけ扇を握るピラールの手の動きが止まった。暗い色の目が謎めいた表情を帯びた。

ピラールは座ったまま、頭をうしろにそらした。自分が女であることを意識していた。

シメオンは言った。

「生意気なことを……」

ピラールは優しい声を返した。

「でも、あたしのことが好きでしょ、おじいさまは。こうしてあたしにそばに座っていてほしいでしょ」

シメオンは言った。「ああ、そうだな。こんなに若くて美しいものを見るのはひさしぶりだからな……健康にいい。老骨が若返る……しかも、おまえはわしの血肉を分けた孫だ……よくやったぞ、ジェニファー。結局、子どものうちでジェニファーがいちばんいい仕事をしたことになる！」

ピラールはなおも微笑んでいた。

「いいか、わしの目はごまかされんぞ」とシメオンは言った。「おまえがなぜ我慢強くここに座って、年寄りの長話を聞いているのかはわかっておる。金だろう――すべて金のためだ……それとも、老いぼれた祖父を愛しているふりでもしてみるか？」

ピラールは言った。「いいえ、あなたを愛してなんかいないわ。だけど、好きよ。大好き。それだけは信じてくださらなくちゃ。ほんとうなんですもの。よこしまなことをたくさんしてきたのかもしれないけれど、そういうところも好きなの。この家にいるほかの人たちよりずっと人間らしいから。それにお話がおもしろいし。外国を旅して、冒険がいっぱいの生活を送ってきたのよね。あたしも男だったら、そんなふうに生きたいわ」

シメオンはうなずいた。

「ああ、おまえならできるだろう……われわれ一族には世界をさすらう流浪の民の血が流れていると、いつも言われたものだ。ハリーはともかく、子どもらにはそういうところは見られなかったが、おまえのなかにそれが現れたらしい。いいか、わしは必要とあらば辛抱できるのさ。自分を傷つけた男に仕返しするために十五年待ったことがあった。それがリー一族のもうひとつの特質だ——ぜったいに忘れないことが。わしの血を引く者は、目的を果たすために何十年も待たなくてはならないとしても、仕返しはかならずするだろう。ある男がわしを騙して金を奪った。わしは十五年間チャンスを待った——そうして、そのときがきて、攻撃を開始した。その男を破滅させた。無一文にしてやったんだ！」

シメオンは穏やかに笑った。

ピラールは言った。

「それは南アフリカでのこと？」

「ああ。雄大な国だった」

「南アフリカへ戻ったのね？」

「結婚して五年後にな。それが最後さ」

「でも、そのまえは？　何年も向こうで暮らしたんでしょ？」

「ああ」

「そのときのことを話して」

シメオンは語りはじめた。ピラールは火よけ扇で顔を熱から守りながら聞きいった。

シメオンは疲れてきたのか、話しぶりが遅々としてきた。

「ちょっとお待ち、いいものを見せてやろう」

彼は用心深く立ちあがると、杖をついて足を引きずりながら、そろそろと部屋の反対側へ行った。そして、例の大きな金庫の扉を開けた。彼は振り返り、ピラールに向かって手招きをした。

「ほれ、これをごらん。手で感触を確かめて、指のあいだからこぼれ落ちるのをためしてごらん」

シメオンはピラールの不思議そうな顔を覗きこみ、声をあげて笑った。

「これがなんだかわかるかい？　ダイヤモンドだぞ。ダイヤモンドなんだ」

ピラールの目が見開かれた。彼女は腰をかがめながら言った。

「だけど、小石みたい。小石にしか見えないわ」

シメオンはまた笑った。

「カットするまえの原石さ。採掘されるときは――こういう姿をしているんだ」

ピラールは信じられないというように尋ねた。

「カットされたら本物のダイヤモンドになるの？」

「そうとも」

「きらきら光りだすの？」

「きらきら光りだすとも」

ピラールは子どものような声を出した。

「へぇーっ、なんだか信じられない！」

シメオンはおもしろがった。

「種も仕掛けもないぞ」

「高価なものなんでしょうね？」

「とてつもなく高価さ。カットするまえだから値をつけるのは難しいが、とにかく、ここにあるものだけで数千ポンドの価値はある」

ピラールは一語ずつ切って言った。

「数——千——ポンド？」

「九千、いや一万といったところだ。ここにある石はかなり大きいほうだからな」

ピラールはさらに目を瞠《みは》った。

「でも、それならどうして売らないの？」

「ここに置いておきたいからさ」

「そんな大金が手にはいるのに？」

「わしにはもう金は必要ない」

「まあ——そうなのね」ピラールは感動したようだった。

彼女は言った。

「だったら、カットしてもっと美しい状態にすれば？」

「わしはこの状態のほうがいいんだよ」シメオンの顔がいかめしく引きしまった。彼は顔をそむけて、ひとり語りを始めた。「この石たちがわしを過去に連れ戻す――この感触、指のあいだを通り抜けるときの感じ……よみがえるんだ――まぶしい陽射しが、草原のにおいが、雄牛の群れが、懐かしいエブの顔が、少年たちが、夕暮れが……」

ドアをそっとノックする音がした。

シメオンは言った。「それを金庫に戻して扉を閉めなさい」

それからドアの向こうに呼びかけた。「はいれ」

ホーベリーがはいってきた。足音をたてずに、うやうやしく。

彼は言った。「下のお部屋にお茶の用意がととのいました」

3

ヒルダが言った。「そこにいたの、デイヴィッド。あちこちさがしたのよ。このお部屋に長居するのはよしましょうよ。体が冷えてしまう」

デイヴィッドはしばらく妻にこたえなかった。彼は椅子のひとつを見つめて立っていた。座高の低いそのスツールは張り地のサテンが色褪せていた。彼は唐突に口を開いた。

「それが母の椅子だ……母はいつもそこに座っていた。昔のままだ。なにひとつ変わっていない。もちろん色は少し褪せたけれどね」

ヒルダの額に小さな皺が寄った。

「そうなのね。とにかくここから出ましょう。寒くてたまらないわ」

デイヴィッドはまったく取り合わず、部屋のなかを見まわした。

「母はほとんどいつもここにいた。そのスツールに腰掛けて本を読んでくれたのを思い出すよ。『巨人退治のジャック』――それが本の名前だ。『巨人退治のジャック』を読んでもらったのは、たしか六歳ぐらいだったな」

ヒルダは彼の腕に手を通してしっかりとつかんだ。

「客間に戻るわよ、あなた。ここには暖房がなにもないんですから」

デイヴィッドは素直に体の向きを変えたが、ヒルダは彼の体が小さく震えているのを感じ取った。

「なにひとつ変わっていない」と彼はつぶやいた。「なにひとつ。まるで時間が止まっていたみたいに」

ヒルダは心配そうな顔になり、夫を元気づけるために歯切れよく言った。

「ほかのみなさんはどこにいらっしゃるのかしら？　もうすぐお茶の時間だけど」

デイヴィッドはヒルダの手から腕を抜き取って、部屋にあるもうひとつのドアを開けた。

「ここにはピアノが置いてあったんだが……ああ、あった、あった！　調律されているのかな」

彼はピアノのまえに腰をおろして蓋を開けると、鍵盤の上に両手をそっと置いた。

「よかった、ちゃんと調律されているようだ」

デイヴィッドはピアノを弾きはじめた。正確なタッチで動く彼の指の下からメロディーが流れだした。

ヒルダは訊いた。「それはなんという曲？　知っているような気もするのだけど、うろ覚えだわ」

彼は言った。「もう何年も弾いていないからな。母がよくこれを弾いていた。メンデルスゾーンの『無言歌集』のなかの一曲だ」

過剰なほど甘いメロディーが部屋を満たした。ヒルダは言った。

「モーツァルトの曲をなにか弾いて。ねえ」

デイヴィッドは首を横に振り、メンデルスゾーンのべつの曲を弾きはじめた。

と、いきなり両手が鍵盤の上に叩きつけられ、耳ざわりな不協和音が鳴り響いた。デイヴィッドは腰を上げた。全身が震えていた。ヒルダは彼のかたわらに駆け寄った。

「デイヴィッド——ねえ、デイヴィッド」

「なんでもない——なんでもないよ……」

4

呼び鈴が攻撃的に鳴らされた。トレッシリアンは食器室の自分の椅子から立つと、ゆっくりとした足取りで広間から玄関へ向かった。

呼び鈴がふたたび鳴らされた。トレッシリアンは眉をひそめた。ドアの磨りガラスの向こうに、つば広のソフト帽をかぶった男のシルエットが見えた。

トレッシリアンは片手で額をさすった。なにかが引っかかる。あらゆることが二度ずつ起きているような気がする。

これと同じことがまえにもあった。たしかにあった——

トレッシリアンは閂《かんぬき》を引いてドアを開けた。

と同時に、彼はわれに返った。ドアの向こうに立った男が言った。

「こちらはシメオン・リー氏のお宅でしょうか？」

「さようでございます」

「ご主人にお目にかかりたいのですが」

遠い記憶がこだまのようにトレッシリアンを呼び覚ました。リー氏がはじめてイギリスの土を踏んだころに聞いた声の抑揚が思い出された。

トレッシリアンは訝しげにかぶりを振った。

「リーさまはお体の調子がすぐれませんので、あまり人にはお会いになりません。もし、あなたさまが――」

見知らぬ相手が彼の言葉を遮った。

男は封筒を取りだして、執事に手渡した。

「これをリー氏に渡してください」

「承知いたしました」

シメオン・リーは封筒を受け取り、なかから一枚の便箋を取りだした。驚いたようで、左右の眉が吊りあがった。だが、すぐに微笑んだ。

「すばらしい知らせだ!」と彼は言った。

それから執事に命じた。「ファー氏をこの部屋にお通ししろ、トレッシリアン」

「かしこまりました」

シメオンは言った。「ちょうどいまエベニーザ・ファーのことを懐かしく思い出していたところなんだ。南アフリカのキンバリーで相棒だった男さ。その息子が訪ねてきたんだよ!」

トレッシリアンがふたたび戸口に現れた。「ファーさまがお見えでございます」

スティーヴン・ファーが緊張の面持ちで部屋にはいってきた。彼は自信に満ちた態度をちょっとだけよぶんに示すことによって内心の緊張を隠した。口を開くと、最初のうちは南アフリカの訛りがふだんよりきつくなった。「リー氏ですか?」

「よく来てくれたね。すると、きみがエブの息子なのかい?」

スティーヴン・ファーはいくぶんはにかんで、にやりとした。

「はじめて祖国の土を踏みましたよ。イギリスへ行ったらあなたを訪ねるようにと、父にいつも言われていたんです」

「それはそれは」老人は視線をめぐらした。「これは孫娘のピラール・エストラバドスだ」

「はじめまして」ピラールは控えめに言った。

スティーヴン・ファーは少しばかり感心し、内心でつぶやいた。

〝クールな小悪魔め。おれを見てびっくりしたくせに、一瞬しか顔に出さなかった〟

彼はむしろ気怠《けだる》い調子で言った。「お近づきになれてたいへん光栄ですよ、ミス・エストラバドス」

「こちらこそ」とピラール。

シメオン・リーは言った。「まあ、そこに座って、きみのことをもっと話してくれたまえ。イギリスには長くいるつもりなのかな?」

「ええ、せっかく来たので急いで帰るつもりはありません!」

スティーヴンは頭をのけぞらせて笑った。

シメオン・リーは言った。「ごもっとも。では、しばらくこの屋敷にお泊まりになればいい」

「いや、それはちょっと。そんな図々しいことはできませんよ。クリスマスまであと二日しかないというのに」

「クリスマスをわれわれと過ごせばいいじゃないか。ほかに予定があるならべつだが？」

「ありませんけど、さすがにそれは――」

「よし、決まりだ」と言って、シメオンは振り向いた。「ピラール？」

「はい、おじいさま」

「客人がもうひとり増えるとリディアに伝えておくれ。すぐにここへ来るようにと」

ピラールは部屋を出ていった。スティーヴンは彼女の背中を目で追った。その様子をシメオンはおもしろそうに見ていた。

そしてスティーヴンに尋ねた。「南アフリカから直接こっちへ来たのかね？」

「ええ、だいたいは」

ふたりは南アフリカの話を始めた。

数分後にリディアが部屋にはいってきた。

シメオンは言った。「こちらはスティーヴン・ファー。わしの古い友人で仕事仲間でもあったエベニーザ・ファーの息子さんだ。クリスマスをわれわれと一緒に過ごしてもらうことにしたので、部屋を用意してくれるかい？」

リディアはにっこりした。

「もちろんですわ」彼女は見知らぬ来客の風貌を目におさめた。ブロンズ色に日焼けした顔、ブルーの目、ゆったりとうしろにそらした頭。

「長男の妻だ」とシメオンは言った。

スティーヴンは言った。「恐縮です――ご家族の集まりに割りこむようで」

「きみも家族の一員さ。息子同然だ。そう考えてくれ」

「ご親切にありがとうございます」

ピラールが戻ってきた。彼女は暖炉のそばに静かに腰をおろすと、火よけ扇の柄をつかみ、手首をしとやかに前後に動かしてあおいだ。遠慮がちに目を伏せながら。

第三部　十二月二十四日

「あなたはほんとうにおれにこの家にいてほしいんですか？」ハリーは頭をぐいとうしろにそらした。「おれがいるとスズメバチの巣をつついたような騒ぎになりますよ」

「どういう意味だ？」シメオンが鋭い口調で訊いた。

「アルフレッドですよ」とハリーは言った。「善良な兄、アルフレッド！　自分で言うのもなんだけど、おれがこの家にいることがあいつを不快にさせるんでね」

「それがどうした！」シメオンは威圧するように言った。「この家の主人はわしだ」

「とはいうものの、実際にはアルフレッドがいないと困るでしょう。おれとしてはわざわざ波風をたてるようなことは――」

「おまえはわしの言うとおりにすればいいんだ」シメオンは息子の言葉を遮った。

ハリーはあくびをした。

「家にこもりきりの生活なんてできっこありませんよ。世界を放浪してきた男には酷です」

彼の父は言った。「おまえもそろそろ結婚して身を固めたほうがいい」

ハリーは言った。「だれと結婚するんです？　残念ながら姪とは結婚できませんからね。若いピラールは小悪魔のように魅力的だけれど」

「そういうことには目ざといな」

「身を固めるといえば、デブのジョージは見たところ、うまくやったようじゃないですか。彼女は何者なんです？」

シメオンは肩をすくめてみせた。

「知ったことか。どこかのモデルの行列ででも拾ってきたんだろうよ。本人によれば父親は退役した海軍将校だそうだが」

ハリーは言った。

「ほんとうは沿岸蒸気船の二等航海士あたりの小物かもしれませんね。せいぜい用心しないとジョージはあの女とひと悶着起こしますよ」

「ジョージは馬鹿だからな」とシメオン・リー。

ハリーは言った。「彼女はなんだってジョージと結婚したんだろう——金目当てかな？」

シメオンはまた肩をすくめた。

ハリーは言った。「とにかく、アルフレッドとはちゃんと話がつきそうなんですね？」

「すぐにつけてみせる」シメオンはにこりともせずにこたえた。

彼はかたわらの小さなテーブルに置かれているベルに手を触れた。

ただちにホーベリーが現れた。シメオンは言った。

「アルフレッドにここへ来るよう伝えてくれ」

ホーベリーが去ると、ハリーが間延びした口ぶりで言った。

「あの男、ドアの向こうで立ち聞きしてやがる！」

シメオンは肩をすくめた。

「たぶんな」

アルフレッドが部屋に飛びこんできて、弟の姿を見るなり顔をゆがめた。彼はハリーを無視して、あてつけがましく言った。

「お呼びですか、お父さん？」

「ああ、座れ。この家で暮らす者がふたり増えるとなると、おまえとのあいだでいくつか確認しておかなければならないことがあるとわかってきたんだ」

「ふたり？」

「ピラールがここに住むのは当然として、ハリーも帰ってくることになったのさ」

アルフレッドは言った。「ハリーがここで暮らすんですか？」

「だめかい、兄貴？」とハリー。

アルフレッドはさっとハリーに顔を向けた。

「胸に手をあててみればわかるだろうが！」

「それが、あいにくと――わからなくてね」

「あれだけ面倒を起こしておいてか？　おまえはみっともない真似をしたんだ。あんな醜聞は――」

ハリーはおざなりに手を振った。

「全部過ぎたことじゃないか、兄貴」

「おまえはお父さんに迷惑をかけた、さんざん世話になっていながら」

「あのなあ、アルフレッド、それはあんたの問題じゃなく、親父の問題だと思うぞ。もし、親父が許してくれて、いっさいを忘れると言うなら――」

「わしはそのつもりだ」とシメオンは言った。「なんのかんのいってもハリーもわしの息子だ。わかっておるだろうが、アルフレッド」

「わかってますよ、でも——わたしは不快に感じますね——お父さんのために」

シメオンが言った。「ハリーが帰ってくる！　わしがそれを望んでいるんだ」彼はハリーの肩に手を置いた。「わしはこいつが大好きでな」

アルフレッドは立ちあがり、部屋から出ていった。その顔は蒼白だった。ハリーも腰を上げ、笑いながらアルフレッドに続いて部屋を出た。

シメオンは椅子に座ったまま、ひとりでくすくす笑っていた。それから、びくっとして振り返った。「だれだ、そこにいるのは？　なんだ、おまえか、ホーベリー。そういう忍び足で近寄るのはよせ」

「申しわけございません、旦那さま」

「まあいい。そうだ、ちょうどおまえに言いつける用事があった。昼食のあとで、みんなをここへ呼んでくれ。みんなだぞ」

「かしこまりました」

「まだある。おまえもみんなと一緒に来い。で、廊下の途中まで来たら、わしに聞こえるように声を張ってなにか言え。なんでもいい、不自然でないことなら。わかったな？」

「はい、旦那さま」

ホーベリーは階段で下へ降りると、トレッシリアンに言った。

「どうやら、われわれも愉しいクリスマスを迎えられそうですよ」

トレッシリアンは咎めるように訊き返した。「いったいどうい う意味だ？」

「どうなるか見守りましょうよ、トレッシリアンさん。今日はクリスマス・イヴだ。家の外にクリスマスの聖霊が来てる——とは、思いませんけど！」

2

彼らは部屋にはいってから、戸口でいったん立ち止まった。

シメオンが電話をかけていたからだ。彼は手ぶりで彼らを呼び寄せた。

「みんな、座って待て。すぐにすむから」

シメオンは電話の相手と話しつづけた。

「ホジキンズ・アンド・ブルース事務所のチャールトンさんか？　ああ、チャールトン、きみかい？　こちらはシメオン・リーだ。ああ、まちがいないね？……ああ……いや、じつは遺言書の書き換えをお願いしようと思ってね……あれを作成してからだいぶ経ってしまったので……いろいろと状況が変わったんだ……いやいや、急ぎではない。クリスマスの邪魔をするつもりはないさ。ボクシング・デー（キリスト教の祝日。十二月二十六日）かその翌日にでも、こちらへ来てもらえないだろうか。詳細はそのときに話すよ。いや、気づかいは無用だ。わしだっていますぐに死にはしないから」

シメオンは受話器を置いた。やってきた家族八名を見まわし、クワックワッと笑った。

「みんなやけに浮かない顔をしているじゃないか。どうかしたかね？」

アルフレッドが言った。「お父さんがわれわれをお呼びになったから……」

シメオンは最後まで言わせなかった。「おお、すまん――とくにだいじなことでもなかったんだが。家族会議でも開かれると思ったか？　いやいや、今日はだいぶ疲れたというだけのことさ。夕食のあとは上へ来るにはおよばない。すぐに寝るから。クリスマスを元気に迎えたいからな」

シメオンは彼らに向かって、にやりと笑った。ジョージが真剣に言った。

「もちろん……もちろんですよ……」

シメオンは言った。「クリスマスは昔からの大きな決まりごとだ。家族の気持ちをひとつにする儀式だ。おまえはどう思う、マグダリーン？」

　マグダリーン・リーは飛びあがらんばかりに驚き、小さな口を愚かにもぱくぱくさせた。「え、ええ──そのとおりですわ！」

　シメオンは言った。「おまえはたしか、退役した海軍将校と暮らしていたんだったな──」そこで間を挟んだ。「父親と。とすると、クリスマスを大切に過ごすことはあまりなかっただろう。それには大家族が必要だからな！」

「え、ええ──そうかもしれません」

　シメオンの目がマグダリーンから離れた。

「一年のこの時期に不愉快な話はしたくないんだがね、ジョージ、おまえへの手当を少しばかり削らざるをえなくなりそうなんだ。この家をやりくりするのに今後はいくらか経費がかさみそうだから」

　ジョージは真っ赤になった。

「待ってくださいよ、お父さん、無理ですよ、そんなこと！」

　シメオンは穏やかに言った。「ほう、無理かね」

「わたしの場合はいままでも出費が多いんです。非常に多いんです。じつのところ、どうすれば帳尻が合うのかわからないほどで、とことん切りつめなくてはならない状態なんです」

「女房にもう少し倹約させればいいだろう」とシメオンは言った。「女はその種のことが得意だ。男がけっして思いつかないような倹約のしかたを考えつく。それに、手先の器用な女なら自分の服を自分でこしらえることができる。思い出すよ、わしの妻も裁縫がうまかった。あれはなんでも器用にこなした——よくできた女だった。ただ、いかんせん愚鈍で——」

デイヴィッドがはじかれたように立ちあがった。彼の父は続けた。

「まあ、座れ、息子よ、なにかひっくり返ったらどうする——」

デイヴィッドは言った。「お母さんは——」

シメオンは言った。「おまえの母親はシラミ程度の脳味噌しかもっていなかった！　しかも、あれが産んだ子どもらもその脳味噌を受け継いでいるんじゃないかと思えるのだ」彼は不意に背すじを伸ばした。両の頬が赤みを帯び、声が異様に高くなった。「まったく、どいつもこいつも、一ペニーの価値もないやつらだ！　わしはうんざりしているんだ、おまえら全員に！　だれひとりとして男とは呼べん！　どいつもこいつも腰抜けだ——めそめそ泣くへなちょこ野郎の集まりだ。ピラールひとりでおまえらふたりぶんの価値があるぞ！　神に誓ってもいいが、おまえらのだれよりも出来のいい息子がこの世界のどこかにきっといるはずだ。妻とのあいだに生まれた息子はおまえらだとしてもだ！」

「ちょっと待てよ、親父」ハリーが叫んだ。

ハリーは勢いよく立ちあがり、その場に棒立ちになった。ふだんは陽気な表情をたたえている顔を苦々しくゆがめて。シメオンは怒鳴りつけた。

「おまえだって同じだぞ！　おまえはこれまでなにをやってきた？　世界のどこにいても金の無心をしてきたな！　おまえの顔を見るとむかむかする！　失せろ！」

シメオンはやや息を切らして、椅子に背中を戻した。

家族はひとりまたひとり、のろのろと部屋から出ていった。ジョージの顔は怒りで赤く染まっていた。マグダリーンは怯えた顔をしていた。デイヴィッドは青ざめて、体をぶるぶる震わせていた。ハリーはわめき散らしながら出ていった。アルフレッドの歩き方は夢のなかにいるかのようだった。リディアは頭をきっと起こして彼を追った。ヒルダだけが戸口で足を止め、ゆっくりと引き返した。

彼女はシメオンを見おろすようにして立った。目を開けて、ヒルダがそばに立っていることに気づいたシメオンは、ぎょっとした。どっしりとして身動きひとつしない彼女の立ち姿には威圧感があった。

シメオンは苛立たしげに言った。「なんだ？」

ヒルダは言った。「お手紙をいただいたとき、わたしはお義父《とう》さまのおっしゃることを信じました。クリスマスには家族に囲まれて過ごしたい。そうおっしゃったから、デイヴィッドを説得してこちらへ伺ったのです」

「それが、どうしたというのだ？」

ヒルダは言葉を確かめるようにして言った。「たしかにあなたは家族に囲まれたかったのですね。でも、その目的は手紙に書かれていたこととはちがいました。ほんとうはみんなを仲たがいさせるために集めたかったのでしょう？　お気の毒な方ですね、そうやって愉しもうだなんて！」

シメオンはくすくす笑いを返した。「わしは若いときから、ユーモアのセンスがかなり特殊だったんだ。ほかのやつにこのジョークが通じるとは思わんよ。自分で愉しむ流儀なのさ！」

ヒルダはなにも言わなかった。シメオン・リーは漠然とした不安を覚え、口調が険しくなった。

「なにを考えている？」

ヒルダはとつとつと言った。「恐ろしいのです……」

「恐ろしい——わしがか?」

「あなたが恐ろしいのではありません。わたしは——あなたのかわりに——恐ろしいと思うのです!」

被告人に刑を宣告した裁判官のように、ヒルダは顔をそむけ、急ぐことなく、しっかりと床を踏みしめて部屋をあとにした。

シメオンは閉められたドアをじっと見つめていた。

それから立ちあがり、金庫のまえまで歩を進めると、つぶやいた。「わしの美しい子らを見るとしよう」

3

呼び鈴が鳴ったのは夜の七時四十五分ごろだった。

トレッシリアンが迎えにでた。食器室に戻るとホーベリーがいて、コーヒーカップをトレイから取りあげて、カップについているマークを見ているところだった。

「どなたでした?」とホーベリーが訊いた。

「警察の警視の——サグデン氏だ。おい、気をつけて扱え！」

そう言ったときにはもう、カップのひとつがホーベリーの手から落ち、けたたましい音をたてていた。

「それ見たことか」トレッシリアンは嘆いた。「十一年間、そのセットを洗ってきたわたしがひとつも割ったことがないというのに、おまえはわざわざここへやってきて、そもそもおまえがさわってはいけないものにさわったりするから、こんなことになるんだ！」

「すみません、トレッシリアンさん。ほんとうに申しわけない」とホーベリーは詫びた。彼の顔は汗まみれだった。「気がついたら手から落ちていて。警察から警視が来たって言いました？」

「ああ、サグデン氏が」

従者は赤みの失せた唇を舌先で舐めた。

「なんの——なんの用だったんですか？」

「警察孤児院への寄付の集金さ」

「ああ、そうでしたか！」ホーベリーはすぼめていた肩をもとに戻した。口ぶりがさっきより自然になった。

「それで、その人、集金できたんですか？」

「帳面を受け取ってリーさまにお渡ししたら、警視を二階のお部屋にお通ししてシェリー酒を用意しろと仰せつかった」

「金をねだりにきただけのやつを、一年のこの時期にですか。ここの主人は、そういうところはずいぶんと寛大なんですね。ほかにはあれこれ欠点があるにしても」

トレッシリアンは毅然として言った。

「リーさまは昔から気前のいい紳士だったさ」

ホーベリーはうなずいた。

「そこがご主人さまの長所ってわけか！　じゃあ、わたしはこれで失礼しますよ」

「映画を見にいくのか？」

「たぶんね。そいじゃ、トレッシリアンさん」

ホーベリーは使用人用の居室に通じるドアから出ていった。

トレッシリアンは壁掛け時計を見あげた。

食堂にはいると、ロールパンをナプキンの上に並べた。

つぎに、あらゆるものがあるべき状態にあることを確かめてから、広間の銅鑼《どら》を鳴らした。

銅鑼の響きが小さくなって最後に消えるのと同時に、警視が階段を降りてきた。サグデン警視は大柄でハンサムな男だった。青いスーツのボタンはきちんと留められており、立ち居ふるまいにやや偉ぶったところがあった。

話しぶりは愛想がよかった。「今夜は霜がおりそうだね。幸いなことに、このところ季節はずれの天気が続いていたが」

トレッシリアンは首を振った。

「じめついた天気だと持病のリウマチにさわります」

リウマチはつらい病気だな、と警視は応じ、トレッシリアンは彼を玄関まで送った。

老執事は玄関ドアをふたたび閉め、ゆっくりと広間へ戻った。片手で目をこすりながら、ため息をついた。リディアが客間へ向かうのを見かけると、執事の背すじが伸びた。階段からジョージ・リーが降りてくるところだった。

トレッシリアンは脇のほうで準備態勢をとった。最後にマグダリーンが客間にはいるのを見届けてから、みずからもおごそかに部屋にはいり、控えめに告げた。

「お食事の用意ができております」

トレッシリアンには婦人の衣装を査定する独自の基準があった。彼はいつも、ワインのはいったガラスのデカンターを手にテーブルをまわりながら、ご婦人がたの衣装にそれとなく視線を走らせ、評価していた。

今夜のアルフレッド夫人は、黒と白の花柄の新しいタフタのドレスを着ていた。すこぶる人目をひく大胆なデザインをみごとに着こなしておられる。並みのレディではこうはいくまいが。ジョージ夫人のドレスはモデルが着る衣装にちがいない。かなり金がかかったことだろう。ジョージさまが快く支払いをしたとはとても思えない。ジョージさまは金をつかうことが嫌いなお人だ——昔からそうだった。おつぎはデイヴィッド夫人。気立てのいい夫人だが、着るものに関するセンスは皆無らしい。この方の体型からすれば無地の黒いベルベットがいちばんしっくりくるだろうに、模様入りのベルベット、それも鮮やかな紅色を選んでしまうとは。そこへいくと、ピラール嬢はなにをお召しになってもいい。あの姿と髪の色なら、どんなものでも似合うのに、ぺらぺらの生地の安っぽい白のドレスを身にまとっている。とはいえ、遠からずリーさまが衣装を用意なさるだろう。すっかり彼女の虜になっておられるようだから。年老いた紳士はきまって同じ道をたどる。若い娘が年寄りを手なずけるのはわけもない。

「ワインは白と赤とどちらになさいますか？」トレッシリアンはジョージ夫人の耳もとで丁重に尋ねた。と、従僕《じゅうぼく》のウォルターの動きが視野の隅にはいった。またグレイビーソースをかけるまえに野菜を皿に置いている——あれほど注意したのに！

トレッシリアンはスフレの給仕に取りかかった。ご婦人がたの衣装への関心とウォルターの不注意に対する心配が頭から去ると、今夜は食卓を囲む人々が一様に無言であることに気がついた。いや、無言というのは正確ではない。ハリーさまはかれこれ二十分もしゃべっておられるし――いや、ちがう、あれはハリーさまではなくて、南アフリカからの客人だ。それに、ほかの方々も話してはいる。だが、いうなれば突発的にふたことみこと言葉を口にするだけだ。みんな、なんとなしにどこかが――おかしい。

たとえば、アルフレッドさまはどう見ても体調が悪そうで、大きなショックでも受けたかのように放心状態にある。皿の料理をもてあそぶだけで、いっこうに口に運ぼうとしない。夫人はそんな夫を案じている。トレッシリアンにはそれがわかった。彼女はたえずテーブルの先のほうに視線を走らせて――むろん、目立たぬようにそっと――夫を見守っている。ジョージさまは顔を真っ赤にして、料理をがつがつ食べているが、味わうどころではなさそうだ。あんなふうでは気をつけないといつか卒中で倒れるぞ。ジョージ夫人は料理に手をつけていない。ほっそりした体を保ちたいのだろうか。ミス・ピラールは料理を堪能しているようで、南アフリカから来た紳士と談笑している。紳士のほうはすっかり彼女に心を奪われたらしい。あのふたりには心配ごとがないように見える。

デイヴィッドさまはどうか？　トレッシリアンはデイヴィッド氏が気がかりだった。あの方は母親そっくりで、しかも、いまだに驚くほど若々しいが、やはり神経を尖らせている。おっと、グラスをひっくり返してしまったではないか。

トレッシリアンは急いでそのグラスを片づけ、こぼれたワインを手ぎわよく拭き取った。一件落着。しかし、当のデイヴィッド氏は自分がやったことに気がついていないようで、血の気のひいた顔で前方をにらみつけていた。

血の気のひいた顔といえば、食器室で警察官が訪ねてきたと聞いたときのホーベリーの態度も妙だった……あれではまるで――

トレッシリアンのもの思いはそこで中断した。ウォルターが両手で持った皿から洋梨をひとつ落としたのだ。近ごろの従僕ときたら、どうしてこう役立たずなんだ！　あのような身ごなしでは馬丁《ばてい》とかわらん！

彼は仕上げのポートワインをついでまわった。ハリーさまは今夜は心ここにあらずといったご様子だが、アルフレッドさまから目を離さない。あのふたりは昔から不仲だった。子どものころから。ハリーさまはむろん大旦那さまのお気に入りで、そのことがアルフレッドさまを苦しめたのだ。大旦那さまはアルフレッドさまを気づかったことがただの一度もない。アルフレッドさまは誠心誠意、父親に尽くしてきたというのに、お気の毒なことだ。

アルフレッド夫人が席を立とうとしていた。彼女はドレスの裾を引きながらテーブルのまわりを進んだ。タフタのドレスのデザインはとても趣味がよく、ケープもよく似合っている。彼女はじつに上品なレディだ。

トレッシリアンは、赤ワインのグラスを手にした紳士たちが残っている食堂のドアを閉めて、食器室にさがった。

彼はそれから、コーヒーのトレイを客間に運んだ。四人の婦人はその部屋に移っても、あまりくつろいでいるようには見えず、だれも話をしていなかった。トレッシリアンも黙ってコーヒーを配った。

配り終えるとまた部屋を出た。彼が食器室へはいろうとしたそのとき、食堂のドアが開けられる音がした。デイヴィッド・リーが食堂から現れ、広間を通って客間へ向かった。

食器室に戻ったトレッシリアンは、その場でウォルターに注意した。ウォルターの作法はどうしようもないとまではいわないが、なっていない!

食器室でひとりになると、トレッシリアンは疲れを感じて腰をおろした。

気分も落ちこんでいた。クリスマス・イヴならではの心身の緊張が……苦手なのだ。

彼はどうにか気力をふるいおこすと客間へ行き、コーヒーカップを集めてまわった。客間に残っているのはリディアひとりだった。部屋の奥の窓辺に立ったリディアの姿はカーテンで半分隠れていた。彼女は窓の外の闇を見つめていた。

隣の部屋からピアノの調べが聞こえた。

デイヴィッドさまが弾いているのだろう。だが、なぜ『葬送行進曲』などを？　トレッシリアンは自問した。たしかにメンデルスゾーンの『葬送行進曲』だ。まちがいない。

やはり、なにもかもがおかしなことになっている。

トレッシリアンはゆっくりとした足取りで広間を通って食器室へ戻った。

すさまじい音が最初に聞こえたのはそのときだった。頭上でガチャンと陶器が割れる音、家具ががらがらと倒れるような音、なにかがぶつかったり落ちたり割れたりする音。

〝たいへんだ！〟とトレッシリアンは思った。〝ご主人はなにをなさっているんだ？　二階でいったいなにが起きているんだ？〟

すると、かん高い絶叫がはっきりと聞こえた——身の毛のよだつその絶叫は、首を絞められて喉がつまったような、さもなければ喉がごぼごぼ鳴っているような声に変わり、やがて聞こえなくなった。

トレッシリアンはわけがわからず、つかのま立ちすくんだ。それから広間に飛びだし、幅の広い階段を駆けあがった。ほかの人々も同じように二階へ向かった。絶叫は屋敷じゅうに響き渡っていたのだ。

彼らは駆け足で階段をのぼり、角を曲がり、壁のくぼみに飾られてほの白く不気味に光る彫像のまえを通りすぎ、シメオン・リーの部屋のドアに通じるまっすぐな廊下を走った。スティーヴン・ファー氏がすでにドアのまえに着いていた。デイヴィッド夫人も。彼女は壁に背中をもたせかけ、ファー氏がドアの取っ手をひねっていた。

「鍵がかかっている。鍵がかかっている！」

ハリー・リーが彼を押しのけ、取っ手をもぎ取るようにしてつかんだ。彼もまた必死でまわしたりひねったりした。

「親父！」とハリーは叫んだ。「親父、なかに入れてくれ！」

ハリーが手をあげた。静まり返ったなかで全員が聞き耳をたてた。返事はなかった。部屋からはなんの音も聞こえない。

玄関の呼び鈴が鳴ったが、そちらに注意を払う者はいなかった。

スティーヴン・ファーが言った。

「ドアをぶち破るしかないな。ほかに方法がない」

ハリーが言った。「ちょっとやそっとじゃぶち破れないぞ。ここのドアはえらく頑丈なつくりだから。よし、やろう、アルフレッド」

男たちは息をあえがせ、頑丈なドアに体当たりした。それでもだめだと廊下に置かれているオークの長椅子を持ちあげ、破壊槌（消防士が使う金属棒）がわりにした。ついにドアが降参した。蝶番《ちょうつがい》がはずれ、ドアは小刻みに揺れ動きながら枠から離れおちた。

みんなはしばし体を寄せあって、なかを覗きこんだ。彼らの目に映った光景は、だれもが生涯、忘れえぬ光景となった……

そこにはおぞましい格闘の痕跡がまざまざと残っていた。重い家具がひっくり返され、中国製やら日本製やら陶器の花瓶が床に砕け散り、火があかあかと燃える暖炉のまえの敷物の真んなかにシメオン・リーが倒れていた。そのまわりは血の海だった……そこらじゅうに血が飛び散っていた。

だれかが震える長いため息をついた。それから、ふたりの声が交互に聞かれた。奇妙なことに、ふたりが口にした言葉はどちらも引用句だった。

デイヴィッド・リーがこう言った。

「神の挽き臼はゆっくりだが……」

リディアは木の葉の囁きのような震え声で言った。

「あの老人にこんなにたくさんの血があったなんて、だれが考えたでしょう……」

4

サグデン警視は呼び鈴を三回鳴らした。だれも出てこないので、やけのようにノッカーを連打した。

怯えた顔のウォルターがようやくドアを開けた。

「ああ」と彼は声を漏らし、安堵の表情を浮かべた。「いま警察に電話をかけようとしたところだったんです」

「なんのために？」と警視は鋭い調子で訊いた。「こちらでなにかあったのか？」

ウォルターは小声で言った。

「リーさまが――大旦那さまがやられ、い、いました……」

警視はウォルターを押しのけて階段を駆けあがった。彼が部屋にはいっても、だれも気づかなかった。部屋のなかを進みながらサグデンは、ピラールが床にしゃがみこんで、なにかを拾うのを見て取った。デイヴィッド・リーが両手で目を覆って立っているのも目に留めた。

ほかの人々は一ヵ所に固まっていた。父親の遺体に近寄っているのはアルフレッド・リーひとりで、いまはすぐそばに立って遺体を見おろしていた。うつろな顔をしていた。

ジョージ・リーがものものしく一同に言った。

「なににもさわるな――いいな――なににもだ――警察が到着するまでは。それがいちばんだいじなことだ！」

「失礼します」とサグデン。

彼は夫人たちをそっと脇に押しやりながら進み出た。

アルフレッド・リーが警視に気づいた。

「ああ、あなたでしたか、サグデン警視。ずいぶん早かったですね」

「ええ、リーさん」サグデン警視はここで自分の説明に時間を費やそうとはしなかった。

「いったいこれはどういうことですか？」

「父が」とアルフレッドは言った。「殺されたんです――殺害されたんです……」

声が途中でつまった。

マグダリーンが不意にヒステリックなすすり泣きを始めた。

サグデン警視は職務としてその大きな手をあげ、威厳のある声音で言った。

「みなさん、部屋から出ていただけますか？　リーさんと――ええと――ジョージ・リー氏は残ってください……」

残りの者は、羊のごとくしぶしぶとドアのほうへ向かいだした。サグデン警視はふとピラールを呼びとめた。

「失礼ながら、お嬢さん」と愛想よく言った。「ここではなににさわることも、なにを動かすこともしてはいけないんですよ」

ピラールはじっと彼を見た。スティーヴン・ファーが割りこんだ。

「もちろんそうでしょうよ。それぐらい彼女だってわかってますよ」

サグデン警視は愛想のいい言葉つきを変えなかった。「さっき床からなにかを拾いましたね？」

ピラールは目を瞠った。それからサグデンをきっとにらみ、信じられないというように言った。「あたしがですか？」

サグデン警視はなおも愛想よく、少しだけ語気を強めた。

「ええ、たしかに見ましたよ、あなたが……」

「ああ！」

「そう、それを渡してください。あなたの手のなかにあるものを」

ピラールはゆっくりと片手を開いた。よれたゴムの塊と木でできた小さなものが手のひらにのっていた。サグデン警視はそれを受け取ると、封筒におさめ、上着の胸ポケットにしまった。

彼は体の向きを変えた。「ありがとう」

一瞬よぎった。そのときまでは大柄でハンサムな警視を見くびっていたかのように。驚きと尊敬のまじった表情がスティーヴン・ファーの目を一瞬よぎった。

一同はゆっくりと部屋から出ていった。警視の質問が正式に始まるのを背中で聞きながら。

「では、さっそく事情をお聞かせねがいましょうか……」

5

「やはり薪の火にかぎるな」ジョンスン大佐は太い薪をもう一本投げこんでから、椅子を引いて暖炉に近づけた。「遠慮なくやってくれ」と彼は言い足し、招き入れた客のかたわらに置かれた酒瓶台《タンタラス》とコーヒーサイフォンに注意をうながした。

客は片手をあげて丁重に辞退した。彼は自分が座っている椅子を、燃えている薪のほうに用心深く近づけた。とはいえ、この火は人の足をあぶり焼きにすることはあっても

（中世のどこかでおこなわれた拷問のように）、肩のうしろをすうすうさせる冷たいすきま風を弱めてくれるとは思わなかったが。

ミドルシャー州の警察本部長、ジョンスン大佐は、どんな暖房も薪の火にはかなわないという意見らしいが、エルキュール・ポアロは、セントラル・ヒーティングはいついかなるときも薪の火に勝ると考えていた。

「あのカートライト事件には度肝を抜かれたものだ」この家の主人は過去の事件を振り返った。「あの男には度肝を抜かれた！　品のいい物腰で魅力たっぷりの男だった。あの男がきみとここへ来たときには、きみもわたしもすっかり騙されてしまった」

ジョンスンはやれやれというように首を振った。

「あんな事件を扱うことは二度とないだろう！　幸いにもニコチンによる中毒死もめったにない」

「すべての毒殺事件は非英国的だと警察が考えてしまうような時風もありましたね」エルキュール・ポアロは遠まわしに言った。「毒殺は外国人が用いる手段だと！　フェアではないと！」

「そこまで言えたとは思わんがね」と警察本部長は言った。「ヒ素をつかった毒殺は多かった。おそらく、実際に立件できた数よりはるかに多かっただろう」

「かもしれません、ええ」

「例外なく厄介なのさ、毒殺事件というのは」とジョンスンは言った。「専門家の証言が対立する。そうした場合、医師はたいてい、自分の発言に関して極端に慎重になる。で、難事件として陪審にかけられるのがお決まりのコースだ。まったく、どうしても殺人を犯さなければならないのであれば（神はお赦しにならんが！）、わたしには単純明快な事件をまわしてもらいたいものだ。死因に曖昧さがいっさいない事件を」

　ポアロはうなずいた。

「銃弾を撃ちこんだり、喉をかっ切ったり、頭蓋骨をつぶしたり、ですか？　そういうのがあなたのお好みなのでしょうか？」

「好みなどと言わないでくれ、友よ。わたしが殺人事件を好むなどと思われたらたまらんよ！　二度と殺人事件を扱わずにすむようにと願っているのに。ともあれ、きみが我が家に滞在しているあいだは無事に過ごせるはずさ」

　ポアロは謙遜を口にしかけた。

「わたしの評判などは――」

　しかし、ジョンスンは自分の話を続けた。

「クリスマスとは、平和や善意や――そうしたもろもろのことを実践するときだからな。

いたるところに善意がある」

エルキュール・ポアロは椅子の背にもたれ、両手の指先を組み合わせた。彼はこの家の主人を考え深げに観察した。

「すると、クリスマスの時期には犯罪が起きにくいというのがあなたのご意見なのでしょうか？」とポアロはつぶやいた。

「いまそう言っただろう」

「なぜ？」

「なぜ？」ジョンスンはいささか面食らって訊き返した。「だから、いま言ったとおり、みんなが機嫌よく過ごす季節だからさ！」

エルキュール・ポアロはまたつぶやいた。

「英国人がそこまでセンチメンタルだとは」

ジョンスンは頑として言った。「センチメンタルだったらどうだというんだ？　昔ながらの考え方を、伝統的な祝いごとを好んだらどうだというんだ？　なにか害をもたらすかい？」

「害はありません。すこぶるチャーミングなことです！　ただ、少しばかり事実を検証しましょう。クリスマスはみんなが機嫌よく過ごす季節だとあなたはおっしゃいました。

それはつまり、おおいに飲み食いするということではありませんか？　もっといえば食べすぎですね。食べすぎには消化不良がつきものです。そして、消化不良になると人は短気を起こすのです」

「犯罪は」とジョンスン大佐は言った。「短気が起こすものではないよ」

「それはどうでしょうか。論点がもうひとつあります。クリスマスには、善意の精神なるものがあります。それは、おっしゃるように、〝するべきこと〟なのでしょう。昔の仲たがいが修復され、かつて意見の合わなかった者同士が、一時的にせよ和解するべきなのでしょう」

　ジョンスンはうなずいた。

「矛《ほこ》をおさめる。そのとおり」

　ポアロは持論を進めた。

「で、家族が、一年じゅう離ればなれでいた家族たちが、また一堂に会するわけです。そうした状況のもとでは、友よ、非常に強い緊張が生まれるということを認めなければなりません。もともと互いをよく思っていない者同士が、打ち解けているように見せなければならないというプレッシャーを自分にかけるわけですから！　クリスマスにはとてつもなく大きな偽善が生まれます。なるほどそれは尊敬に値する偽善、しかるべき《プル・ル・ボン》理由《・モティーフ》のもとでおこなわれる偽善でしょう。そこまではわかります《セ・アンタンデュ》。でも、偽善は偽善です！」

「わたしにはそんなふうには考えられんがね」ジョンスン大佐は疑わしげに言った。

ポアロは大佐に笑みを投げた。

「いや、むろん、そう考えているのはわたしであって、あなたではありません。ここで指摘したいのは、そうした状態――精神的な緊張と肉体的な不調――におかれると、以前はただ虫が好かなかったり、ささいな意見のちがいだったりしたものが、たちどころに深刻な性質を帯びるかもしれない、ということなのです。実際よりも打ち解けてみせ、寛容で上品なふりをした結果、遠からず、実際以上にいやらしく、冷酷で、不愉快きわまりないふるまいをすることになってしまうのですよ。人のふるまいの自然な流れを堰《せき》き止めれば、友よ、遅かれ早かれ、ダムが決壊して大洪水が起きます！」

ジョンスン大佐は怪しむようにポアロを見た。

「きみというやつは、どこまでが真剣でどこまでが冗談なのかわかったもんじゃない」

大佐はぼやいた。

ポアロは彼に微笑みかけた。

「真剣というわけじゃありませんよ。ちっとも真剣じゃありません！　それでもやはり、わたしは真実を語っています――無理してこしらえた状況は本来の反応を引きおこします」

ジョンスン大佐の従者が部屋にはいってきた。

「サグデン警視からお電話でございます」

「わかった。いま行く」

ちょっと失礼、とポアロにことわって、警察本部長は部屋を出ていった。

三分後に戻ってきた彼の顔は暗く沈み、動揺をあらわにしていた。

「まいったよ！」と大佐は言った。「殺人事件だ！　よりによってクリスマス・イヴに！」

ポアロの眉が吊りあがった。

「それはたしかなのですか――殺人というのは？」

「ああ？　いや、ほかに解釈のしようがないんだよ！　明々白々な殺人事件としか。殺人――それも残忍な殺人だ！」

「被害者はだれですか？」

「シメオン・リー老人。州でも指折りの金持ちだ。はじめは南アフリカで大儲けをしたんだ。たしか、金、いや、ダイヤモンドで。その後、鉱山の採掘機械の特殊な器具を製造して莫大な財産を築いた。自分で発明したはずだよ。いずれにしろ、それでまた大儲けをして、二度も百万長者になったと言われている」

ポアロは言った。「人望はあったのでしょうか？」

ジョンスンの口調が勢いを失った。

「だれからも好かれていたとは思えんね。変わり者だったから。ここ数年で体がだいぶ弱っていたようだ。わたしは彼についてさほど詳しくないが、この国の有力者のひとりであることはまちがいない」

「となると、この事件は大きな騒ぎになりそうですね？」

「ああ。できるだけ早くロングデールに出向かなければならんだろうな」

ジョンスンは言いよどみ、客の顔を見た。ポアロは無言の問いかけにこたえた。

「わたしもご一緒したほうがよろしいですか？」

ジョンスンはばつが悪そうだった。

「きみに頼むのは気がひけるけれども、察してくれるだろう！　サグデン警視は申しぶんなく優秀な男ではあるんだ。勤勉で慎重で、じつにしっかりしている――ただ――その、いかなる意味においても想像力の豊かなやつではないんだ。きみの助言に、あずかれれば、この際、まことに、助かる」

大佐は最後のくだりをぶつぶつとこま切れにして言ったため、電文めいて聞こえた。

ポアロは、即座にこたえた。

「喜んでお供しますよ。わたしにできることならいかようにもお手伝いさせていただきます。わたしたちはその優秀な警視の感情を害さないようにしないといけませんね。これは彼の事件であって――わたしの事件ではないのですから。わたしは非公式の相談役に徹します」

ジョンスン大佐は興奮ぎみに言った。

「きみはじつにできたやつだよ、ポアロ」

この称賛の言葉とともに、ふたりは出発した。

6

玄関ドアを開けて、ふたりに敬礼したのは巡査だった。そのうしろからサグデン警視が広間を歩いてきた。

「来てくださったんですね。まずは左手のこちらの部屋へまいりましょうか――リー氏の書斎へ。事件のあらましをご説明したいので。全体にどうも妙な事件なんです」

サグデンは広間の左にある小部屋へふたりを導いた。そこには電話が一台と、書類の積まれた大きな机があった。壁には本棚がずらっと並んでいた。

警察本部長は言った。「サグデン、こちらはエルキュール・ポアロさんだ。きみもお名前は聞いたことがあるだろう。たまたま我が家にいらしていたのでね。こちらはサグデン警視だよ」

ポアロは軽く一礼し、相手をすばやく観察した。背の高い怒り肩の男で、姿勢が軍人のようだった。鷲鼻と好戦的な顎をもち、やけにりっぱな栗色の口ひげをたくわえていた。互いの紹介がすむとサグデンはしげしげとエルキュール・ポアロを見た。エルキュール・ポアロはサグデン警視の口ひげに見入った。あまりに密なそのひげに魅了されたかのように。

警視が言った。

「むろん、お噂はかねがねうかがっていますよ、ポアロさん。わたしの記憶が正しければ、何年かまえにもこちらへおいでになりましたよね。サー・バーソロミュー・ストレンジが亡くなったときに。毒殺事件でしたね、ニコチンによる。あれはわたしの管区の事件ではありませんでしたが、もちろん一部始終をうかがっています」

ジョンスン大佐はしびれを切らした。

「おいおい、サグデン、事実を聞かせてくれ。明白な事件、ときみは言ったな」

「そうです、本部長。あきらかに殺人です。それについては疑いの余地はありません。リー氏は喉を切られていました――医師によれば頸動脈の切断です。ただ、全体として、どうも奇妙な感じがするんです」

「というと――？」

「まず、わたし自身にかかわる話を聞いていただきたいのですが、状況を説明するとこうなります――今日の午後五時ごろ、わたしはアドルズフィールド警察署でリー氏からの電話を受けました。その電話でリー氏がちょっとおかしなことを言ったんです。今夜八時に会いにきてくれと、わざわざ時刻を指定したうえに、執事には警察関連の寄付を集めにきたと言うようにとの指示までしたのです」

ジョンスン大佐は眼光鋭く警視を見あげた。

「きみを家に招き入れるためにもっともらしい口実が必要だったということか？」

「そうです。まあ、リー氏は名士ですから、当然ながら要望に応じました。ここに着いたのは八時少しまえです。警察孤児院の寄付金を集めにきたことにしました。執事がそれを伝えにいき、戻ってくると、リー氏がお会いになると言い、そのままわたしをリー氏の部屋へ案内しました。二階のその部屋は食堂の真上にありました」

サグデン警視はそこでいったん言葉を切り、息継ぎをしてから、やや形式ばって報告を続けた。

「リー氏は暖炉のそばの椅子に腰掛けていました。部屋着を着ていました。執事が引きあげてドアが閉まると、リー氏は自分のそばの椅子をわたしに勧めました。それから、いくぶんためらいがちに、ある盗難に関する詳細を聞いてもらいたいと言いました。なにを盗まれたのかと尋ねると、数千ポンドもの価値があるダイヤモンドを（たしか、カットされていない原石だと言っていました）、金庫から盗まれたと信ずるに足る理由があるという返答がありました」

「ダイヤモンドだと？」警察本部長は訊き返した。

「はい。わたしは通常の質問をいろいろとしましたが、リー氏の態度はひどく自信なげで、こたえる内容もあやふやで、最後にはこう言いだす始末です。〝こんなふうではわたしの勘ちがいだと考えるだろうな、警視〟と。わたしは〝いまひとつ理解できません。ダイヤモンドはなくなったのですか、それともなくなってはいないのですか？　どっちなんです？〟と尋ねました。すると〝ダイヤモンドはたしかになくなっているんだよ、警視、だが、ひょっとしたら、その紛失がくだらない悪ふざけにすぎない可能性もある〟とこたえました。そんなおかしな話があるかと思いましたが、なにも言いませんでした。リー氏の話はまだ続きました。〝詳しくは説明しづらいが、つまりこういうことなんだ。わしが知るかぎり、あの石を持っている可能性のある人間はふたりしかいない。そのうちのひとりだったらジョークのつもりかもしれん。もうひとりのほうだとすると盗みにちがいない〟と言うので、〝具体的にわたしにどうしろとおっしゃるんですか？〟と訊くと、リー氏は即答しました。〝一時間したらまたここへ来てもらえないだろうか、警視――いや、もうちょっとあとのほうがいいな――そう、九時十五分に。そのときには、盗みだったのかそうではなかったのか、はっきりと教えられるだろうから〟と。なんだか狐につままれたようでしたが、わかったと言って辞去しました」

ジョンスン大佐は感想を述べた。

「興味をそそられるね――じつにそそられる。きみはどう思う、ポアロ？」

エルキュール・ポアロは言った。

「お尋ねしてよろしいでしょうか、警視、あなたはどういう結論を導かれましたか？」

警視は顎をさすりながら、慎重にこたえた。

「そうですね、さまざまな考えが浮かびましたが、全体からこう想像しました。悪ふざけというのは論外です。ダイヤモンドが盗まれたのはまちがいない。しかし、リー老人にはだれが盗んだのか確信がもてなかった。ふたりのうちのどちらかの可能性があるというのは嘘ではなく、そのひとりは使用人で、もうひとりは家族のだれかを意味していたのではないか――というのがわたしの考えです」

　ポアロはなるほどというようにうなずいた。

「すばらしい《トレ・ビアン》。ええ、そう考えればリー氏の態度に説明がつきますね」

「それで、わたしにあとでもう一度来てもらいたかったのでしょう。わたしが戻るまでのあいだに疑惑の人物とじかに話をして、盗難の件はすでに警察に通報したと言うつもりだったのかもしれません。だが、すぐに返せば警察には口止めすると」

　ジョンスン大佐が言った。

「容疑者が応じなかったら？」

「その場合はわれわれに捜査をゆだねるつもりだったでしょうね」

　ジョンスン大佐は眉間に皺を寄せ、口ひげをひねって、異議を唱えた。

「どうしてきみを呼びだすまえにそういう手順を踏まなかったんだろう？」

「それはできませんよ、本部長」警視は首を振った。「それじゃ単なるこけおどしになってしまって、半分の説得力しかなかったでしょう。相手は〝この老人がなにを疑っているにせよ、警察に電話する気はないだろう〞と思うかもしれません。だが、もし、リ

―老人が〝警察にはすでに話してあるし、いましがた警視が帰ったところだ〟と言えばどうですか？　盗っ人は執事に尋ね、執事がそのことを裏づけます。〝はい、ディナーの直前に警視さんがいらっしゃいました〟と。そうなったら盗っ人は老紳士が本気だと悟り、観念してダイヤモンドをしぶしぶ返すはずです」

「ふむ、なるほど」とジョンスン大佐は言った。「きみには〝家族のだれか〟に心あたりはあるかね？」

「ありません」

「なんであれ手がかりになりそうなことも？」

「まったくありません」

ジョンスンは首を横に振った。

「では、先に進もう」

サグデン警視は形式ばって説明を再開した。

「九時十五分きっかりにこの家へ戻りました。玄関の呼び鈴を鳴らそうとしたちょうどそのとき、家のなかから絶叫が聞こえたのです。そして人が叫ぶ声やら、どたばたと混乱した様子やらが聞き取れました。何回呼び鈴を鳴らしてもだめなので、ノッカーをつかいました。三、四分してからやっとドアが開けられました。出てきたのは従僕のようで、なにかたいへんなことが起きたのだとすぐにわかりました。従僕は体をぶるぶる震わせていて、いまにも気を失いそうでしたから。そして、リー氏が殺されたと、あえぎ声で言ったのです。大急ぎで二階へ行くと、リー氏の部屋は修羅場と化していました。すさまじい格闘があったことは一目瞭然でした。当のリー氏は暖炉のまえに倒れていました。喉を切られ、血の海のなかに」

警察本部長は問いただした。

「リー氏自身がそれをやったということはありえないんだな？」

サグデンは首を振った。

「ありえません。その根拠としてひとつ挙げるなら、椅子もテーブルもひっくり返されていましたし、陶器や装飾品も割れたり壊れたりしていました。犯行に使用された剃刀またはナイフも残されていませんでした」

警察本部長は考えこんだ。

「なるほど。となると自殺の線はなさそうだな。部屋にだれかいたのかね？」

「家族のほとんどがいました。死体を遠まきにして立っていました」

ジョンスン大佐は強い調子で訊いた。

「きみの考えは、サグデン？」

警視はおもむろにこたえた。

「いやな事件ですね。わたしには彼らのなかに犯人がいるように思えてしかたがないんですよ。外部の人間があれだけのことをやって、みんなが駆けつけるまえに逃げおおせたとは思えないのです」

「窓はどうなんだ? 閉められていたのか? 開けられていたのか?」

「部屋の二ヵ所に窓があり、一方は閉められて錠が差されていました。もう一方は下のほうがすきまのように細く開いていました。ただ、その窓は泥棒よけのネジ釘でその位置に固定されていて、念のために確かめましたが、釘が固くねじこんであり、もう何年もそのままというふうでした。それに外壁はまったくなめらかで、なにかが壊された形跡はなく、蔦《つた》のような蔓植物もありません。犯人が窓から脱出できたとはとても思えません」

「部屋にドアはいくつある?」

「ひとつきりです。廊下のつきあたりの部屋なので。ドアはなかから鍵がかけられていました。格闘するような騒音と老人の断末魔の叫びを聞いて階段を駆けあがった家族は、ドアをぶち破ってなかにはいらなければなりませんでした」

ジョンスンは問いつめるように言った。

「それで部屋にだれがいたんだ？」

サグデン警視はおごそかにこたえた。

「だれもいませんでした、ほんの数分まえに殺された老人のほかにはだれも」

7

ジョンスン大佐はしばらくサグデンをにらみつけてから、まくしたてた。

「つまりきみは、警視、こう言いたいのかね？　この事件は探偵小説によくある、被害者が鍵のかかった部屋で、まるで超自然のものに殺されたかのように見える、いまいましい密室殺人のたぐいだと」

かすかな笑みで口ひげを震わせながら、警視はいかめしくこたえた。

「そこまで厄介な事件とは思いませんが」

ジョンスン大佐は言った。

「では自殺か。自殺ってことになるじゃないか！」

「だとしたら、凶器はどこへ行ったのでしょうか？　いや、本部長、自殺ではないでしょう」

「じゃあ、犯人はどうやって逃げたんだ？　窓からか？」ジョンスンの問いにサグデンはかぶりを振った。

「誓ってもいいですが、窓から逃げることはできませんよ」

「だが、ドアは内側から鍵がかけられていた。そうだな？」

警視はうなずき、ポケットから鍵を取りだして、テーブルに置いた。

「指紋はついていません。でも、その鍵をよくごらんになってください。そちらの拡大鏡で」

ポアロが身を乗りだし、ジョンスンとともにその鍵を丹念に見た。警察本部長は感嘆の声をあげた。

「おお、これは！　バレル（バレルキーと呼ばれる鍵の〝樽〟型をしたさしこみ部分）の先に引っかき傷のような跡がある。見えるだろう、ポアロ？」

「ええ、見えます。これは、鍵がドアの外側からかけられたことを示唆していますね。特殊な道具を鍵穴に入れて、内側から差しこまれている鍵のバレルをまわしたのです――ふつうのペンチでもできるんじゃないでしょうか」

警視はうなずいた。

「じゅうぶんにできますね」

ポアロは言った。「すると、これは、ドアには鍵がかかっており、部屋にだれもいなかったのだから自殺だと思わせるための画策ということですか？」

「そのとおりですよ、ポアロさん、まちがいないと言ってもいいでしょう」

ポアロは怪訝そうに首を振った。

「しかし、部屋のなかの乱れようはどうでしょう！　あなたのおっしゃるように、そのことが自殺説をうち消してしまいます。自殺に見せかけたいなら、犯人はまず最初に部屋をととのえたはずです」

サグデン警視は言った。「でも、時間がなかったのですよ、ポアロさん。そこが重要な点です。犯人には時間がなかった。かりに、本人に気づかれぬようにやり遂げるつもりだったとしましょう。ところが、うまくいかず、揉みあいになった——格闘の音が下の部屋で聞かれてしまった。さらに、リー老人は助けを求めて叫んだ。みんなが走って二階へ向かってくる。犯人には急いで部屋から出て鍵を外からまわす時間しかなかったのでしょう」

「それならわかります」ポアロは認めた。「あなたの言うその犯人はへまをしたのかもしれません。それにしても、せめて凶器を残しておかなかったのはなぜでしょうね？

凶器がなければ、そもそも自殺できないというのに。そこのところがもっとも重大なしくじりでしたね」

　サグデン警視はそっけなく言った。

「犯罪者はたいていしくじりをやらかしますから。われわれは経験で知っています」

　ポアロはふっとため息をつき、ぼそりと言った。

「でも、同時に、しくじりをいくつもやらかしながらも逃げおおせた」

「わたしは犯人が逃げおおせたとは思いません」

「では、犯人はまだこの家のなかにいると？」

「ほかにいられる場所があるとは思えません。内部の者の犯行だったんですよ」

「しかし、それでもやはり《トゥ・ド・メーム》」ポアロは穏やかに指摘した。「ここまでは逃げおおせています。あなたには犯人がだれだかわからないのですから」

　サグデン警視も穏やかに、だが、きっぱりと言った。

「われわれが犯人を突きとめるのにそう時間はかからないと思いますよ。なにしろまだ使用人をふくむ家族の聴取も始まっていない段階ですからね」

　ジョンスン大佐が口を挟んだ。

「そうだ、サグデン、ひとつ思いあたることがある。鍵を外側からまわしたのがだれであるにせよ、その種の仕事について、それなりの知識のあるやつがやったにちがいない。その人間には犯罪の経験があるんだろう。そういう道具を扱うのは容易ではないからな」

「プロの仕事だとおっしゃるんですか？」

「そういうことだ」

「たしかにそうとも考えられますね」サグデンも認めた。「その方向で考えていくと、使用人のなかに本職の泥棒がいるということになりますかね。それならダイヤモンドが盗まれたことにも説明がつきますし、論理的には、その結果として殺人がおこなわれたということになるのかもしれません」

「うむ、そう考えることになにか不都合でもあるのか？」

「最初はわたしもそう考えたのです。しかし、かなり無理があるんですよ。この家には八人の使用人がいて、そのうち六人は女で、その六人のうち五人は四年以上ここで働いています。男のふたりというのは執事と従僕ですが、執事は四十年近くこの家にいるという――ちょっとした記録の持ち主です。従僕のほうは地元の人間、というか庭師の息子でして、ここで育っています。本職の泥棒とはちょっと考えにくいですね。それ以外にもうひとり、リー氏の世話をしている従者がいて、この人物は比較的新参です。ただ、犯行時刻には外出していました。いまも戻ってきていません。八時少しまえに出ていったそうです」

ジョンスン大佐は言った。

「いまこの家にいる人間の正確なリストはできているのかね？」

「はい。執事から聞いて作成しました」サグデンは自分の手帳を取りだした。「読みあげましょうか？」

「ああ、そうしてくれ、サグデン」

「アルフレッド・リー夫妻、ジョージ・リー下院議員とその妻、ハリー・リー氏、ディヴィッド・リー夫妻。ミス――」警視は短い間をとり、注意深くその名前を読んだ。

「ピラー――」彼の発音ではそれが建築物の柱と同じになった。「――エストラバドス。スティーヴン・ファー氏。以下は使用人です。執事のエドワード・トレッシリアン、従僕のウォルター・チャンピオン。料理人のエミリー・リーヴズ。キッチンメイドのクィーニー・ジョーンズ、ハウスメイド頭のグラディス・スペント、第二ハウスメイドのグレイス・ベスト、第三ハウスメイドのビアトリス・モスコーム、仲働きメイドのジョーン・ケンチ、そして従者のシドニー・ホーベリー」

「それで全員なんだな？」

「全員です」

「殺人があった時刻にそれぞれがどこにいたかはわかっているのか?」

「だいたいのところしかわかりません。さっき申しあげたように、まだだれにも聴取をしておりませんので。トレッシリアンによれば、紳士がたは食堂に残り、ご婦人たちは客間に移動していたので、トレッシリアンはそちらにコーヒーを運んだとのことです。トレッシリアンが言うには、彼自身は食器室に戻ったところで二階からものすごい音がして、続いて絶叫が聞こえたそうです。急いで広間に走りでて、ほかの人々のあとから階段を駆けあがったと言っています」

ジョンスン大佐は言った。

「この家に住んでいる家族は何人で、滞在中の者は何人なんだ?」

「こちらに住んでいるのはアルフレッド・リー夫妻で、ほかの人たちは滞在しているだけです」

ジョンスンはうなずいた。

「いま、みんなはどこにいる?」

「聴取の用意ができるまで客間にいてくれと言ってあります」

「そうか。では、われわれも二階へ行って現場を確認するとしよう」

警視の先導でジョンスンとポアロは幅の広い階段をのぼり、二階の廊下を進んだ。犯罪のあったその部屋にはいるなり、ジョンスンは深々と息を吸いこんだ。

「なんとむごたらしい」

ジョンスンはそれから一分ばかり、ひっくり返った椅子やら、割れた中国製の陶器やら、血が飛び散ったもろもろの破片を食い入るように見つめた。

遺体のそばにひざまずいていた年配の痩せた男が立ちあがり、会釈をした。

「やあどうも、ジョンスン」とその人物は言った。「ここは目を覆いたくなるね、ええ？」

「まったくだ。なにかわかったことはあるかい、ドクター？」

医師は肩をすくめ、にんまりとした。

「検死の現場では科学用語をつかってくれてもいい。もっとも、複雑なことはなにもない。豚のように喉をかっ切られ、一分たらずで失血死だ。凶器は見あたらないが」

ポアロは部屋を横切って窓に近づいた。警視が言っていたとおり、ひとつの窓は閉められて錠が差されている。もうひとつの窓は下から十センチほど開かれ、泥棒よけの釘として何十年もまえに特許が取られた太いネジ釘で固定されている。

サグデンが言った。「執事によれば、その窓は天気にかかわらず一度も閉めたことがないそうです。雨が降りこんだときの備えに窓の下にリノリウムのマットが敷かれていますが、屋根の張りだしが深いので、たいして降りこんだことはないそうです」

ポアロはうなずいた。

彼は遺体のところまで戻り、その老人を見おろした。

血の気を失った歯茎から唇がめくれて、歯をむき出して唸っているかのように見える。曲がった指はまるでかぎ爪のようだ。

ポアロは言った。

「強い男性には見えませんね」

医師が言った。

「かなりタフではあったと思いますよ。並みの人間なら死んでしまうような重い病に何度も冒されながら生き延びてきた人ですから」

ポアロは言った。「そういう意味ではないんです。体も大きくないし、力も強そうではないと言ったのです」

「ああ、それなら弱いほうでしょうね」

ポアロは死んだ男に背を向けると、腰をかがめ、ひっくり返った椅子のひとつをためつすがめつした。マホガニーの大きな椅子を。その椅子の横には、やはりマホガニーの丸テーブルが倒れていて、大きな陶器のランプの破片が散らばっていた。マホガニーの椅子よりは小さい二脚の椅子もそばに倒れ、デカンターとグラスふたつの破片も散乱していた。重いガラスのペーパーウェイトは割れていない。種々雑多な本と、こなごなに砕け散った日本製の大きな花瓶と、若い女の裸身を象《かたど》ったブロンズ像ががれきの山のしあげをしていた。

ポアロはまえかがみになり、部屋に散乱するこれらのものを真剣なまなざしで観察したが、手で触れることはしなかった。彼は当惑したように顔をしかめた。

警察本部長が言った。

「なにか気になることでもあるのかい、ポアロ？」

ポアロはため息をつき、つぶやいた。

「あのように弱々しく、しなびた老人でありながら——こんなことに」

ジョンスンも当惑顔になった。彼は向きを変え、自分の業務にいそがしい巡査部長に声をかけた。

「指紋はどうだ？」

「たくさん採取しました。部屋のいたるところから」

「金庫の指紋は？」

「だめですね。金庫に残っていたのは被害者の指紋だけです」

ジョンスンは医師のほうを向いて尋ねた。

「血痕はどうだろう？　だれが殺したにせよ返り血を浴びているにちがいないが」

医師は疑わしげに言った。

「とはかぎらない。これはほとんどが頸静脈からの出血で、そうすると動脈のように血が噴きだすことはないんだ」

「いやいや。それでも、まわりにはこんなに大量の血が流されているじゃないか」

ポアロが言った。

「たしかに大量の血ですね――それが気になるのですよ。この大量の血が」

サグデン警視はポアロに敬意を表するように言った。

「そのことが――あなたには――なにかを暗示するということでしょうか、ポアロさん？」

ポアロはまわりを見まわし、困り果てたように首を振った。

そして言った。

「ここにはなにかがあります――なにか凶暴なものが……」そこでちょっと言葉を切った。「そう、そうなのです。凶暴なのです……それに血――血への執着……ここには――

──どう表現すればよいのか──血がありすぎるのです……椅子も、テーブルも、絨毯も、血にまみれています……血の儀式？　生け贄《いにえ》の血？　ひょっとして、そういうことなのでしょうか？　こんなに痩せて、こんなにしなびて、こんなに干からびた、弱々しい老人なのに、死んだら──こんなにたくさんの血を流している……」

ポアロの声は先細りになった。サグデン警視ははっとして、まんまるになった目でポアロを凝視した。

「おもしろい──彼女もまさにそう言いました。あの婦人も……」

ポアロは鋭く問い返した。

「どの婦人ですか？　その方はなんと言ったのですか？」

サグデン警視はこたえた。「リー夫人──アルフレッド・リー夫人です。ドアのそばに立って、なかば囁くようにそう言ったのですよ。わたしには理解できませんでしたが」

「なんと言ったのです？」

「あの老人にこんなにたくさんの血があったとだれが考えただろう、とかなんとか……」

ポアロは優しげに応じた。

「〝あの老人にこんなにたくさんの血があったなんて、だれが考えたでしょう〟というのは、マクベス夫人（シェイクスピアの戯曲『マクベス』の登場人物）の台詞《せりふ》です。そう言ったのですか……それはとても興味深い……」

8

アルフレッド・リー夫妻がポアロとサグデンとジョンスンの待ち受ける小さな書斎にはいってきた。警察本部長のジョンスン大佐が夫妻のほうへ進み出た。

「はじめまして、リーさん。これまでお目にかかる機会がありませんでしたが、ご承知のとおり、わたしが州の警察本部長です。ジョンスンと申します。このたびのことについては、なんとお慰めしてよいやら言葉もありません」

アルフレッドは茶色の目に苦しむ犬のような表情を浮かべ、しわがれた声で応じた。

「ご丁寧にどうも。恐ろしいことです。むごすぎますよ。まさかこんな――ああ、こちらがわたしの妻です」

リディアは静かな声で言った。

「夫はひどいショックを受けておりますの。わたしたちみなも同じですけれど、とりわけ夫の受けたショックは――」

彼女の片手は夫の肩に置かれていた。

ジョンスン大佐が言った。

「お掛けになりませんか、奥さん？　エルキュール・ポアロ氏をご紹介しましょう」

エルキュール・ポアロは一礼した。彼の目は興味深げに夫から妻へと移った。

リディアの手が優しくアルフレッドの肩を押した。

「お座りなさいよ、アルフレッド」

アルフレッドは腰をおろし、口のなかでもごもご言った。

「エルキュール・ポアロ。ええと、どなた――どなたでしたっけ――？」

彼は放心した様子で額をさすった。

リディア・リーは夫に言った。

「ジョンスン大佐にはあなたに訊きたいことがたくさんおありなのよ、アルフレッド」

警察本部長は感心したように彼女を見た。アルフレッド・リー夫人が分別のある有能な女性だと知って感謝した。

アルフレッドがまた口を開いた。

「むろん、そうだろう。むろん……」

ジョンスンは心のなかで言った。

"ジョックに打ちのめされているらしい。少しでも冷静さを取り戻してくれるといいが"

それから声に出して言った。

「今夜、こちらのお宅におられた全員のリストがあります。まちがいないかどうか、確認していただきたいのですが、リーさん」

ジョンスンがサグデンに向かって軽く身ぶりで示すと、サグデンは手帳を取りだし、そこに書かれた名前をもう一度、読みあげた。

この実務的な手順がアルフレッド・リーを多少なりともふだんの自分に戻したようだった。自制心を取り戻した彼の目はもう、ぼうっと一点を見据えてはいなかった。サグデンがリストを読み終えると、彼は同意のうなずきを返した。

「それでまちがいありません」

「こちらに滞在中の方々について、もう少し詳細をお話しいただけますか？　ジョージ・リーご夫妻、デイヴィッド・リーご夫妻はお身内ですよね？」

「弟ふたりとその妻です」

「どちらのご夫妻もこちらに泊まりにいらしただけなのですね？」

「ええ、クリスマスを迎えるためにやってきたのです」

「ハリー・リー氏も弟さんでいらっしゃる？」

「はい」

「あとおふた方、客人がいらっしゃいますね？　エストラバドス嬢とファー氏が」

「ミス・エストラバドスはわたしの姪で、ファー氏は南アフリカでいっとき父の仕事仲間だった人の息子さんです」

「ああ、昔のご友人でしたか」

リディアが口を挟んだ。

「いえ、わたしたちはこれまであの方にお会いしたことはありませんの」

「そうですか。しかし、おふたりがクリスマスに彼を招待なさったんでしょう？」

アルフレッドはこたえるのをためらい、妻を見やった。リディアははっきりと言った。

「ファー氏は昨日、なんの予告もなく訪ねてこられたんです。たまたま近くまで来たので、義父《ちち》に会いにきたとおっしゃって。昔のお友達で仕事仲間でもあった方の息子さんだとわかると、義父は、うちに泊まってクリスマスをともに迎えようと強くお勧めしたのですわ」

ジョンスン大佐は言った。

「なるほど。ご家族のことはいまのお話でわかりました。つぎに使用人に関してですが、奥さん、彼らはみな信用できる人たちだとお考えですか？」

リディアはちょっと考えてから、こうこたえた。

「ええ。みんな心から信頼のおける人たちだと思っています。ほとんどの者が長いことわたしたちと暮らしてきたんですもの。執事のトレッシリアンなどは、主人が子どものころからここにいますのよ。わりあいに新しいのは仲働きメイドのジョーンと、義父の従者だけです」

「そのふたりはどうです？」

「ジョーンはやや不注意なところがありますけれど、欠点といえばそれぐらいですわ。ホーベリーについては、わたしはほとんど知りません。ここで働くようになって、まだ一年ほどですから。仕事はとてもよくできますし、義父も満足していたようです」

ポアロが強い調子で訊いた。

「でも、マダム、あなたはあまり満足していなかったと？」

リディアはわずかに肩をすくめた。

「わたしは関係がありませんでしたから」

「でも、あなたはこちらのお宅の女主人ですよね、マダム。使用人のことは気がかりなのではありませんか？」

「ええ、もちろんそうですけれど。ただ、ホーベリーは義父個人の付き添い人なので、わたしの管理下にはありませんでした」

「なるほど」

ジョンスン大佐が言った。

「では、今夜の出来事についてうかがいます。おつらいでしょうが、リーさん、なにがあったのか、あなたの話を聞かせていただきたいのです」

アルフレッドは低い声でこたえた。「いいですよ」

ジョンスン大佐はうながした。

「まず、最後にお父上とお会いになったのはいつか、というようなことから」

痛みの軽い発作に襲われたかのように顔を引きつらせて、アルフレッドは低い声でこたえた。

「お茶のあとです。短い時間でしたが父のところにいました。最後におやすみを言って、別れたのは──たしか──六時十五分まえぐらいでした」

ポアロが質問した。「おやすみの挨拶をなさったのですね？　するとお父上とは夜にはもうお会いにならないつもりだったのでしょうか？」

「ええ。父はいつも七時に軽い夕食を運ばせていましたので。そのあとは早く寝てしまうこともあれば、椅子に座って起きていることもありましたが、家族のだれとも会おうとはしませんでした。とくになにかあれば使いをやって呼びだしましたが」

「そうしたことはひんぱんにあったのですか？」

「ときどきですよ。気が向いたときだけです」

「でも、通常はちがったのですね？」

「ええ」

「どうぞ話を進めてください、リーさん」

アルフレッドは続けた。

「われわれの夕食は八時からでした。食事がすむと、妻とほかの婦人たちは客間へ移りました」彼は口ごもり、ふたたびどこか一点を見つめるような目をした。「われわれはそこに――テーブルについたままでした……すると突然、頭の上でとほうもない音がしました。椅子がひっくり返り、家具や置物がぶつかったり壊れたりする音、グラスや陶器の割れる音が。それから――おお、神よ――」彼は身震いした。「いまも耳に残っています――父の絶叫が――長く引きのばされた、恐ろしい声が。断末魔の苦しみにある人間の叫びでした……」

アルフレッドは震える両手をあげて顔を覆った。リディアが片手を伸ばして彼の袖に触れた。ジョンスン大佐が優しく尋ねた。「で、そのあとは？」

アルフレッドは途切れがちに言葉を返した。

「たぶん――ちょっとのあいだ、われわれは呆然として動けなかったと思います。それから、みんながいっせいに立ちあがり、部屋から出て、階段を駆けあがって父の部屋へ行きました。ドアに鍵がかかっていて、なかにはいれず、ドアを壊すしかありませんでした。そして、やっと部屋にはいると、そこには――」

彼の声が小さくなった。

ジョンスンは急いで言った。

「その部分は省略していただいてけっこうですよ、リーさん。少しまえに戻って、食堂にいらしたときのことを教えてください。あなたが叫び声を聞いたときに一緒にいたのはどなたですか？」

「だれと一緒にいたかって？　そりゃみんなですよ――いや、待てよ。弟はそこにいました――ハリーは」

「ほかにはだれも？」

「いませんでしたね、だれも」

「おふたり以外の紳士がたはどこにいらしたんでしょう?」

アルフレッドはため息をつくと、眉間に皺を寄せて思い出そうとした。

「ええと——なんだかずっと昔のことのように思えるな——何年もまえのことのように。なにがあったんだっけ? ああ、そうだ、ジョージは電話をかけにいったんですよ。そのあと、ハリーとわたしが家族の問題を話しはじめると、スティーヴン・ファーが兄弟で積もる話があるだろうとか言って席を立ったんです。それがとてもさりげなくて気が利いた感じでした」

「もうひとりの弟さんのデイヴィッドはどこにいたのでしょうか?」

アルフレッドは顔をしかめた。

「デイヴィッド? あいつはあそこにいなかったのかな? いや、たしかにいなかった。いつ抜けだしたのかはよくわかりませんが」

ポアロがおもむろに尋ねた。

「じゃあ、あなたには話し合わなければならない家族の問題がおありだったのですね?」

「ええ——まあ」

「つまり、家族の特定のひとりと話し合わなければならない問題があったわけですね？」

リディアが言った。

「どういう意味でしょうか、ポアロさん？」

ポアロはさっとリディアのほうを向いた。

「マダム、あなたのご主人は、話し合うべき家族の問題があると察したファー氏が席をはずした、とおっしゃっています。ただし、それは家族会議ではなかった。なぜなら、デイヴィッド氏もジョージ氏もそこにはいらっしゃらなかったのですから。であれば、それは家族のうちおふたりでなさった話し合いということになります」

リディアは言った。

「夫の弟のハリーは長いこと外国にいましたの。彼と夫のあいだに積もる話があるのは当然ではないかしら」

「ああ！　ごもっとも。そういうことでしたか」

リディアはポアロをちらっと見てから、すぐに目をそらした。

ジョンスンが言った。

「まあ、それでじゅうぶんはっきりしたように思われます。二階のお父上の部屋へ向かったときになにか気づいたことはありませんか？」

「それが——よくわからんのです。ほんとうに。みんながいろんな方向からやってきました。ただ、残念ながら、なにかに気づくということはなくて——不安が先に立つばかりでした。あのおぞましい叫びで……」

ジョンスン大佐はただちに質問を変えた。

「わかりました、リーさん。では、もうひとつお訊きします。お父上はたいへん高価なダイヤモンドをお持ちだそうですが」

アルフレッドはかなり驚いたようだった。

「ええ。そのとおりですが」

「どこにそれを保管しておられましたか？」

「自室の金庫のなかに」

「そのダイヤモンドについて話していただけることはありますか？」

「ざらついたダイヤモンドです——カットまえの原石というやつです」

「お父上はなぜそこに保管していたんでしょうね？」

「父らしい気まぐれですよ。南アフリカから持ち帰った石で、ぜったいにカットをさせませんでした。それを持ちつづけていることに満足していたんでしょう。だから、気まぐれだというんです」

「なるほど」と警察本部長は言った。

その口ぶりでは、納得していないのはあきらかだった。彼は続けて質問した。「相当に価値があるものなんですよね？」

「父の見立てではおよそ一万ポンドでした」

「それじゃ、相当どころか、とてつもなく価値のある石じゃないですか」

「ええ」

「そんな高価なダイヤモンドを寝室の金庫に保管するとはずいぶんと奇抜な発想に思えますが」

リディアが割ってはいった。

「義父は少し変わり者でしたの、ジョンスン大佐。型破りなことを思いつく人というか。ああした石を手で触れることに喜びを感じていたにちがいありませんわ」

「過去を思い出させる石だったのでしょうね」とポアロが言った。

リディアはすばやい視線でポアロに感謝を伝えた。

「ええ」と彼女は言った。「そうだったのだと思います」

「保険はかけられていたんですかね？」と警察本部長は尋ねた。

「かけていなかったんじゃないかしら」

ジョンスンは身を乗りだし、静かに訊いた。

「リーさん、その石が盗まれたことをごぞんじですか？」

「なんですって？」アルフレッド・リーはジョンスンを見つめた。

「お父上はダイヤモンドが紛失したことをあなたにはおっしゃらなかったんですね？」

「ひとことも」

「サグデン警視をこちらへ呼びだし、紛失を報告したこともごぞんじなかった？」

「そんなこととは夢にも思いませんでしたよ！」

警察本部長は視線を夫人に移した。

「あなたはどうですか、奥さん？」

リディアはかぶりを振った。

「なにも聞いておりません」

「では、あなたはダイヤモンドがまだ金庫のなかにあると思っていたわけですか？」

「はい」

彼女はちょっとためらってから、ジョンスンに尋ねた。

「そのために義父は殺されたのですか？　あそこにあった石のために？」

ジョンスン大佐は言った。

「われわれはそれを解明しようとしているんですよ！」

ジョンスンは続けた。

「心あたりはありませんか、奥さん、だれならこんな盗みを企てることができたか？」

彼女はまたかぶりを振った。

「いいえ、まったく。使用人はみな正直者だと信じています。第一、金庫に近づくこと自体が彼らには難しいですもの。あの部屋にはいつも義父がいて、下に降りてくることはけっしてありませんでしたから」

「部屋でお父上のお世話をしていたのはだれですか？」

「ホーベリーです。ベッドをととのえたり掃除をしたりするのは彼の役目でした。毎朝、暖炉の火をおこすのは第二ハウスメイドですが、そのほかはすべてホーベリーがやっていました」

ポアロが言った。

「となると、もっともチャンスがあった人物はホーベリーということになりますね？」

「ええ」

「あなたはダイヤモンドを盗んだのは彼だと思われますか？」

「可能性はあるでしょう。チャンスというなら……もっともあったのは彼だと思います。ああ！　どう考えればいいのかしら」

ジョンスン大佐が言った。

「今夜のことについてご主人からうかがいましたので、あなたのお話も聞かせていただけますか、奥さん？　最後にお義父上《ちち》と会われたのはいつでしたか？」

「午後——お茶のまえでした。家族みんなで二階の義父の部屋へ行ったのが、義父と会った最後です」

ポアロが言った。

「ふだんはおやすみの挨拶にいかれていましたか？」

リディアはきっぱりとこたえた。

「いいえ」

「そのあと、おやすみの挨拶にいくことはなかったのですね？」

「ええ」

警察本部長は質問を続けた。

「犯行がおこなわれたときはどこに？」

「客間におりました」

「そこで格闘の騒ぎを聞いたんですね？」

「重いものが倒れるような音だったと思います。もちろん、義父の部屋は食堂の真上にあって、客間の真上ではないので、そんなにいろいろな音が聞こえるわけではありません」

「でも、叫び声は聞こえたのでしょう？」

リディアは身震いした。

「はい、声は聞こえました……それはもうおぞましい――まるで――まるで地獄に堕ちた魂のようで、なにかとんでもないことが起きたのだとすぐにわかりました。あわてて客間を出て、夫やハリーのあとから階段をのぼりました」

「そのとき客間にはほかにどなたがおられましたか？」

リディアは眉を寄せた。

「じつは――思い出せないのです。デイヴィッドが隣の音楽室でメンデルスゾーンを弾いていました。ヒルダはたぶん彼のところへ行っていて客間にはいなかったと思います」

「ほかのご婦人がたは？」

リディアはおっとりとこたえた。

「マグダリーンは電話をかけにいきましたわ。そのあと戻ってきたのかどうかは記憶にありませんし、ピラールがどこにいたのかは知りません」

ポアロは穏やかな口調で言った。

「そうすると、実際に客間にいらしたのはあなたおひとりだったのかもしれませんね？」

「ええ――そうですね、たしかに。きっとひとりだったのでしょう」

ジョンスン大佐がまた口を開いた。

「ダイヤモンドのことなんですが。われわれとしては、そこのところをはっきりさせなければなりませんので。あなたはお父上の金庫の錠の組み合わせ数字をごぞんじですか、リーさん？　いくぶん旧式のダイヤル錠らしいですね」

「父がいつも部屋着のポケットに入れていた手帳にその数字が書いてあると思います」

「そうですか。さっそく調べてみます。そのまえに、クリスマスの家族パーティに参加されたほかの方々のお話をうかがったほうがよいでしょうね。ご婦人がたはおやすみになりたいかもしれませんしね」

リディアは立ちあがった。

「行きましょう、アルフレッド」彼女はジョンスンたちのほうを向いた。「みんなをこちらに呼びましょうか？」

「さしつかえなければ、おひとりずつでお願いします、奥さん」

「わかりました」

彼女はドアへ向かって歩きだした。アルフレッドも妻のあとに続いた。

部屋から出るまぎわ、アルフレッドがくるっと振り向いた。

「そうか！」彼は小走りにポアロのまえに戻った。「あなたはエルキュール・ポアロさんでしょう！　わたしとしたことが。お顔を見てすぐ気がつかなくてはいけなかったのに」

アルフレッドは声を落としながらも興奮して早口になった。

「あなたがここにいらっしゃるとはまさしく天の恵みだ！　ポアロさんならきっと真実を突きとめてくれます。経費を切りつめないでくださいね。いくらかかろうとわたしが責任をもちますから。とにかく犯人を突きとめてください……哀れな父は——何者かに殺されたんですから——これ以上ないというほど残忍に！　かならず突きとめてください、ポアロさん。かならず父の無念を晴らしてください」

ポアロは静かにこたえた。

「ジョンスン大佐とサグデン警視のお役に立てるように全力を尽くす所存でおりますよ、

リーさん」

アルフレッド・リーは言った。

「わたしに代わって仕事をしていただきたいんです。父の無念を晴らさなければなりません」

アルフレッドの体が激しく震えだした。リディアはすでに引き返してきていて、夫に近づき、腕を絡めた。

「行きましょう、アルフレッド」と彼女は言った。「ほかの人たちにここへ来るように伝えなくては」

リディアはポアロと目を合わせた。彼女だけが知る秘密がそこにあるかのように、彼女の目は揺るがなかった。

ポアロは穏やかに言った。

「あの老人にこんなにたくさんの血があったなんて――」

リディアはポアロの言葉を遮った。

「やめて！　おっしゃらないで！」

ポアロはつぶやいた。

「あなたがおっしゃったのですよ、マダム」

リディアはふっと息を継いだ。

「わかってます……覚えていますわ……それほど——おぞましい光景だったのです」

彼女はさっと背中を向け、夫を横から支えるようにして部屋を出ていった。

9

ジョージ・リーはしかつめらしく的確にこたえようとした。

「ひどい出来事でした」彼は首を横に振った。「ほんとうにひどい、身の毛のよだつ出来事でした。あれはどう考えても——頭の狂った人間の仕業です！」

ジョンスン大佐は丁寧に尋ねた。

「それがあなたのお考えなんですね？」

「ええ、そうです。そうですよ。殺人狂です。ひょっとしたら、そういうやつが近隣に紛れこんだのかもしれない」

サグデン警視が質問を挟んだ。

「では、その——まあ——狂った人間が、どうやって家のなかにはいることができたのだと思われますか、リーさん？　そして、どうやって外に出ていったんでしょう？」

ジョージはまた首を振った。

「それを突きとめるのが警察の仕事じゃありませんか」断固とした口調になった。

サグデンは言った。

「われわれはこちらへ着いてすぐに家を見てまわりました。窓は全部閉まって錠が差されており、家の脇の出入り口にも玄関ドアにも鍵がかかっていました。また、調理場から外に出ようとしても、そこにいる人々に姿を見られずに出ていくことは何者にもできなかったはずです」

ジョージ・リーは叫んだ。

「しかし、それじゃおかしいでしょう！　つぎは、父は殺されなかったとでも言うんですかね！」

「お父上が殺害されたのは事実です」とサグデン警視。「その点に疑問の余地はありません」

警察本部長は咳払いをして、本格的な聴取を開始した。

「犯行があった時刻には、リーさん、どこにおられましたか？」

「食堂にいましたよ。夕食のあとですから。あ、いや、わたしは、この部屋にいたんだった。ちょうど電話を切ったところでした」

「電話をかけていたんですね？」

「ええ。ウェスタリンガムの保守党の関係者に――わたしの後援者に――電話していたんです。緊急の用件で」

「その電話が終わったあとに絶叫を聞いたわけですか？」

ジョージ・リーは小さく身震いした。

「そうです。不気味な声でした。なんというか――骨の髄まで凍りつくような。そのうち喉がつまったような、ゴボゴボという音に変わって、最後は聞こえなくなりました」

彼はハンカチを取りだして、額に噴き出た汗をぬぐった。

「身の毛のよだつ出来事だった」と彼はつぶやいた。

「それから階段を駆けあがったんですね？」

「はい」

「そのとき、ご兄弟を見ましたか？　アルフレッド・リー氏とハリー・リー氏を？」

「いや、ふたりはわたしより先に二階へ行っていたはずですよ」

「お父上と最後に会ったのはいつでしょうか、リーさん？」

「今日の午後ですね。みんなで二階へ呼ばれたんです」

「そのあとは一度も会っておられない？」

「ええ」

警察本部長はひと呼吸おいてから言った。

「お父上がかなりの量の高価なダイヤモンドの原石を自室の金庫に保管されていたことはごぞんじでしたか？」

ジョージ・リーはうなずいた。

「軽率きわまりないやり方ですよ」彼は尊大な口ぶりでこたえた。「何回も父にそう言いました。父はあれのために殺された可能性もありますよね——つまり——わたしが言いたいのは——」

彼の言葉が終わるまえにジョンスン大佐が言った。「そのダイヤモンドの原石が紛失したこともごぞんじですか？」

ジョージはぽかんと口を開けた。彼はその出目でジョンスンを見据えた。

「では、父はまさしくダイヤモンドのために殺されたということですか？」

警察本部長はおもむろにこたえた。

「お父上はダイヤモンドがないことに気づいて、警察に通報されておられたんですよ、亡くなる何時間かまえに」

ジョージは言った。

「しかし、それじゃ——いったいどういう——わからないな……」

エルキュール・ポアロが親切に言い足した。

「わたしたちもわからないのですよ……」

10

ハリー・リーはふんぞり返って部屋にはいってきた。ポアロは顔をしかめて、つかのま彼を見つめた。この人物には以前にどこかで会ったことがあるような気がした。ポアロは相手の容姿に注目した。鼻すじのとおった高い鼻、いかにも尊大そうな頭のそらし方、顎の線。そこでポアロは、ハリーは大柄な男で、彼の父親はせいぜい中背だけれども、ふたりには似たところがたくさんあることに気がついた。

ほかにも気づいたことがあった。そのふんぞり返った姿勢にもかかわらず、ハリー・リーは緊張している。体を揺すってごまかしていても、内心の不安が伝わってきた。

「で、みなさん、おれはなにを話せばいいんですか?」とハリーは言った。

ジョンスン大佐が言った。

「今夜こちらで起きた事件の解明に役立つことをお話しいただけるとありがたいのですが」

ハリー・リーは首を振った。

「なにも知りませんよ。まったく恐ろしい。まさかあんなことが起きるとは思いもしなかったわけで」

ポアロが言った。

「あなたはつい最近、外国から帰られたそうですね、リーさん？」

ハリーはすばやく彼のほうを向いた。

「そうですよ。一週間まえに入国したんです」

ポアロは言った。

「外国生活は長かったのでしょうか？」

ハリーはぐっと顎を上げて、げらげら笑った。

「いますぐ家の者に聴取したほうがいいですよ。だれかがすぐに教えてくれますから。おれは放蕩息子なんですよ、みなさん！　最後にこの家の敷居をまたいだのはかれこれ二十年近くまえでしたかね」

「でも、あなたはこうして——帰ってこられた。そのわけをお教えねがえますか？」とポアロは尋ねた。

ハリーはあいかわらず飾らない態度で、ためらうことなくこたえた。

「例のたとえ話のとおりです。豚が食うイナゴ豆——いや、豚さえ食わないだったかな。どっちだか忘れましたが——とにかく莢《さや》に飽き飽きしていて、うちに帰れば肥えた子牛で祝宴をあげてもらえるだろうか、と心ひそかに考えていたところへ、帰ってきてはどうかという父からの手紙が届いたんです。で、その呼びだしに応じて帰ったと。それだけのことです」

ポアロは言った。

「短い滞在のおつもりで戻られたのですか？　それとも、しばらくこちらで過ごすおつもりで？」

ハリーは言った。「帰還したんですからね——ずっといるつもりでしたよ！」

「お父上もそれを喜ばれた？」

「老いた親父は喜びました」ハリーはまたげらげら笑った。目尻に愛嬌のある皺が寄った。「老いた親父にすれば、ここでアルフレッドと暮らすのはいいかげん退屈だったでしょうからね！　アルフレッドは要領の悪い堅物ですから。それはそれでごりっぱだが、話し相手としてはつまらない。親父も若いころはちょっとした放蕩者だったわけで、おれに相手をしてもらうのを愉しみにしていたようです」

「それで、お兄さまご夫妻は、あなたがこちらで暮らすことを喜んでおられたのですか？」

ポアロは眉をわずかに吊りあげて、この質問をした。

「アルフレッドですか？　アルフレッドは怒りで青くなってましたね。リディアはどうだかわかりませんが、おそらくアルフレッドのために悩んだでしょうね。だけど、結局はよかったと思うにちがいありませんよ。おれはリディアが好きです。彼女は気のいい女です。リディアとならうまくやれそうなんですよ。しかし、アルフレッドとなると、まったくべつの問題だ」彼はまた声をあげて笑った。「あいつは昔から嫉妬をむきだしにしていてね。昔から善良で従順で、家にいるのが大好きな、融通の利かない息子でした。あいつはそうやって、どういうふうになろうとしていたんだろう？　家族のなかのいい子が手に入れるものはなにか？——惨めな挫折ですよ。いいですか、みなさん、美徳ってのは割に合わないんです」彼は三人の顔を順に眺めた。

「こういうあけすけなもの言いに驚かないでくださいよ。でも、それがあなたたちの追っている真実なんです。とどのつまり、うちの家族の恥をさらそうとしているんですから。こっちも自分の恥をここでさらけ出したほうがよさそうですね。じつは親父の死をさほど悲しんではいません——とどのつまり、青二才のときから、あの偏屈親父とは一度も会っていなかったわけですし——それでもやはり、彼はおれの親父なわけで、その人が殺されたとなれば、全力で犯人に復讐してやりますよ」彼は顎をさすりながら三人を眺めた。「うちの家族は復讐となると燃えるんです。リー一族の人間はそう簡単には忘れません。親父を殺したやつをかならずつかまえて絞首刑にしてやります」

「ご期待に添えるよう全力を尽くしますから、われわれを信用してもらえませんかね、リーさん」とサグデンが言った。

「もし、それが口だけだったら、法を犯してでもおれが自分で仇を討ちますからね」とハリー・リーは言った。

警察本部長は問いただした。

「犯人の目星でもついているんですか、リーさん」

ハリーは首を振った。

「いや——」とゆっくり言った。「ついていません——そんなもの。わかるでしょう、ショックが大きすぎて。ずっと考えてはいるんですが——外部の人間にあれができたとは思えないし……」

「ふむ」サグデンはこっくりとうなずきながら応じた。

「そう考えると」とハリー・リー。「この家にいただれかが父を殺したことになる……だけど、あんなことができた悪魔はいったいだれなのか？　使用人を疑うのは無理がある。トレッシリアンは父がこの館を構えた最初の年からいるんですから。ぼんくらの従僕は？　できっこありません。従者のホーベリーはどうかといえば、あいつはなにがあろうと平然としていられる人間ですが、あのときは映画を見にいっていたとトレッシリアンから聞いています。とすると、どういうことになる？　スティーヴン・ファーはははずすとして（南アフリカから遠路はるばるやってきたスティーヴン・ファーが初対面の人間を殺す理由がありますか？）、残るは家族だけだ。でも、どう考えても、家族のだれかがあんなことをやるとは思えないんですよ。まずアルフレッド。彼は父を崇拝していました。ジョージはどうか？　あいつにはそんな勇気はありません。デイヴィッドは？　デイヴィッドは昔から別世界に生きる夢想家です。自分の指から血が流れるのを見て気絶しそうなやつですよ。じゃあ、妻たちは？　男の喉を冷酷にかっ切るなんて女のやることじゃない。だったら、だれがやったのか？　わかりゃしません。だけど、考えれば考えるほど心がざわつくんです」

ジョンスン大佐は咳払いをした。形式張ったことを言おうとするときの癖なのだ。

「今夜、お父上と最後に会われたのはいつですか？」

「午後のお茶のあとです。親父はアルフレッドと口論をしていました——このわたくしのことで。親父はひどく活気づいていました。揉めごとを起こすのが好きなんです。おれが来ることをほかの者に知らせなかったのもそのためだったんでしょう。おれがひょっこり現れて騒ぎになるのを見たかったんですよ！　遺言書の書き換えの件を話したのもそういう意図からでした」

ポアロはかすかに身動きをして、言葉をかけた。

「つまり、お父上は遺言書の話をされたのですね？」

「ええ、全員のまえで。みんなの反応を猫のような目で眺めながら。弁護士にクリスマスが終わったら来てくれと言ってました」

ポアロは尋ねた。

「どういう変更を考えておられたのでしょう？」

ハリーはにやりとした。

「それを教えないんですよ！　じいさん狐を信用しろってか！　想像するに——というか、自分はそう願っていたんですが——このわたくしの利益になるように書き換えるつもりだったんでしょうね。以前につくった遺言書ではおれは完全に除外されていたはずですから。やっぱり帰るべくして帰ってきたんだと思いますね。ほかの者にとっては痛い一撃でしょうけど。それにピラール——親父は彼女を気に入っていましたから、彼女への分与も考えていたことは想像できます。ピラールとはまだ話していないんですか？　スペイン生まれの、おれの姪とは。美人ですよ。ピラールには南国人らしい愛らしさと温かさがあります——冷酷さもね。自分が伯父なのが残念でしかたがない！」

「お父上は彼女を気に入っていたとおっしゃるんですね？」

ハリーはうなずいた。

「ピラールは老人の手なずけ方を心得ていました。あの部屋でしょっちゅう、ずいぶんと長い時間、親父と一緒にいました。自分の目的がなにかをちゃんとわかっていたにちがいありませんよ。ところが、肝腎の親父が死んでしまって、ピラールの利益になるような遺言の書き換えはなくなった。おれも同じですけどね、運の悪いことに」

ハリーは顔をしかめ、一拍の間を挟んでから、声の調子を変えて続けた。

「おっと、本題からだいぶ脱線してしまいました。あなたがたが知りたいのは、最後に会ったときのことですよね？　いま言ったようにお茶のあとです——六時をちょっとまわっていたかな。親父は、多少疲れていたかもしれませんが、そのときは上機嫌でしたよ。おれは親父とホーベリーを残して引きあげて、そのあとは一回も会っていません」

「お父上が亡くなられたときはどこにいましたか？」

「アルフレッドと食堂にいました、仲むつまじい兄弟の夕食後のひととき、とはいきませんでしたが。兄との激論の真っ最中に、あのすさまじい音が頭上に聞こえたんです。まるで男十人で取っ組みあいをしているような音が。それから老いた親父の哀れな悲鳴。殺される豚のような悲鳴でした。あの声でアルフレッドは麻痺したように動けなくなりました。口をぽかんと開けて、ただそこに座っているだけなので、体を強く揺すぶってやると、はっとわれに返り、ふたりで階段を駆けのぼりました。親父の部屋は鍵がかかっていて、ドアをぶち破らなければならず、かなりの労力を要しました。いったいどうして鍵がかかっていたのか、わかりません。部屋にいたのは親父だけで、ほかにはだれもいませんでした。犯人が窓から逃げたなんてことはありえないのに」

サグデン警視が言った。

「ドアの外から鍵がかけられていたんです」

「なんだって？」ハリーは目を丸くした。「だけど、まちがいなく鍵は内側についていましたよ」

ポアロがつぶやいた。

「では、そのことに気づいておられたんですね？」

ハリー・リーは臆することなくこたえた。

「おれは目ざといんです。一種の習性でね」

彼は鋭い視線を三人の顔に順ぐりに投げた。

「ほかにも知りたいことがありますか、みなさん？」

ジョンスンは首を横に振った。

「ありがとうございました、リーさん、だいぶお時間を取らせました。つぎのご家族にここへ来るよう伝えてくださいますか？」

「いいですよ」

ハリーはドアへ向かい、振り返らずに出ていった。

三人は顔を見合わせた。

ジョンスン大佐が言った。

「どう思う、サグデン？」

警視は怪しむように首を振った。

「彼はなにかを恐れていますね。なぜだろう？……」

11

マグダリーン・リーは意図的に戸口でいったん立ち止まると、ほっそりした手で艶のあるプラチナ・ブロンドの髪に触れた。木の葉の緑色をしたベルベットのワンピースが華奢なラインの体にはりついて、ひどく幼く見えた。それに、少し怯えているようだった。

三人の男の目は一瞬、その姿に釘づけになった。ジョンスンの目は驚きと称賛をあらわしていた。サグデン警視の目にはそうした興奮はなく、早く仕事に取りかかりたいという苛立ちだけがあった。エルキュール・ポアロはじっくりと観賞する目をしていたが(彼女の予想どおり)、観賞の対象は彼女の美貌ではなく、その美貌の使い途《みち》だった。マグダリーンは知るよしもなかったが、ポアロは心のなかでフランス語のひとりごとをつぶやいた。

〝きれいなモデル《ジョリ・マヌカン》、可愛いモデル《ラ・プティット》。だが《メ》、彼女は険しい目つきをしている《エラ・レ・ジュー・デュール》〟

ジョンスン大佐はこう考えていた。

〝つくづく美人だな。ジョージ・リーは用心しないとこの娘には手を焼くぞ。男を見る目はそれなりにあるようだが〟

サグデン警視の心の声はこうだった。

〝頭のからっぽな、うぬぼれの強い、色気しかない女だ。さっさと聴取をすませたいものだ〟

「お座りください、奥さん。ええと、あなたは――？」

「ジョージ・リーの妻です」

彼女はにこやかな笑みで感謝を示しつつ、言われたとおり椅子に腰をおろした。

〝要するに〟その視線はこう言いたげだった。〝あなたは男で、しかも警察官だけれど、どっちにしても、そんなに怖い相手じゃなさそうね〟

彼女の微笑みはポアロにも向けられた。外国人は女に弱いから。サグデン警視などどうでもよかった。

マグダリーンは組み合わせた両手をさも不安そうにひねりながら、口をあまり開かずに言った。

「ほんとうに恐ろしいですわ。怖くてたまりません」

「まあ、奥さん、落ち着いて」とジョンスン大佐が優しく、だが無駄のない言葉をかけた。「さぞショックだったでしょう、わかります。しかし、終わったことですから。われわれは今夜起きたことについて、あなたの話をお聞きしたいのです」

彼女は叫んだ。

「でも、わたしはなにも知りませんもの。ほんとうになんにも」

警察本部長の目がつかのま細められた。彼は穏やかに言った。「ええ、むろんそうでしょう」

「わたしたちは昨日、着いたばかりなんです。ジョージの意向でわたしもクリスマスのためにここへ来ることになって！　やっぱり来なければよかったですわ。こんな思いをすることは二度とないと思います！」

「動揺なさっているんですね。無理もない」

「わたしはジョージの家族のことはほとんど知りませんの。リー氏に会ったのだって一度か二度だけで――結婚式とそのあと一度。もちろん、アルフレッドとリディアにはそれより多く会っていますけれど、わたしにとってリー家の人はみんな、他人も同然の人たちなんです」

ふたたび、怯えた子どものように目が大きく見開かれた。エルキュール・ポアロの目もふたたび観賞眼となり、もう一度心のなかでつぶやいた。

〃とても上手にコメディーを演じているな《エル・ジュー・トレ・ビアン・ラ・コメディ》、この子は《セ・プティット》……〃

「ええ、そうでしょうとも」とジョンスン大佐。「さて、あなたの義理のお父上に――

生前のリー氏に——最後に会ったときのことを話していただきたいのですが」

「ああ、それは！　それは、今日の午後です。とっても不快でした！」

ジョンスンは口早に尋ねた。

「不快？　なぜです？」

「みんなが怒りだしてしまって！」

「だれが怒りだしたのですか？」

「だれって、全員かしら……ジョージはべつです。義父《ちち》は彼にはなにも言いませんでしたから。だけど、ほかのみんなは——」

「なにがあったのか具体的に聞かせてください」

「だから、わたしたちが部屋に着くと——来いと言われたんです——義父は電話中で——遺言書について弁護士と話していました。電話を切るとアルフレッドに、やけに浮かない顔をしているな、と言いました。ハリーがここで暮らすことになったせいだと思います。アルフレッドはそのことでひどく腹を立てているようでした。ハリーが過去にひどいことをしたからでしょうね。それから、ご自分の妻のことにも触れました。ずいぶんまえに亡くなったんですけれど——シラミの脳味噌しかもっていなかったと。それでデイヴィッドが飛びあがり、いまにも義父を殺しそうな顔をして——あっ！」彼女は急に口をつぐみ、目に警戒の色を浮かべた。「そういう意味で言ったんじゃありませんわ。まったく、そういう意味じゃありません！」

ジョンスン大佐はなだめた。

「ええ、そりゃそうです、言葉のあやというやつですね。それだけのことです」

「デイヴィッドの妻のヒルダが彼の気持ちを鎮めて――たぶん、それ以上のことはなかったと思います。リー氏は、夜にはもうだれにも会いたくないと言いました。それで、みんな部屋から出ました」

「そのときがリー氏と会った最後なんですね？」

「そうです。そのあとは――そのあとは――」

彼女は小刻みに体を震わせた。

ジョンスン大佐は言った。

「そうです、そうでしたね。では、犯罪が発生したときはどこにいましたか？」

「ああ――たしか、客間にいたと思いますけど」

「確信がないのですか？」

マグダリーンの目がかすかに動いてから、瞼がおろされた。

彼女は言った。

「そうだわ！　わたしったらうっかりしてしまって……電話をかけにいっていたんです。頭が混乱しているものだから」

「電話をかけていたとおっしゃるんですね。この部屋で？」

「ええ。電話はここにしかありませんもの、二階の義父の部屋にある電話を除けば」

サグデン警視が言った。

「部屋にはあなたのほかにだれかいましたか？」

マグダリーンの目が見開かれた。

「いいえ。わたしひとりしかいませんでした」

「長い時間ここにいたのでしょうか？」

「そんなに——長くはなかったけれど。夜なので電話が通じるのに少し時間がかかりますでしょ」

「ということは、長距離電話だったんですね？」

「ええ。ウェスタリンガムへかけたんです」

「なるほど」

「それから？」

「それから、あのおぞましい悲鳴が聞こえて、みんなが走りだして、ドアに鍵がかかっていたから突き破るしかなくて。ああ！　悪夢を見ているようでした！　いつまでも忘れることはぜったいにないでしょう！」

「いやいや」ジョンスン大佐の口調には機械的な優しさがあった。彼は続けた。「義理のお父上がたいへん高い価値のあるダイヤモンドを金庫に保管されていたことはごぞんじでしたか？」

「いいえ。ほんとうですか？」彼女はあからさまにわくわくした口ぶりで訊いた。「本物のダイヤモンドを？」

エルキュール・ポアロが言った。

「およそ一万ポンドの値打ちがあるダイヤモンドだそうですよ」

「まあ！」あえぎに近いその声には女の欲深さの本質がこもっていた。

「さて」とジョンスン大佐が言った。「さしあたり、うかがいたかったのはこんなところです。これ以上お手数をかけるつもりはありませんよ、奥さん」

「まあ、それはどうも」

彼女は立ちあがると、まずジョンスンに、つぎにポアロに笑みを送った。感謝いっぱいの少女の微笑みを。そして、つんと頭を起こし、両の手のひらをこころもち外側に向けて、部屋から出ていった。

ジョンスン大佐が呼びかけた。

「義理の弟さんのデイヴィッド・リー氏にこちらへ来るよう伝えてもらえますか？」彼女を見送ってドアを閉めると、ジョンスンは大きな机のほうに戻った。

「さてと、どう思うかね？　だいぶ状況がわかってきたじゃないか！　まずひとつ。ジョージ・リーは悲鳴を聞いたときには電話をかけていた。彼の妻も電話をかけているときに叫び声を聞いた。違和感があるな――ありまくりだ」

ジョンスンはつけ加えた。

「きみはどう思う、サグデン？」

警視はゆっくりとこたえた。

「あの婦人に対して攻撃的なことは言いたくありませんが、彼女は紳士から金を引きだすのはお手のものでも、紳士の喉を切り裂くことができるような女とは思えない、とは言えるでしょうね。それは彼女の路線《モン・ヴュー》とはまったくちがいますから」

「ええ、でも、わかりませんよ、あなた」ポアロはつぶやいた。

警察本部長はポアロに顔を向けた。

「じゃあ、きみは、ポアロ、どう思うんだい？」

エルキュール・ポアロは身を乗りだすと、目のまえに置かれたインク吸い取り紙の台の向きをなおし、燭台についた塵をはらった。彼はこたえた。

「わたしには、亡きシメオン・リー氏の性格がわれわれのまえに姿を現しはじめているように思えます。この事件でもっとも重要な部分は……故人の性格のなかにあると思うのです」

サグデン警視は困ったような顔でポアロを見た。

「おっしゃることがよくわかりませんね、ポアロさん。故人の性格と彼が殺害されたことになんの関係があるんでしょうか？」

ポアロは夢見るような調子で言った。

「被害者の性格はかならず彼もしくは彼女の殺害となんらかの関係をもっているものです。デズデモーナ（シェイクスピア作『オセロ』でオセロに殺される妻）の純真で人を疑わぬ心は彼女の死の直接の原因となりました。デズデモーナが疑り深い女だったら、イアーゴの謀《はかりごと》に感づいて、もっと早い時点で巧みに逃れていたでしょう。マラーの淫らな精神は浴槽での死という最期をじかに招きました（フランス革命の指導者ジャン・ポール・マラーは入浴中に政敵の女性に暗殺された）。マキューシオ（シェイクスピア作『ロミオとジュリエット』の登場人物）が剣で突かれてあっけなく死んだのも、もとはといえば彼の短気な気性が原因です」

ジョンスン大佐は口ひげを引っぱった。

「いったいなにが言いたいんだね、ポアロ？」

「シメオン・リーはある種の男であるがゆえに、ある種の力を行使し、それらの力が結果として彼に死をもたらした、と言っているのです」

「するときみは、あのダイヤモンドは彼の死とはなんの関係もないと考えるわけか？」

ポアロは素朴な困惑を浮かべたジョンスンの顔に笑いかけた。

「それはあなた《モン・シェール》、一万ドルもの価値があるダイヤモンドの原石を自宅の金庫に保管していたのも、シメオン・リーが特殊な性格をしていたからでしょう！　ふつうの人間のやることではありません」

「おっしゃるとおりですよ、ポアロさん」サグデン警視は、話術が巧みな仲間のいわんとすることをようやく理解したようで、こっくりとうなずいた。「たしかに変人でした、リー氏は。そうした石を自宅の金庫に保管していたのは、いつでもそれを取りだし、手でさわって、過去を懐かしむためなんですからね」

ポアロは元気よく首を縦に振った。

「まさしく——そのとおりです。あなたは鋭い洞察力をおもちのようですね、警視」

警視は褒められても半信半疑のようだったが、ジョンスン大佐が口を挟んだ。

「ほかにもあるじゃないか、ポアロ、きみの印象に残ったかどうかはわからんが——」

「そうでした《メ・ウィ》」とポアロは言った。「あなたの言うことはわかります。ジョージ・リー夫人はご自分が知っている以上の秘密をうっかり漏らしてしまいました。彼女のおかげで最後に家族全員が集まったときの感じがとてもよくわかりました。彼女は——なんとも無邪気に！——アルフレッドが父親に腹を立てたことを明かしています。デイヴィッドは〝いまにも義父を殺しそうな〟顔をしたことまでも。彼女が言ったことはどちらも真実だとわたしは思います。しかし、われわれはそこから、事実を組み立てなおした解釈を引きだすこともできます。シメオン・リーはなんのために家族を集めたのか？　なぜ彼らは父親が弁護士にかけている電話が耳にはいる時刻に部屋に着かなければならなかったのか？　むろん、なにかの手ちがいがあったわけではありません。彼は話を聞かせたかったのです！　椅子に座ったままの哀れな老人には、若き日々の愉しみはもうありません。だから、彼は自分のための新しい気晴らしを考えだします。人間の欲の深さを——そして、そこから生まれる感情や熱情を——もてあそぶことによって自分を愉しませようとするわけです！　しかし、そこからはさらなる推論が導かれます。彼は我が子の強欲や激情をかきたてるこのゲームから、だれひとり除こうとはしなかった。したがって論理的にも必然的にも、彼の毒舌はジョージ・リー氏に対しても、ほかの面々に対しても振るわれたはずです！　彼の妻は用心してその部分を語りませんでしたが、老人の毒矢のひとつやふたつは彼女に向けても放たれたかもしれません。シメオン・リーがジョージ・リー夫妻になにを言ったかは、ほかの方々の話を聞けばわかるでしょう――

――」

ポアロはそこで言葉を切った。ドアが開き、デイヴィッド・リーが部屋にはいってきた。

12

デイヴィッド・リーはじゅうぶんに自制していた。彼の身ぶりそぶりはもの静かで、不自然に感じられるほどだった。デイヴィッドは三人のほうに近づくと、椅子をまえに引いて腰をおろし、逆に尋問するような目でジョンスン大佐を見た。

部屋の電光が、額を隠す金髪を上から照らし、頬骨の繊細な輪郭をあらわにした。二階で死んでいるあのしなびた老人の息子にしては、信じられないくらい若々しかった。

「それで、みなさん」デイヴィッドが口を開いた。「ぼくはなにを話せばいいんでしょう?」

ジョンスン大佐が言った。

「リーさん、今日の午後、お父上の部屋で家族会議のようなものがあったとうかがっていますが？」

「ええ、ありました。ただ、会議というよりもっとくだけたものです。いわゆる家族会議でも、そのたぐいのものでもありません」

「そこでなにが起きましたか？」

デイヴィッド・リーは平静にこたえた。

「父は手に負えないほど機嫌が悪かったですね。もちろん父は年寄りで体も弱っています。ですから、こちらは大目に見てやらなければなりません。家族を集めたのは――まあ――自分の怒りをぼくらにぶつけるためだったようです」

「お父上がどんなことをおっしゃったか、覚えておられますか？」

デイヴィッドは静かな声でこたえた。

「馬鹿げたことばかりでしたね。父はぼくらが――どのひとりも――役立たずだと言いました。家族のなかに男と呼べる者がいないと。ピラールひとりで――彼女はスペイン人の血を引く姪です――ぼくら息子ふたりぶんの価値があると。父が言うには――」デイヴィッドは言葉につまった。

ポアロが言った。

「リーさん、できればお父上の言葉をそのまま教えていただけますか？」

デイヴィッドは気が進まぬ様子でこたえた。

「父は下品な言葉でこう言いました。この世界のどこかにもっと出来のいい息子がいてほしいと——妻とのあいだに生まれた息子でなくてもかまわないと……」

デイヴィッドの繊細な顔が、その言葉をここで繰り返すことへの嫌悪感をありありと伝えた。サグデン警視が不意に警戒するように目を上げた。サグデンは身を乗りだした。

「お父上はあなたの兄のジョージ・リー氏に対して、とくになにかをおっしゃいましたか？」

「ジョージにですか？　覚えていませんね。ああ、そうだ、これからは兄も経費を切りつめなければならないだろうと言っていました。つまり、ジョージへの手当を減らさざるをえないからと。ジョージは動揺して、七面鳥の雄みたいに顔を真っ赤にして怒りました。手当を減らされたらやっていけないと早口に言いましたが、父はそうせざるをえないのだとひどく冷淡でした。妻にも倹約を手伝わせたほうがいいとも言っていました。意地の悪いあてこすりですよ。ジョージは昔から倹約家で、一ペニーでも惜しんで貯めていたんですから。どうやらマグダリーンは少々金づかいが荒いみたいですけど——贅沢を好むタイプなんでしょう」

ポアロは言った。

「それでは夫人も気分を害したでしょうね？」

「ええ。それと、父はもっと冷酷な言葉も浴びせていましたね――海軍将校と暮らしていたからどうのというような。むろん、彼女の父親のことなのですが、それを疑っているような口ぶりでした。マグダリーンは頬を真っ赤に染めていました。無理もないと思います」

ポアロは言った。

「亡くなった奥さま、あなたのお母上についてもなにかおっしゃいましたか？」

赤い血が波打つようにデイヴィッドのこめかみまでのぼった。テーブルの上で握り拳をつくった両手はかすかに震えていた。

彼は喉をつまらせた低い声でこたえた。

「ええ、言いました。母を侮辱しました」

ジョンスン大佐が言った。

「なんとおっしゃったんです？」

デイヴィッドは突き放すように言った。

「思い出せません。なにか侮辱的なことを口にしたんです」

ポアロは優しく訊いた。

「お母上はだいぶまえに亡くなられましたね？」

デイヴィッドはぶっきらぼうにこたえた。

「母はぼくが成人するまえに死にました」

「お母上のこちらでの暮らしは――たぶん――あまり幸せなものではなかったのでしょうね？」

デイヴィッドは蔑みのひと声をあげて笑った。

「父のような男と暮らして幸せなわけがないじゃありませんか。母は聖者でしたよ。ひとことの不平も言わず、さんざん心を傷つけられて逝きました」

ポアロは続けた。

「お父上もお母上の死を悲しまれたでしょうね？」

デイヴィッドのこたえはまたもそっけなかった。

「さあね。ぼくは家を出ましたから」

彼はひと呼吸おいてから言い足した。

「もしかしたら、あなたがたは気づいていないのかもしれませんが、ぼくは今回、二十年ぶりにこの家を訪ねるまで、父には一度も会っていないんです。だから、父の習慣やら敵やら、その後ここでどんな暮らしをしていたのやら、お話しできることはたいしてありません」

ジョンスン大佐が尋ねた。

「お父上が寝室の金庫に高価なダイヤモンドを大量に保管されていたことはごぞんじでしたか？」

デイヴィッドは興味なさそうにこたえた。

「そうなんですか？　くだらないことをやるもんですね」

ジョンスンが言った。

「あなたの昨夜の行動について手短にお話しいただけますか？」

「ぼくの行動？　ああ、食卓からはかなり早めに離れました。うんざりですから、男たちが食後にポートワインを飲みながら語らうというのは。それに、アルフレッドとハリーが口論を始める気まんまんなのは目に見えていましたし。喧嘩は嫌いなんです。早めに抜けだして音楽室でピアノを弾いていました」

ポアロが訊いた。

「音楽室は客間の隣にありますね？」

「はい。しばらくそこでピアノを弾いていました——あのことが——起きるまで」

「そのときなにが聞こえたか正確に教えてください」

「なにって！　家具がひっくり返る音が遠くに聞こえました。二階のどこかから。そのあとは身の毛のよだつ叫び声が」彼はふたたび拳を握りしめた。「地獄に堕ちた魂が発したような。ああ、ぞっとする声でした」

　ジョンスンが言った。

「音楽室にいらしたのはあなたひとりですか？」

「ええ？　いや、妻もいましたよ、ヒルダも。客間からやってきていました。ぼくらは——ほかのみんなと一緒に二階へ向かいました」

　彼はいらいらして口早につけ加えた。

「詳しく語ってほしいというんじゃないでしょうね——あの部屋で見たことを？」

　ジョンスン大佐は言った。

「いや、その必要はありません。ありがとうございました、リーさん。以上で終わりますが、お父上を殺したいと思っていた可能性のある人物の心あたりなどはありませんよね？」

　デイヴィッド・リーはどうでもいいと言いたげだった。

「いくらでもいるでしょうよ——そう思っていた人間は！　特定はできませんけど」

彼はそそくさと立ち去り、大きな音をたててドアを閉めた。

13

ジョンスン大佐に咳払いする時間しか与えずに、ふたたびドアが開かれ、ヒルダ・リーがはいってきた。

エルキュール・ポアロは興味しんしんに彼女を見た。このリー家の男たちの結婚相手が興味深い考察の対象となっていることをポアロは認めざるをえなかった。すばやい機転と知性を備え、グレイハウンドのような優雅さもあるリディア、虚飾の空気と優美さをまとったマグダリーン、そしてこの、実直で心地よい強さを感じさせるヒルダ。彼女は、そのどことなく野暮ったい髪型と流行遅れの服装から想像される年齢より若いはずだ。鼠色がかった茶色の髪がグレイに変わる兆しはまったくないし、かなりふっくらした顔におさまったハシバミ色の落ち着いた目はかがり火のごとくやわらかに輝いている。素敵な女性だとポアロは思った。

ジョンスン大佐は彼なりの誠意をこめて話しだした。

「……ご家族のみなさんにはたいへんなご負担でしょう……いま、ご主人からうかがったところによると、奥さん、こちらのゴーストン館にいらっしゃったのははじめてだそうですね？」

ヒルダは軽く頭をさげた。

「義理の父親であるリー氏とはそれ以前から面識がおありでしたか？」

ヒルダは耳に快い声でこたえた。

「いいえ。わたしたちはデイヴィッドが家を出て何年も経たないうちに結婚いたしまして、家族とのかかわりはいっさい断ちたいというのが彼の口癖でしたので。わたしはいままで夫の家族のだれとも会ったことがありません」

「では、どうして今回は訪問なさったのですか？」

「義父《ちち》からデイヴィッドに手紙が来ましたの。手紙には、自分が年老いたことや、今年のクリスマスは子どもたちみんなとともに過ごしたいという気持ちがせつせつと書かれていました」

「それでご主人はその気持ちにこたえたわけですね？」

ヒルダは言った。

「夫の承諾は、わたしが仕向けた結果ではないかと思います——家族の事情を誤解していたのです」

ポアロが言葉を挟んだ。

「もう少しはっきりとした説明をしていただけるとありがたいのですが、マダム。あなたからお聞きすることがとてもだいじな意味をもつかもしれませんので」

彼女はすぐさまポアロのほうを向いた。

そして、こう言った。

「あのときまでわたしは義父に会ったことがありませんでした。義父がみんなを招いた真意など考えもおよびませんでした。年老いて寂しくて、ほんとうに子どもたち全員と仲なおりしたいのだと思っていました」

「ではリー氏の真意は、あなたの見るところなんだったのでしょう、マダム？」

ヒルダはちょっとためらってから、ゆっくりと言った。

「いまは確信しています——疑いを差しはさむ余地はありません。義父がほんとうに望んでいたのは平和な仲なおりではなくて、家族をけしかけることでした」

「それはどのような方法で？」

ヒルダは低い声で言った。

「人間の本性のいちばん悪いところに訴えることを義父はおもしろがっていました。義父には――どう言えばよいのでしょう？――悪魔じみた茶目っけがありました。家族の全員をそれぞれ対立させたかったのです」

ジョンスンが鋭く問うた。「で、それに成功したのですか？」

「ええ、しましたわ」とヒルダ・リーは言った。「成功しました」

ポアロが言った。

「今日の午後にどんなひと幕があったかはすでにうかがっています。かなり激しい場面だったようですね」

彼女はまた軽く頭をさげる身ぶりをした。

「そのことをできるだけ忠実に――あなたの口からお話しねがえますか？」

ヒルダは少しのあいだ考えこんだ。

「わたしたちが部屋にはいったとき、義父は電話をかけておりました」

「相手は顧問弁護士だと聞いていますが？」

「ええ、その相手に――たしかチャールトン氏でしたかしら？　名前までは正確に思い出せませんけれど――遺言書を新しく書き換えたいのでこちらへ来てくれと言っていました。以前に作成したものはいまの状況に合わなくなっているというようなことを」

ポアロは言った。

「よく考えておこたえいただきたいのですが、マダム、リー氏はわざと弁護士とのその会話をみなさんに聞かせたと思われますか？　それとも、たまたまその会話がみなさんの耳にはいってしまったのでしょうか？」

ヒルダ・リーは言った。

「わざとわたしたちに聞かせるつもりだったにちがいありません」

「ご家族の不安や疑念を煽るために？」

「はい」

「だとすると、じつは遺言を書き換えるつもりはなかったのかもしれませんね？」

彼女は異議を唱えた。

「いいえ、それについては本心だったと思います。おそらく新しい遺言書を作成したかったのでしょう。ただ、そのことを強調して愉しんでいたのです」

「マダム」とポアロは言った。「わたしは警察官という立場にある者ではないので、わたしの質問はイギリスの法律の執行者たる警察官の尋ねたいこととはちがっているかもしれません。そこをご理解ください。でも、わたしは、老人が生きていたら新しい遺言書がどのようなものになっていたか、あなたのお考えをぜひ知りたいのです。わたしが知りたいのはあなたの知識ではなく、単にあなたの意見なのです。女性《レ・ファム》は意見をまとめるのに手間取りませんからね、幸いにも《デュ・メルシ》」

ヒルダ・リーはかすかに顔をほころばせた。

「自分の意見をお話しするのはかまいませんわ。夫の姉のジェニファーはスペイン人のファン・エストラバドスと結婚していて、その娘のピラールもこの家へやってきています。とても可愛らしい娘で、もちろん、このリー家でただひとりの孫娘です。老父のリーは彼女が来たことを喜び、彼女のことをたいへんに気に入っていました。わたしは、新しい遺言書ではピラールにかなりの額の遺産を残すつもりだっただろうと考えます。古い遺言書ではピラールへの分与はほんのわずか、もしくはまったくなかったのではないでしょうか」

「あなたはその義理のお姉さまをごぞんじだったのですか？」

「いいえ、会ったこともありません。ジェニファーの夫のスペイン人は結婚後ほどなく悲惨な死を迎えたそうです。ジェニファーも一年まえに亡くなって、ピラールは孤児になってしまいました。それでリー氏はイギリスで一緒に暮らすつもりで彼女をこちらへ呼んだのです」

「ご家族のほかの方たちは彼女を歓迎しましたか？」

ヒルダは静かに言った。

「みんな彼女を好きになったと思います。若くて元気のいい人が家にいると愉しいですもの」

「で、本人も、ここにいることを喜んでいるようでしたか？」

ヒルダはゆったりとした口調で言った。

「さあ、どうでしょうか。南国のスペインで育った娘さんにとって、イギリスはきっと寒くてなじみにくい国でしょうね」

ジョンスンが言った。

「いまの世界情勢ではスペインでの暮らしもあまり愉しいものではないでしょうがね。それで、奥さん、われわれがうかがいたいのは午後に交わされた会話についてなんです」

ポアロがぼそりと言った。

「すみませんね。話がずれてしまいました」

ヒルダ・リーは言った。

「義父は電話を切ると、わたしたちをぐるっと見まわして笑いました。そして、ずいぶん浮かない顔をしているじゃないか、と言いました。疲れたので早めにやすむから、夜はだれも二階へ上がってこなくていいとか、元気にクリスマスを迎えたいとか、だいたいそのようなことを言っておりました。

それから――」記憶をたぐろうとして彼女は眉根を寄せた。「クリスマスの大切さを理解するには大家族の一員であることが必要だ、というようなことも言ったのではないかと思います。お金の話になったのはそのあとです。今後はこの家のやりくりに経費がかさむから、ジョージとマグダリーンに倹約に努めろと言いました。マグダリーンには自分で服を縫えとか。ずいぶん古めかしい考え方だと思いますけれど。彼女がむっとしたのも無理はありません。亡き妻は裁縫が上手だったとも言っていました」

ポアロは穏やかに言った。

「リー老人が自分の妻について語ったことはそれだけですか？」

ヒルダは顔を赤らめた。

「脳味噌という言葉をつかって蔑みました。わたしの夫は母親にひと一倍愛情をもっていましたから、烈火のごとく怒りました。すると突然、リー氏はわたしたちみんなに向かって怒鳴りはじめたのです。そうやって自分を奮いたたせていました。もちろん、あの方の気持ちもわかりますけれど――」

ポアロは静かに口を挟んだ。

「リー氏の気持ちとは？」

ヒルダは穏やかな目をポアロに向けた。

「もちろん、失望していたんですわ」と彼女は言った。「孫がひとりもいないことに――つまり男の子が。リー家を継ぐ者がいないということですもの。そうした思いが長い年月をかけて膿《うみ》のように溜まっていたにちがいありません。で、突如として、それを胸に溜めたままでいられなくなって、息子たちに怒りをぶつけたんでしょう。おまえたちは腰抜けだとか、めそめそした老女と変わらないとか――なにかそのようなことを言っておりました。それを聞いて、わたしは義父が気の毒になりました。跡継ぎの孫がいないことで義父のプライドは傷ついているのだとわかったので」

「そのあとはどうなりましたか？」

「そのあとは」ヒルダはゆっくりと言った。「みんな部屋を出ました」

「それがリー老人と会われた最後ということですね」

ヒルダは軽く頭をさげた。

「犯罪がおこなわれたときにはどこにいらっしゃいました？」

「夫と音楽室におりました。彼がピアノを弾いてくれていました」

「それで？」

「テーブルや椅子がひっくり返る音、陶器の割れる音が上から聞こえました。なにか格闘でもしているようなものすごい音が。それから、あのおぞましい、喉を切られる絶叫が……」

ポアロが言った。

「そんなにおぞましい絶叫だったのですか？　たとえばそれは――」ポアロは間合いをとった。「――地獄に堕ちた魂のような？」

ヒルダ・リーは言った。

「それよりもっとおぞましい叫びでしたわ！」

「どういう意味でしょう、マダム？」

「まるで魂をもっていない者が出した声のような……人間ではなくて、獣《けだもの》のような……」

ポアロはいかめしく言った。

「つまりあなたは――そのように彼を判定されたわけですね、マダム？」

ヒルダは急に苦しそうに片手をあげた。目は伏せられて床を見据えていた。

14

ピラールは罠が仕掛けられているのではないかと怪しむ動物のような用心深さで部屋にはいると、視線をすばやく四方に走らせた。その警戒ぶりに比べると不安はそれほどではないように見えた。

ジョンスン大佐が立ちあがり、椅子を勧めてから言った。

「英語はおわかりでしょうな、ミス・エストラバドス？」

ピラールの目が大きく見開かれた。

「もちろんです。母はイギリス人でしたから。あたしだって、ちゃんとしたイギリス人です」

かすかな笑みがジョンスン大佐の唇をよぎった。ジョンスンは彼女のつややかな黒髪と、自尊心の強そうな暗い色の目と、わずかにゆがめた赤い唇を目におさめた。ちゃんとしたイギリス人！　ピラール・エストラバドスを語るにはちぐはぐな表現だ。

ジョンスンは言った。

「リー氏はあなたの祖父にあたり、あなたをスペインから呼び寄せた。あなたは数日まえに到着した。まちがいありませんか？」

ピラールはうなずいた。

「そうです。あたしは――ああ！　スペインから出るにはたくさんの危険を冒さなければなりませんでした。爆弾が落ちてきて、乗っていた車の運転手が殺されて、彼の頭があったところは全部血になってしまって。あたしは車の運転ができないので、長い道のりを歩かなければならなくて。歩くのは嫌いなのに。歩いたことなんかないですもん。足が痛くて、もうほんとに痛くて――」

ジョンスン大佐はにこにこしながら言った。

「とにかく、あなたはここに着いた。お母さまはあなたにおじいさまの話をたくさんされていたんですか？」

ピラールは元気よくうなずいた。

「ええ、年寄りの悪魔だと言ってました」

エルキュール・ポアロは笑みを浮かべた。

「こちらに着いて、おじいさまのことをどう思われましたか、マドモアゼル？」

ピラールは言った。

「もちろん、すごく、ものすごく年を取ってました。椅子に座りきりで、顔はかさかさで。だけど、それでも好きになりました。若いころはきっとハンサムだったんだろうと思います。すばらしくハンサムだったんだろうと——あなたみたいに」ピラールはサグデン警視を見て言った。無邪気な喜びにあふれる彼女の目がサグデンのハンサムな顔にとどまった。そのお世辞を受けてサグデンの顔は煉瓦のように赤くなった。

ジョンスン大佐はくすくす笑いをこらえた。この鈍感な警視が不意討ちを食らう瞬間を目撃するなんて、めったにあることではなかったから。

「でも、もちろん」ピラールは残念そうに言い足した。「おじいさまは若いころもあなたみたいな大きい体はしていなかったでしょうね」

エルキュール・ポアロはため息をついた。

「では、あなたは大きい体の男性がお好きなのですね？」と訊いた。

ピラールは熱心に同意した。

「ええ、そうよ。うんと大きくて、背が高くて、肩幅が広くて、うんと強い男の人が好きなの」

ジョンスン大佐の口調がきつくなった。

「こちらに着いてからは、しょっちゅうおじいさまに会っていたのですか？」

ピラールは言った。

「ええ、そう。お部屋へ行って、そばにいたの。いろんな話を聞かせてくださったわ——

―自分はとっても悪い男だったということや、南アフリカでやったいろんなことを」

「部屋の金庫にダイヤモンドをしまっていることも、あなたに話したのですか？」

「ええ、見せてくれました。ただ、ダイヤモンドには見えなくて、ただの石ころみたいだったけど。ぜんぜんきれいじゃなくて――ほんとに、ぜんぜん」

サグデン警視が無愛想に訊いた。

「じゃあ、彼はそれをあなたに見せたんですね？」

「そうよ」

「どれかひとつをくれたわけじゃないんですね？」

ピラールは首を横に振った。

「ええ、くれなかったわ。いつかくれるかもしれないとは思ったけれど――あたしがうんと優しくしてあげて、しょっちゅうお部屋へ行って、そばにいてあげれば。お年寄りの紳士って若い娘のことが好きだから」

ジョンスン大佐が言った。

「そのダイヤモンドが盗まれたことは知っていますか？」

ピラールの目がまた大きく見開かれた。

「盗まれた？」

「そうです。だれが盗んだのか、思いあたる人間はいませんかね？」

ピラールは首を縦に振った。

「ああ、います。ホーベリーならやりそうだわ」

「ホーベリーですか？　従者の？」

「そう」

「なぜそう思うんです？」

「あの人、いかにも泥棒しそうに見えるから。いつも目をきょろきょろさせてるし、足音をたてないで歩くし、ドアのまえで立ち聞きするし。猫みたい。猫はみんな泥棒だし」

「ふむ」とジョンスン大佐。「その問題はひとまず脇におくとして、今日の午後、家族のみなさんがおじいさまの部屋へ行ったとうかがっています。そのときに——怒りの言葉が飛び交ったらしいですね」

ピラールはうなずいて笑顔になった。

「ええ、そう。あれはすごくおもしろかったわ。おじいさまはみんなを仰天させて、ものすごく怒らせちゃったの！」

「ほう、あなたはそれをおもしろがったわけですか？」

「ええ。あたし、人が怒るのを見るのが好きだから。とっても好き。でも、イギリスの人はスペイン人のようには怒らないのね。スペインではすぐにナイフを持ちだしたり、罰あたりな言葉で罵ったり、大声でわめき散らしたりするのに、イギリスではそういうことはなにもしないのね。ただ顔を真っ赤にして口をきつく閉じるだけで」

「そこで飛び交った言葉を覚えていますか？」

ピラールは自信がなさそうだった。

「はっきりとは覚えてません。みんな役立たずだとおじいさまが言って——自分にはまともな子がいないって。どの息子よりもあたしのほうが出来がいいって。あたしのことがとっても、大好きだったから」

「お金や遺言書のことはなにか言われましたか？」

「遺言書——さあ、どうだったかしら。覚えてません」

「それでどうなりました？」

「みんな部屋を出ていったわ——ヒルダ以外は。あの太った人よ、デイヴィッドの奥さんの。彼女は部屋に残ってました」

「ほう、彼女は部屋に残ったのですね？」

「ええ。デイヴィッドはとってもおかしな様子で、体をぶるぶる震わせてました。そう！　顔が真っ青で、まるでどこか具合でも悪いような感じで——」

「それから、どうなりました？」

「それから、下へ行ってスティーヴンを見つけたので、ふたりで蓄音機をかけて踊りました」

「スティーヴン・ファーとですか？」

「ええ。彼は南アフリカから来たの——おじいさまの昔の仕事仲間の息子なんですって。彼もとってもハンサムよね。とっても大きな茶色い目。素敵な目だわ」

ジョンスンが訊いた。

「犯罪がおこなわれたときはどこにいました？」

「あたしがどこにいたかということ？」

「はい」

「リディアと一緒に客間に移動してたんだけど、そのあと、上の自分の部屋へ戻って、お化粧をなおしたの。またスティーヴンと踊るつもりで。そうしたら遠くで悲鳴がして、みんなが走っていったので、あたしも走りだして。みんなのいるところまで行くと、おじいさまの部屋のドアを壊そうとしてました。ハリーがスティーヴンと一緒に。ふたりとも体が大きくて力が強い男ですもんね」

「それから？」

「それから——ドアが壊れて——枠からはずれて——みんなで部屋のなかを覗きました。ああ、あの光景——なにもかもがめちゃくちゃにひっくり返されてて、ものすごい血の量で、そのなかにおじいさまが倒れてました。喉をこういうふうに——」彼女は自分の首を見せて、なまなましい仕種をした。「片方の耳の下のところから切られてて」

彼女はひと呼吸おいた。ここまでの自分の説明を愉しんでいたのはあきらかだった。

ジョンスンは言った。

「そんなにたくさんの血を見ても気分が悪くならなかったのですか？」

ピラールは大佐をにらみつけた。

「ええ。どうして気持ちが悪くなるの？　人が殺されれば血が流れるのはあたりまえでしょ。すごかったわよ、そりゃもう！　あたり一面、血の海で！」

ポアロが言った。「そこでだれかがなにか言いませんでしたか？」

ピラールはこたえた。

「デイヴィッドがおかしなことを言ったわね——なんだったたっけ？　ああ、そう！　神の挽き臼——そう言ったのよね——」彼女は語を区切って繰り返した。「神の、挽、挽き臼——あれはどういう意味だったのかしら？　挽き臼って粉を挽くものでしょ？」

　ジョンスン大佐が言った。

「わかりました。いまはこれ以上お尋ねすることはなさそうです、ミス・エストラバドス」

　ピラールは素直に立ちあがると、三人の男ひとりひとりにチャーミングな笑みを投げた。

「じゃあ、あたしはこれで」と言って出ていった。

　ジョンスン大佐は言った。

「神の、い、い、挽き臼はゆっくりだが、い、い、どんな小さな粒も挽く、い、い、(神の報いはかならず受けることを意味する諺)。デイヴィッド・リーがそう言ったんだな！」

15

　ドアがまたも開かれ、ジョンスン大佐は目をあげた。一瞬、彼ははいってきた人物をハリー・リーだと思った。だが、スティーヴン・ファーが部屋のなかまで進んでくると、自分の見まちがいに気がついた。

「お掛けください、ファーさん」とジョンスンは言った。

スティーヴンは椅子に腰をおろした。知性を感じさせる冷ややかな目が三人の男を順に眺めた。

「自分はあまりお役に立てないと思いますけど、手伝えることがあるとお考えなら、なんでも訊いてください。最初に自己紹介をしたほうがいいかもしれませんね。父のエベニーザ・ファーとシメオン・リーは昔、南アフリカで仕事仲間でした。四十年以上もまえのことですが」

彼は一拍の間を挟んだ。

「シメオン・リーについては親父からよく話を聞いていました――彼がどんな人柄だったかということも。彼と親父は大儲けをしましてね。シメオン・リーはひと財産携えて本国へ帰りました。親父は親父でそこそこ成功しました。イギリスへ行くことがあったら、かならずリー氏を訪ねろというのが親父の口癖でした。一度、こんなに時間が経っているんだから、会いにいったところでだれの息子だかわからないだろうと言ったことがありました。でも、親父は笑い飛ばしました。〝男ふたり、シメオンとわたしのような体験をしたやつが相手を忘れるはずがない〟とね。でも、その親父が二年ほどまえに逝ってしまいました。そこで今年、生まれてはじめてイギリスの土を踏み、親父が言い残したことを実行してみよう、リー氏を訪ねてみようと考えたんです」

薄い笑みを浮かべて、彼は続けた。

「ここに着いたときはちょっと緊張しましたが、そんな必要はなかったんでしょう。リー氏は歓待してくれただけでなく、自分の家族とともにクリスマスを過ごそうと熱心に勧めました。それはさすがに図々しいのではないかと思いましたが、辞退しても彼は聞く耳をもちませんでした」

スティーヴンは照れたように言い足した。

「みなさん、とてもよくしてくれました。とくにアルフレッド・リー夫妻には恐縮するぐらい親切にしてもらったので、おふたりにこんな不幸が襲いかかって気の毒でしかたがありません」

「いつからこちらにいらっしゃるのですか、ファーさん？」

「昨日からです」

「今日もリー氏にお会いになりましたか？」

「ええ。今朝、雑談をしました。機嫌がよくて、ゆかりの人や場所についてしきりに聞きたがりました」

「それがリー氏と会った最後なんですね？」

「はい」

「リー氏は、金庫のなかに大量のダイヤモンドの原石を保管していることをあなたに話しましたか?」

「いいえ」

スティーヴンは相手の言葉を待たずに質問した。

「つまり、この事件は殺人と強盗の両方なんですか?」

「それはまだわかりません」とジョンスンは言った。「では、今夜起きたことについてお尋ねしますが、そのときあなたはなにをしていたか、ご自分の言葉でお話しねがえますか?」

「いいですよ。ご婦人がたが食堂から出ていったあとも、そのまま食堂に残ってポートワインを一杯やりました。で、リー家の家族には話し合うべき問題があって部外者は邪魔らしいと察したので、断りを入れて彼らから離れました」

「そのあとは、どうされました?」

スティーヴン・ファーは椅子の背にもたれ、人さし指で顎をさすりながら、いくぶんぎこちなく言った。

「そのあとは――ええと――寄せ木張りの床の広い部屋へ行きました。舞踏室でしょうかね。蓄音機とダンス音楽のレコードがあったので、何枚かをかけてみました」

ポアロが言った。

「どなたかがその部屋に来られて、一緒に音楽を聴くということもあるかもしれませんしね？」

薄い笑みで口もとをゆがめながら、彼はこたえた。

「あるかもしれませんね、ええ。人はつねに希望をもたなくては」

これを聞いてスティーヴンはあからさまににんまりとした。

ポアロは言った。

「セニョリータ・エストラバドスはたいへんお美しい方ですね」

スティーヴンはこたえた。

「彼女はイギリスへ来てから出会ったなかで堂々一位の美人ですよ」

「エストラバドス嬢とご一緒だったんですか？」ジョンスン大佐が訊いた。

スティーヴンは首を振った。

「あの騒ぎが聞こえたときにはまだその部屋にひとりでいました。急いで広間に出て、いまのはなんだったのか確かめようと夢中で走って二階へ行きました。そこに着くとハリー・リーを手伝ってドアを破りました」

「われわれに伝えるべきことはそれで全部ですか?」

「全部だと思いますけどね」

エルキュール・ポアロは身を乗りだして、穏やかに言った。

「でも、ムッシュー・ファー、あなたさえよければ、話していただけることがもっとたくさんあるんじゃないでしょうか?」

ファーはつっけんどんに問い返した。

「なにが言いたいんです?」

「あなたは、本件において非常に重要なことを――リー氏の人柄を――話すことができるはずです。お父上はよくリー氏について話しておられたと言われましたね。お父上が語られたのはどんな人物だったのでしょう?」

スティーヴン・ファーはおもむろに語りだした。

「あなたがなにを言いたいのかわかってきましたよ。若いころのシメオン・リーがどんな人間だったかということですね? じゃあ――正直に言ったほうがいいわけですね?」

「よろしければ」

「まず最初に言っておくと、シメオン・リーが社会人として通用するような道徳心の高い男だったとは思いませんよ。詐欺師とまでは言いませんけど、それに近いことをやっていました。いずれにせよ、彼の道徳心はまったく自慢できるものではありませんでした。ただし、魅力はあったようです。おおいにね。それと、とほうもなく気前がよかったんです。不運な目に遭った者がその話をして援助を得られなかったことはなかったそうです。酒はたしなむ程度で、大酒飲みではなく、女にもてて、ユーモアのセンスがありました。と同時に、異常なまでの執念深さもありました。象はぜったいに忘れないという諺がありますが、シメオン・リーにもそれがあてはまります。自分にひどい仕打ちをした者に復讐するため、リーが何年も待ったという事例をいくつも親父から聞いています」

サグデン警視が言った。

「そうしたゲームには当事者がふたりいますよね。ファーさん、あなたは、南アフリカでリー氏がひどい仕打ちをした相手については、なにもごぞんじないでしょうか？　今夜ここでおこなわれた犯罪を説明できるような過去の出来事に関しては？」

スティーヴン・ファーはかぶりを振った。

「むろん、彼に敵はいましたよ。いたにちがいありません。男であれば当然。しかし、個別の事例の内容までは知りません。そもそも——」彼の目が細まった。「自分の理解するところでは（というか、トレッシリアンに尋ねてわかったことですが）、今夜はこの屋敷の内にも外にも、よそ者はひとりもいなかったわけですよね」

エルキュール・ポアロが言った。

「あなたご自身を除けばね、ムッ、ムッ、ムッシュー・ファ、ファ、ファー」

スティーヴン・ファーは勢いよく振り向いた。

「ああ、そりゃそうだ！　たしかに屋敷内にいる怪しいよそ者だ！　ただ、その線からはなにも収穫は得られませんよ。シメオン・リーにはエベニーザ・ファーを裏切った過去があり、エブの息子が父の仇を討ちに現れた、なんてことはありません！　あるわけがない」彼は首を振った。「シメオンとエベニーザには争いごとはありませんでした。おれがここへ来たのは、さっき話したように、まったくの好奇心からです。それに、蓄音機がなによりのアリバイになるでしょうに。何枚も続けてレコードをかけていたんですよ。だれかがそれを聞いていたはずです。一曲かかっているあいだに二階まで駆けあがって――一マイルもありそうなあの長い距離を――老人の喉をかっ切って、返り血を拭き取って、ほかの人たちが階段を駆けのぼってくるまえに戻るなんて、どう考えても不可能でしょう。そんな想像はお笑い草です！」

ジョンスン大佐が言った。

「われわれはなにもあなたが怪しいと言っているわけじゃありませんよ、ファーさん」

スティーヴン・ファーは言った。

「こっちもエルキュール・ポアロ氏の思わせぶりなもの言いをさほど気にかけちゃいませんよ」

「それはあいにくでした！」とエルキュール・ポアロは言った。

彼はスティーヴン・ファーににこやかに笑いかけた。

スティーヴン・ファーはぎろりとポアロをにらんだ。

ジョンスン大佐が慌てて取りなした。

「ありがとうございました、ファーさん。さしあたり、ここまでにさせてください。もちろん、この家からお出にならないでくださいね」

スティーヴン・ファーはうなずいた。椅子から腰をあげて、ぶらぶらと大股に部屋から出ていった。

ドアが閉められると、ジョンスンが言った。

「X氏退場。得体の知れない人物だな。いまの話はいかにも明快だが、やはり彼はダークホースだろう。例のダイヤモンドを盗んだ可能性は否定できないし——入場許可を得るためだけに身の上話をでっちあげてやってきた可能性もある。指紋を採取して、警察ているようだね？」

の記録にある人間かどうか確かめたほうがいいぞ、サグデン」

「指紋はもう採取しました」警視はおもしろくもなさそうに微笑んだ。

「さすがだね。きみはおおかたのことは見逃さない。すでに明確な捜査方針がたっているようだね？」

　サグデン警視は指を折りながら捜査の項目をひとつずつ説明した。

「通話記録を調べる——時間などを。ホーベリーについて調べる——屋敷を出たのが何時で、そのときだれが見ていたか。屋敷への出入りをすべて確認する。使用人についても漏れなく調べる。家族それぞれの財政状況を調べる。顧問弁護士に連絡して遺言書を確認する。屋敷内を捜索し、凶器と血のついた衣服をさがす——どこかに隠されている可能性があるダイヤモンドも」

「不足はないように思うが」ジョンスン大佐は満足げに言った。「なにか言いたいことはあるかね、ポアロ？」

　ポアロは首を横に振った。

「申しぶんのない捜査方針だと思いますよ」

　サグデンはむっつりしていた。

「ジョークにもなりませんよ、紛失したダイヤモンドを見つけるために家じゅうをさがすわけですから。装飾品やら小間物やら、こんなに数多くある家は見たこともありません」

「たしかに隠し場所はいくらでもありそうです」ポアロは相槌を打った。

「ほんとうになにも言いたいことはないのかね、ポアロ？」

警察本部長はいささか落胆したようだった——せっかくしこんだ芸を飼い犬に披露してもらえなかった主人のように。

ポアロは言った。

「わたしはわたしで方針をたてることをお許しくださいね？」

「いいとも——もちろんだ」ジョンスンがこたえるのと同時に、サグデン警視がやや訝しむように言った。

「どんな方針ですか？」

「わたしはですね」とエルキュール・ポアロは言った。「ご家族のおひとりおひとりとお話をしたいです。それもひんぱんに——何度でも」

「家族への聴取をまたやりたいということか？」いささか当惑して大佐が尋ねた。

「いやいや、聴取ではなく——会話をしたいのです！」

「なぜ？」とサグデン。

エルキュール・ポアロは片手を強く振ってみせた。

「会話をすればおのずと核心が浮かびあがります。人間は人と話せば話すほど、真実を避けて通れなくなりますから」

サグデンは言った。

「すると、だれかが嘘をついていると思われるわけですね？」

ポアロはため息をついた。

「あなたね《モン・シェール》、だれでも嘘はつきます——おおかたは例の英国国教会の副牧師の卵のような罪のない嘘ですが（風刺週刊誌《ジュディ》掲載〔一八九五年〕の漫画のなかで、主教の食卓に出された卵が腐っているのではと訊かれた副牧師が、おいしいところもあると言った）、そうした嘘と致命的な嘘を見分けることは有益ですよ」

ジョンスン大佐が厳しい口調で反論した。

「とはいえ、会話に信用がおけるだろうか。とくに今回の事件はとりわけ粗暴で残忍な殺人なんだ。で、われわれが現状で容疑者候補としているのはどういう人物か？　アルフレッド・リー夫妻はどちらもチャーミングで育ちのいい、もの静かな人たちだ。ジョージ・リーは下院議員で、世間の評判もいい。その妻は？　彼女はごくふつうの愛らしい現代女性だ。デイヴィッド・リーは穏やかな気質に見えるし、彼の兄のハリーが言っていたように血を見ることに耐えられないだろう。彼の妻は心優しく思慮ぶかい——きわめて平凡な――女性に見える。残るはスペイン人の姪と南アフリカから来た男か。スペインの美女は概して気が短いが、あの魅力的なスペイン娘が冷酷に老人の喉を切り裂けるとは思えない。ここまでにわかったことからすると、むしろ彼女には老人を生かしておきたい理由しかないわけだし――少なくとも老人が新しい遺言書にサインするまでは。可能性があるとすれば、やはりスティーヴン・ファーだな――つまり、あの男はプロの詐欺師で、ダイヤモンドを狙ってここへやってきたのかもしれないということさ。リー老人が紛失に気づき、口封じのためにファーが喉をかっ切った。その可能性は捨てきれないだろう。あの蓄音機のアリバイはたいしてうまいアリバイではないな」

ポアロは首を横に振った。

「いいですか、友よ。スティーヴン・ファー氏とシメオン・リー老人の体格を比較してください。ファーが老人を殺す決心をしたのであれば、ものの一分でやってのけたでしょう。第一、シメオン・リーにあのような格闘ができたとはとうてい考えられません。あんな弱々しい老人とたくましい人間の標本のような男が、椅子をひっくり返したり陶器を割ったりしながら何分間にもわたって格闘したなどと、信じる人がいますか？　あまりにも現実離れした想像です！」

ジョンスン大佐の目が細められた。

「つまりきみが言いたいのは、シメオン・リーを殺したのは弱い男だということかね？」

「もしくは女ですね！」と警視が言った。

16

ジョンスン大佐は腕時計を見た。

「ここでわたしにできることはもうなさそうだな。だいぶ状況を把握できただろう、サグデン。おっと、まだひとつ残っていた。われわれもあの執事に会っておいたほうがいいな。きみがすでに聴取したことは承知しているが、情報がわずかながらも増えたから。殺害があったときにみんなのいた場所が、本人の言っているとおりなのかどうかを確認しておく必要がある」

トレッシリアンがゆっくりと部屋にはいってきた。警察本部長は座るように勧めた。

「ありがとうございます。さしつかえなければ、座らせていただきます。ひどく気分が悪くて——ふらついておりまして。脚も、頭も——」

ポアロが優しく声をかけた。「ショックが大きかったからですよ、ええ」

執事は身震いした。「あのような——あのような凶暴なことがおこなわれるとは。この家で！　あらゆることがいたって静かに進んでおりましたのに」

ポアロは言った。

「たいへん秩序のある家だったのですね？　でも、幸福な家ではなかったのでしょうか？」

「わたくしの口からそれを申しあげるのははばかられます」

「ご家族のみなさんがこちらで暮らしておられた当時は、幸福だったのでしょうか？」

トレッシリアンはとつとつと語った。

「仲むつまじいご家族というような状態ではなかったかもしれません」

「リー氏の亡くなった奥さまは病弱な方だったようですね？」

「さようでございます。お気の毒なことに体の弱い方でした」

「お子さんたちはリー夫人を好いていたのでしょうか？」

「デイヴィッドさまは深い愛情をそそいでおいででした。息子というより娘の愛情に近いものがございました。奥さまが亡くなられるとデイヴィッドさまは家を出ていかれました。もはやこの家で暮らすという現実を受けとめられなくなったのでしょう」

ポアロは言った。「ハリー氏はどうですか？　彼はどういう人でした？」

「あの方はお若いときから、どちらかといえば野性味の強い、でも、心根の優しい紳士でいらっしゃいました。ああ、ほんとうにぎょっとしたのです。呼び鈴が鳴り——それからまた、待ちきれないというふうにまた鳴って、玄関のドアを開けると、見知らぬ男がそこに立っていました。そして、ハリーさまの声でこう言ったのです。〝おお、トレッシリアン。まだこの家にいたんだな？〟以前とちっとも変わっておられませんでした」

ポアロは共感を示した。

「さぞかし不思議な気分を味わわれたことでしょうねえ」

トレッシリアンの頬にほんの少し赤みがさした。

「ときどき、過去が過去ではないかのように思われます。たしか、そのような芝居がロンドンの劇場にかかったことがありました。なにかがそこにあるのです——たしかにあるのです。感覚がよみがえるといいますか——すべてが以前にも経験したかのような気がするのです。呼び鈴が鳴り、お迎えにでると、そこにハリーさまがいらっしゃる——それがファーさまであっても、ほかの方であっても。わたくしは内心でこう言うしかありません——だが、これと同じことが以前にもあったぞ……」

ポアロは言った。

「それはたいへん興味深いですね——たいへん興味深い」

トレッシリアンは嬉しそうにポアロを見た。

ジョンスンはいくらか苛立って咳払いをし、会話を引き取った。

「一応ここでも確認しておきたいのだよ。二階であの騒ぎが始まったとき、食堂にいたのはアルフレッド・リー氏とハリー・リー氏のふたりだけだったと聞いたが、まちがいないだろうか？」

「はっきり申しあげることはできません。わたくしがコーヒーをお出ししているときには、紳士がたはみな食堂に残っておいでででした。ただ、それはあの音がする十五分ほどまえのことでして」

「ジョージ・リー氏が電話をかけていた、というのはたしかだろうか？」

「どなたかが電話をかけていらっしゃったと思います。電話のベルはわたくしのいる食器室でも鳴ります。どなたかが電話をかけるために受話器を取ったときには、小さな雑音がします。その音を聞いたことはたしかに記憶しておりますが、注意を払いませんでした」

「正確な時刻はわからないだろうな？」

「それはちょっと。紳士がたにコーヒーをお運びしたあとでしたが、それ以上のことは申しあげられません」

「二階で音がしたときにご婦人がたはどこにいたか、わかるかね？」

「アルフレッド夫人は、わたくしがコーヒーのトレイをさげにいきましたときには、客間にいらっしゃいました。二階であの叫び声があがる一、二分まえのことです」

ポアロが訊いた。

「夫人はなにをなさっていましたか？」

「奥の窓のそばに立っておられました。カーテンを少し引いて、外を眺めておいででした」

「客間にはほかのレディはだれもいらっしゃらなかったのですね？」

「はい」

「その方たちがいらした場所はわかりますか？」

「どこにいらした、と申しあげることはできません」

「アルフレッド夫人以外は、だれがどこにいたのかわからないということでしょうか？」

「デイヴィッドさまは音楽室でピアノを弾いていらしたと思いますが」

「デイヴィッド氏が弾いているのを聞いたのですね？」

「はい」老執事はまたも身震いした。「あとから思えば、まるで予兆のようでした、『葬送行進曲』を弾いていらしたのですから。そのときですら、ぞっとしたのを覚えております」

「じつに興味深いですね」とポアロは言った。

「では、この人物のことを聞かせてもらおうか。従者のホーベリーについて」警察本部長が言った。「ホーベリーが八時にはもう家から出ていたということは断言できるかね？」

「はい、できます。サグデン氏がこちらへ到着された直後でした。彼がコーヒーカップを割ったものですから、はっきりと記憶しております」

　ポアロが言った。

「ホーベリーがコーヒーカップを割った？」

「はい――ロイヤルウースターの古いカップを。わたくしは十一年間、洗ってきて、ただのひとつも割ったことがございませんのに」

　ポアロが言った。

「ホーベリーはコーヒーカップでなにをしていたのですか？」

「それがですね、当然ながら、カップを扱うのは従者の仕事ではございません。ただカップのひとつを持ちあげて見ていただけで、サグデン氏が訪ねてこられたと申しますと、そのカップを落としたのです」

ポアロは言った。

「あなたは〝サグデン氏〟と言ったのですか？　それとも、警察という言葉をつかいましたか？」

トレッシリアンはいささか驚いた顔をした。

「いまあらためて考えてみますと、警察の警視の方が見えたと言いましたね」

「そうしたら、ホーベリーはカップを落とした」とポアロ。

「なにやら暗示的だな」と警察本部長。「ホーベリーは警視の来訪についてなにか尋ねたか？」

「はい。なんの用で来たのかと訊きました。警察孤児院の寄付を集金にいらしたので、二階のリーさまにお部屋にお通ししたとこたえました」

「それを聞いてホーベリーはほっとした様子だったかね？」

「よくおわかりですね。おっしゃるとおり、ホーベリーはほっとした顔をいたしました。それを聞くなり態度が変わり、リーさまは金の出し惜しみをしない寛大なご主人さまだとか、ずいぶんと無礼なことを申しまして、さっさと出ていきました」

「どこから出ていったんだ?」

「使用人用の居室に通じるドアからです」

サグデンが口をはさんだ。

「もうじゅうぶんでしょう、本部長。彼が調理場を通ったのを料理人とキッチンメイドが見ています。その裏口から出ていったんですよ」

「いいか、トレッシリアン、じっくり考えてくれよ。ホーベリーがだれにも姿を見られずに家に戻ってこられる方法はあるだろうか?」

老執事は首を横に振った。

「それは無理だと思いますが。ドアはぜんぶ内側から鍵がかかっておりますので」

「もし、ホーベリーが鍵を持っていたら?」

「錠も差しております」

「じゃ、帰ってきたときにはどうやってなかにはいるんだ?」

「裏口の鍵はひとつ持っております。使用人はみなそのようにしてはいるのです」

「だったら、彼もそうやって戻れたではないか」

「調理場を通らなければ部屋に戻れませんし、夜の九時半か九時四十五分ごろまでは、かならずそこにだれかがおります」

ジョンスン大佐は言った。

「それなら疑いの余地はなさそうだな。ありがとう、トレッシリアン」

老執事は椅子から腰をあげると、一礼して部屋をあとにした。ところが、一、二分すると彼は戻ってきた。

「ホーベリーがただいま帰ってまいりました。お会いになりますか？」

「ああ、頼むよ、すぐにここへよこしてくれ」

17

シドニー・ホーベリーは人好きのする風貌をもちあわせてはいなかった。彼は部屋にはいると、両手をこすり合わせて突っ立ったまま、落ち着きのない視線を三人につぎつぎと移し、へつらうような態度を見せた。

ジョンスンが言った。

「シドニー・ホーベリーか？」

「はい、そうです」

「亡くなったリー氏の世話をしていた従者だな？」

「たいへんなことになりましたね？　グラディスから聞いて、腰を抜かしそうになりました。おかわいそうに、大旦那さま――」

ジョンスンは彼の言葉を遮った。

「訊かれたことだけにこたえてくれたまえ」

「ああ、はい、そういたします」

「今夜は何時にここを出て、今までどこへ行っていたんだね？」

「こちらを出たのは八時少しまえです。歩いて五分ほどのスパーブ座に行っておりました。『古都セビリアの恋』という映画を見に」

「そこできみを見た者はいるのか？」

「切符売り場の若い婦人が知りあいなのです。それに、入り口にいる守衛も顔見知りです。あの――ええと――じつは若い婦人と一緒におりました。約束して、そこで待ち合わせました」

「ほう、そうか。その相手の名前は？」

「ドリス・バックル。マーカム通り二十三番地にある酪農連合販売所で働いている娘でございます」

「よし。調べておこう。まっすぐ家に帰ってきたのか？」

「まず、その女友達を家まで送り、それからまっすぐ帰りました。お調べになれば、まちがいないことがおわかりと思いますよ、旦那。わたくしはこの事件にはなんの関係もございません。わたくしは――」

ジョンスン大佐はそっけなく応じた。

「関係があるとはだれも言っておらんよ」

「もちろん、そうでしょうけれど、旦那、家のなかで人殺しがあるというのは、やはり気持ちがよくはありませんから」

「だれも気持ちがいいとは言っておらん。それで、リー氏に仕えてどれぐらい経つんだ？」

「一年とちょっとでしょうか」

「この職場が気に入っていたのかね？」

「はい。たいへん満足しておりました。お給金がよくて。リーさまはたまに気難しくなられましたが、むろん当方はご病人の世話には慣れておりますから」

「ここに来るまえにも経験があったんだな？」

「はい、ございました。ウエスト少佐やジャスパー・フィンチ閣下のもとで働かせていただき──」

「そのへんの詳しい事情はあとでサグデンに話してくれ。いま知りたいのはまず──今夜、最後にリー氏に会ったのは何時だった？」

「七時半ごろです。リーさまは毎晩七時に軽い夕食を部屋まで運ばせていらっしゃいました。お食事がすむとわたくしがベッドをととのえ、リーさまは部屋着のまま、眠くなるまで暖炉のまえに座っておいででした」

「ふだんは何時にベッドへ行っていたのかね？」

「時間はまちまちでしたね。ひどくお疲れのときなど、はやばやと八時におやすみになることもあれば、十一時か、もっと遅くまで起きていらっしゃることもありましたし」

「ベッドへ行きたいと思ったら、どうするんだ？」

「ふつうはベルを鳴らしてわたくしをお呼びになりました」

「そして、きみが手を貸して寝かせるわけだな？」

「はい」

「だが、今夜は出かけていた。毎週、金曜が休みなのか？」

「さようです。金曜日に定休をいただいております」

「では、リー氏が寝たくなったらどうするんだ？」

「ベルを鳴らされると、トレッシリアンかウォルターがお部屋にまいります」

「体がまったく不自由というわけではなかっただろう？　動くことはできたんだね？」

「はい、旦那。でも、容易じゃありません。関節リウマチを患っておられたので。日によっては症状がかなり重いこともありました」

「リー氏が日中にべつの部屋へ行くことはなかったんだろう？」

「はい。あのお部屋だけで過ごすことがお好きでした。リーさまは贅沢好みではございませんで、あそこは広くて空気の通りがよく、陽もたっぷりとはいるお部屋ですから」

「リー氏が夕食をとったのは七時なんだな？」

「さようでございます。トレイをさげるときに、シェリー酒とグラスをふたつ、テーブルの上にお出ししておきました」

「なぜそうしたんだ？」

「リーさまのご命令で」

「いつもそうなのかね？」

「ときどきでございます。ご家族はリーさまがお呼びにならないかぎり、どなたも夜にはお部屋まで伺わないという決まりがありまして。ある晩はひとりで過ごしたいとおっしゃるかと思えば、またある晩には、夕食のあと二階へ来るようにとアルフレッドさまを、あるいは奥さまを、あるいはご夫妻をお呼びになりました」

「しかし、きみも知るかぎり、今夜は呼ばなかったのだな？　つまり、彼は家族のだれにも、夜のひとときを一緒に過ごしたいという伝言を送らなかったわけだな？」

「わ、わたくしはどのような伝言もおあずかりしませんでした」

「ということは、リー氏は家族のだれかを待ってはいなかったわけだ？」

「ひょっとしたら、ご自分で直接どなたかに来るようにとおっしゃったかもしれませんが」

「それはそうだ」

ホーベリーは続けた。

「わたくしはすっかり片づいていることを確かめてから、リーさまにおやすみなさいませとご挨拶をして、おいとましました」

ポアロが尋ねた。

「部屋を出るまえに暖炉の薪を足しましたか？」

従者は即答はしなかった。

「その必要はございませんでした。じゅうぶんに火が燃えておりましたから」

「リー氏自身がそれをやったということはありえますか？」

「いえいえ。ハリーさまがなさったのではないでしょうか」

「ハリー・リー氏は、あなたが夕食を運んだときに父親のところにいたのですね？」

「はい。わたくしが部屋にはいるのと入れちがいに出ていかれました」

「あなたの目にはふたりの関係はどう映りましたか？」

「ハリー・リーさまはたいへんご機嫌がよさそうでした。頭をそらして豪快に笑っておられました」

「リー氏はどうです？」

「大旦那さまは黙りがちで、考えごとをなさっているようでした」

「なるほど。ところで、わたしが知りたいことがもう少しあるのですよ、ホーベリー。リー氏が金庫に保管していたダイヤモンドに関して、われわれに話せることはありますか？」

「ダイヤモンドですって？　ダイヤモンドなんか見たこともありませんよ」

「リー氏は大量のダイヤモンドの原石をそこに保管していました。あなたもリー氏がそれを出し入れするところを見ているはずなのですが」

「ひょっとして、あのへんてこな小石のことじゃないでしょうね？　ああ、そういえば一度か二度、手にされているのを見ました。でも、あれがダイヤモンドだったなんて思いもしませんでした。あの石なら、つい昨日も外国からいらした若いご婦人にお見せになっていました――いや、一昨日だったかな？」

ジョンスン大佐がだしぬけに口を挟んだ。

「そのダイヤモンドが盗まれたんだよ」

ホーベリーはえぇっと声をあげた。

「まさか、わたくしが関係していると疑われているわけじゃ！」

「そんなことはひとことも言っておらん」とジョンスン。「それで、この件にかかわることでわれわれに話せることはあるのかね？」

「ダイヤモンドのほうでしょうか？　それとも人殺しのほう？」

「両方だ」

ホーベリーは考えこみ、薄い色の唇を舌で舐めた。それからようやく、どこかうしろ暗いところがあるような目でジョンスンを見あげた。

「なにも思い浮かびません」

ポアロが穏やかに言った。

「お務めの最中に小耳に挟んだことで、捜査の役に立ちそうなことはひとつもありませんか？」

従者の瞼がかすかにはためいた。

「ええ、なかったと思います。内輪揉めのようなことはありましたけど、リーさまと——ご家族の一部の方とのあいだで」

「一部とはだれですか？」

「推察するに、ハリー・リーさまのご帰宅をめぐるちょっとしたトラブルだったのではないでしょうか。アルフレッド・リーさまは腹を立てておいでてでした。アルフレッドさまと大旦那さまがそのことで少し口争いをされて——でも、それだけです。大旦那さまはダイヤモンドに関してアルフレッドさまを責めるようなことはひとこともおっしゃっていませんでした。アルフレッドさまはけっしてそんなことをなさる方じゃありませんし」

ポアロがもどかしげに言った。

「でも、リー氏はダイヤモンドの紛失に気づいたあと、にアルフレッド氏と面談しているんですよね？」

「はあ、さようです」

ポアロは身を乗りだした。

「ホーベリー、あなたは」彼は諭すように言った。「ダイヤモンドの盗難については、いまここでわれわれから聞くまで知らなかったはずです。なのにどうして、リー氏は息子のアルフレッド氏と会話をするまえからダイヤモンドの紛失に気づいていたとわかるのですか？」

ホーベリーの顔が赤煉瓦色に染まった。

「嘘をつけばすぐにわかるんだ。正直に話せ」とサグデン。「ほんとうはいつ知ったんだ？」

ホーベリーはふてくされた口調になった。

「リーさまがどなたかに電話なさっているのを聞いたんですよ」

「おまえは部屋にいなかったのにか？」

「ドアの外で聞いたのです。たくさんは聞いてません――ひとことかふたことです」

「正確にはなにを聞いたのです？」ポアロは優しく尋ねた。

「〝泥棒〟と〝ダイヤモンド〟という言葉が聞こえました。〝だれを疑えばいいのかわからない〟ともおっしゃっていました――それと、今夜八時にどうのというようなことも耳にはいりました」

サグデン警視はうなずいた。

「それなら電話の相手はわたしだよ。五時十分ごろだろう?」

「そう、そうでした、旦那」

「で、そのあと、おまえが部屋にはいっていくと、リー氏に動揺が見られたのか?」

「はい、いくぶん。うわの空というか心配ごとがあるようなご様子で」

「おまえを不安がらせるほど、様子がおかしかったというわけか——ええ?」

「そんな、サグデンさま。そのようなおっしゃりようはあんまりです。わたくしはダイヤモンドにはいっさい手を触れておりません、断じて。わたくしがやったと証明することなんかできませんよ。わたくしは泥棒じゃないんですから」

サグデン警視は平然と応じた。

「それをこれから調べるんだ」彼は警察本部長に問いたげな視線を投げ、うなずきが返されると続けた。「おまえのためにもな。今夜はここまでにしておこう」

ホーベリーはありがたいといわんばかりに急ぎ足で出ていった。

サグデンは感謝するように言った。

「さすがですね、ポアロさん。まんまと罠にかけましたね。いや、おみごと。あいつは泥棒かもしれないし、そうではないかもしれない。だが、第一級の嘘つきであることはまちがいありません!」

「感じのよくない人ですね」とポアロは言った。

「不快な輩《やから》だな」ジョンスンも同意した。「問題は彼の証言をどう解釈するかだ」

サグデンが現状をまとめてみせた。

「三つの可能性があるように思えます。その一、ホーベリーが盗みと殺しの両方をやった。その二、ホーベリーは盗みはやったが殺しはやっていない。その三、ホーベリーは完全に無実。その一の証拠はかなりあります。やつは電話を立ち聞きして、窃盗がばれたことを知った。自分が疑われていることを老人の態度から察し、そこから計画を練った。これ見よがしに八時に外出してアリバイをつくった。映画館から抜けだして、だれにも気づかれずに戻ってくることはじゅうぶんにできた。ただ、これを実行するには、一緒だったという女が自分を裏切らないと確信していなければならない。明日、その女にあたってみますよ。なにか引きだせるかもしれません」

「それで、彼はどうやって家のなかにはいったのでしょうか？」とポアロが訊いた。

「そこが難題ですね」サグデンは認めた。「しかし、なにかしら方法はあるのでしょう。たとえば、女の使用人のひとりが脇の出入り口のどれかの鍵をかけずにおいたとか」

ポアロは不可解そうに眉を吊りあげた。

「では、彼は自分の運命を女性ふたりに託したということでしょうか。ひとりでも大きなリスクをともなうのに、ふたりとは――おやおや《エ・ビアン》、とてつもないリスクですねえ！」

　サグデンは言った。

「どんなこともやりおおせると考える犯罪者もいますからね」

　彼はさらに続けた。

「その二に進みましょう。ホーベリーは金庫のダイヤモンドを盗んだ。そして今夜、家から持ちだし、どこかの共犯者にあずけたのかもしれない。これを実行するのはだんぜん容易で、ありそうなことに思えます。そうするとわれわれは、今夜、リー氏を殺害するという選択をしたべつの人物がいると認めなければなりません。その人物はダイヤモンドが紛失したなどという状況にはまったく気づいていません。むろん可能性としては否定できませんが、偶然の要素にやや頼りすぎの感があります。

　その三の可能性は――ホーベリーの潔白です。ホーベリーではないだれかがダイヤモンドを盗み、リー老人を殺した。いうまでもなく真実を突きとめるのがわれわれの任務です」

　ジョンスン大佐はあくびをして、ふたたび腕時計に目をやり、立ちあがった。

「さてと、今夜はここまでということにしよう。引きあげるまえに金庫のなかを確認したほうがよさそうだ。その見てくれの悪いダイヤモンドがずっとそこにあったとしたら、これまたおかしなことになるからな」

だが、やはりダイヤモンドは金庫になかった。ダイヤル錠の組み合わせ数字は、アルフレッド・リーが言ったとおり、故人の部屋着のポケットに入れた小さな手帳に書かれていた。金庫に残されたなめし革の袋はからっぽだった。金庫におさめられた書類のうち、ひとつだけ興味をひくものがあった。

それは十五年ほどまえの日付がはいった遺言書だ。さまざまな遺産や形見が列記されたあとに書かれた、分与の規定はきわめてシンプルだった。全財産の半分をアルフレッド・リーに相続させ、残りはほかの子どもたち、すなわち、ハリー、ジョージ、デイヴィッド、ジェニファーで等分にすることとされていた。

第四部　十二月二十五日

1

クリスマスの真昼の明るい陽射しを浴びながら、ポアロはゴーストン館の庭内を散策していた。ゴーストン館は堅牢な造りの大邸宅ではあるが、建築上の凝った装飾はなにもなかった。

いまポアロがいる南側は、きれいに刈りこんだ櫟《いちい》の生け垣がある幅広のテラスになっていた。敷きつめた板石のあいだには小ぶりの植物が植えられ、長いテラスにそって一定の間隔で並べられた石のシンクは、それぞれが箱庭の趣《おもむき》だった。

ポアロはそれらのミニチュア庭園を念入りに観察しながら、称賛のひとりごとをつぶやいた。

「よく工夫がされている、ほう！《セ・ビアン・イマジネ、サ》」

遠くのほうにふたりの人物の姿が見えた。三百メートル近く離れたところに設えられた小さな池のほうへ向かっていく。ふたりのうちのひとりがピラールなのはすぐにわかった。もうひとりは最初、スティーヴン・ファーかと思ったが、よく見るとピラールといっしょにいる男はハリー・リーだった。ハリーは魅力的な姪をさかんに気づかっているようで、ときどき頭をのけぞらせては声をあげて笑い、それからまた、いたわるように彼女のほうに身をかがめていた。

「喪に服していない人物がひとりいることはたしからしい」ポアロはまたひとりごとを言った。

背後に小さな物音がして振り向くと、マグダリーン・リーが立っていた。彼女もまた、遠ざかる男女の姿を見ていた。マグダリーンは向きを変えると、魅惑的な笑みをポアロによこした。

「よく晴れた気持ちのいい日！　ゆうべ、あんな恐ろしいことが起きたなんて信じられませんわね、ポアロさん？」

「ほんとうですね、マダム」

マグダリーンはため息をついた。

「悲劇に巻きこまれるのははじめてなんです。これでやっと――ほんとうのおとなになったということかしら。子どもでいる時間が長すぎましたわ。たぶんそれが——よくないんでしょうね」

マグダリーンはふたたびため息をついた。

「ピラールは、こんなときでもびっくりするほど冷静で——あれがスペイン人の気質なのかもしれないけれど、それにしたって、いろいろ変じゃありません？」

「なにが変なのでしょうか、マダム？」

「いきなりこの家に現れたりして！」

ポアロは言った。

「リー氏はかなり時間をかけて彼女をさがしておられたと聞きましたよ。マドリードの領事館や、彼女の母上が亡くなったアルカラの副領事に手紙を出されていたとか」

「義父《ちち》はそういうことをぜんぶ隠していたんです。アルフレッドはなにも知りませんでした。もちろんリディアも」

「そうでしたか！」

マグダリーンはポアロとの距離を少しつめた。ポアロには彼女のつかっている香水の繊細なにおいが嗅ぎとれた。

「ごぞんじかしら、ポアロさん、ジェニファーの結婚相手のエストラバドスには事情がありますの。結婚後まもなく亡くなったんですけど、その死になにか謎があるらしくて。アルフレッドとリディアは知ってますわ。きっとなにかあったにちがいありません——不名誉なことが……」

「それはたいへん悲しいことですね」とポアロは言った。

マグダリーンは言った。

「夫は——わたしも同じ意見ですけれど——ピラールの素性には、家族が知るべきなのに知らされていない謎がもっとあると思ってますの。だって、もしも父親が犯罪者なら——」

マグダリーンはそこで間をおいたが、エルキュール・ポアロはなにも言わなかった。ゴーストン館の敷地で冬にしか見られない自然の美しさに見とれているようだった。

マグダリーンは言った。

「義父の死に方にはなにか重大な意味があるように思えてなりません。あれはあまりにも——非イギリス的だったから」

エルキュール・ポアロはゆっくりと振り向いた。彼の真剣なまなざしが無邪気な探求心をあらわす彼女の目をとらえた。

「ほう、スペイン的だとあなたはお考えなんですね？」

「だって、スペイン人は残酷ですもの、でしょ？」マグダリーンの話し方は子どもっぽさを強調していた。「あの闘牛とかを見ればわかるわ！」

エルキュール・ポアロは愛想よく応じた。

「あなたのご意見によると、セニョリータ・エストラバドスがおじいさまの喉を切ったわけですね？」

「いやだわ、ポアロさんたら！」マグダリーンはむきになった。ショックを受けたように。「わたしはそんなこと、ひとことも言ってませんわ！　言ってません！」

「まあ、そうはおっしゃらなかったかもしれませんね」

「でも、やっぱり――ピラールが怪しいとは思います。たとえば、ゆうべ、あの部屋の床からなにかを拾ったときも、人目を気にするようなそぶりをしていたし」

エルキュール・ポアロの声音にいままでとはちがう強い調子がまじった。

「彼女はゆうべ、床からなにかを拾ったのですね？」

マグダリーンはうなずいた。子どもじみた口が意地の悪いカーブを描いた。

「ええ、部屋のなかにはいったとたんに。だれかに見られていないか確かめるようにまわりをすばやく見まわしてから、さっとつまみあげました。警視さんが見ていて、それを取りあげたから、よかったですけど」

「拾ったものはなんだったのか、ごぞんじですか、マダム？」

「いいえ。そんなにそばで見たわけじゃありませんから」マグダリーンは後悔したように言った。「とっても小さいものでした」

ポアロは眉間に皺を寄せた。

「興味深いですね、それは」とひとりごとをつぶやいた。

マグダリーンはすぐさま反応した。

「そうなんです、警察はそういうことも調べるべきだと思いましたわ。結局、わたしたちはピラールの育ちについても、これまでの暮らしについても、なにひとつ知らないんですもの。アルフレッドはふだんからひどく疑り深い人で、リディアのほうはまったくのんきなんです」マグダリーンはそれから、ひとりでぶつぶつ言った。「わたしもなにかリディアの助けになることをしたほうがいいのかもしれないわ。手紙で尋ねるという方法もあるし」

マグダリーンは満足げな悪意の笑みを唇に広げると、ポアロを残して立ち去った。

ポアロはテラスで考えごとにふけっていた。

2

サグデン警視がポアロのほうへ歩いてきた。警視はふさぎこんだ様子をしていた。

「おはようございます、ポアロさん。メリー・クリスマスと言うのはさすがにはばかられますね」

「親愛なる同僚《モン・シェール・コレーグ》よ、あなたのお顔には喜びのかけらも見あたりません。もし、いまメリー・クリスマスとおっしゃったとしても、〝あなたにもたくさんの喜びがありますように！〟とこたえるのはふさわしくなかったでしょうね」

「こんなクリスマスは二度とごめんこうむりますよ。それだけは事実です」

「進展があったのですね？」

「いろいろとあたってみました。ホーベリーのアリバイは完璧です。やつが女と映画館にはいるところも、映画が終わって映画館から出るところも守衛が目撃しています。上映中にやつが抜けだすことはなかったとほぼ断定できます。途中で抜けだして屋敷に戻ったということはありえません。映画が終わるまでずっと一緒だったと女も証言しています」

ポアロの眉が吊りあがった。

「ほかに言いようがないのでしょうね」

サグデンは小馬鹿にするように言った。

「まあ、女ってやつはわかりませんからね！　男のためなら血相を変えて自分にも嘘をつきますから」

「それは女性の気持ちがそうさせるのですよ」とエルキュール・ポアロは言った。

サグデンは唸り声を返した。

「そういうのは外国的なものの見方ですよ。そういう見方が正義を敗北させるのです」

エルキュール・ポアロは言った。

「正義とはじつに奇妙な代物《しろもの》ですな。正義についてつくづくと考えたことがおありですか？」

サグデンはポアロを凝視した。

「あなたは変わった人だ、ポアロさん」

「そんなことはありませんよ。わたしは思考という論理の列車を追っているのです。しかし、その問題について、議論を始めるのはよしましょう。つまり、酪農連合販売所に勤務するその娘さんは事実を語っていないとあなたはお考えなのですね？」

サグデンは首を振った。

「いや」と彼は言った。「そういうことではまったくありません。それどころか、彼女は事実を語っていると思います。単純なタイプの女でね。わたしにあれこれ嘘をつけば、彼女すぐに見抜けるでしょうね」

ポアロは言った。

「経験の為せる技ですか?」

「まあそういうことですね、ポアロさん。明けても暮れても供述調書を取っていれば、嘘をついている人間と嘘をついていない人間の見分けはつきます。わたしはあの娘の証言に偽りはないと思っています。となると、ホーベリーにはリー老人を殺せなかったということになり、われわれの関心はふたたびあの家にいたほかの人々に戻らざるをえません」

サグデンは深々と息を吸った。

「やったのは家族のなかのひとりですよ、ポアロさん。家族のひとりがやったのです。だが、いったいどのひとりなのか?」

「新たな情報はないのでしょうか?」

「あります。通話記録からかなり有益な情報を得られました。ジョージ・リー氏は九時二分まえにウェスタリンガムに電話をかけています。通話時間は六分弱です」

「ほほう！」

「そうなんです！　しかも、ほかにはいっさい通話記録はありませんでした。ウェスタリンガムにもほかのどこにも」

「たいへん興味深いですね」ポアロは同調した。「ジョージ・リー氏はちょうど電話を切ったときに二階で大きな音が聞こえたと言っていますが、実際には音がする十分近くまえに電話を切っていた。その十分間、彼はどこにいたのか？　ジョージ・リー夫人は電話をかけていたと言っていますが、じつは電話などかけていなかった。では彼女はどこにいたのでしょう？」

サグデンが言った。

「さきほど、彼女と話しているのを見かけましたが、ポアロさん」

サグデンの口調は明白な質問というほどではなかったが、ポアロはこたえた。

「それはちがいます！」

「ええ？」

「わ、わ、わたしは彼女と話してはいませんよ。彼女がわたしに話していたのです！」

「ああ——」サグデンはそのささいな相違にむっとして無視しかけたが、そこにふくまれる重要さを理解すると、こう言った。

「彼女からあなたに話しかけてきた、とおっしゃるんですか？」

「そのとおり。彼女はそれが目的でここへやってきたのですよ」

「なにをあなたに話さなければならなかったのでしょう？」

「彼女はいくつかのことをしきりに指摘したがっていました。ここで起きた犯罪の性質が非イギリス的だということ。エストラバドス嬢の父親のほうに好ましからざる経歴がありそうだということ。ゆうべエストラバドス嬢があの部屋の床からこっそりとなにかを拾っていたということ」

「彼女はそんなことまであなたに話したのですか？」サグデンは興味を示した。

「はい。あのセニョリータはなにを拾ったんでしょうか？」

　サグデンはため息をついた。

「それについては三百とおりの推測ができますね。いまお見せします。探偵小説なら、これが謎の全貌を解き明かしてくれるんでしょうが。ここからなにかがわかるなら、わたしは警察を辞めますよ！」

「見せてください」

　サグデンはポケットから封筒を取りだすと、それを傾けて、中身を手のひらに落とした。彼の顔ににやにや笑いの兆しが浮かんだ。

「これなんです。これをどう解釈します？」

警視の大きな手のひらにのっているのは、ピンク色をした小さな三角形のゴムの切れはしと、小さい木釘のようなものだった。

ポアロがそのゴムと木釘をつまみあげて顔をしかめると、サグデンはにやにや笑いを顔じゅうに広げた。

「ここからなにかわかりますか、ポアロさん？」

「この切れはしのほうは洗面用具袋《スポンジバッグ》から切り取られたものかもしれませんね？」

「そのとおり。リー氏の部屋にあった洗面用具袋から切り取られていました。何者かが鋭利な鋏で三角形に切り取ったんです。ことによるとリー氏が自分で切ったのかもしれません。なぜそんなことをしなければならないのか理解に苦しみますが。ホーベリーの話はこの件に関してはなんのヒントも与えてくれませんし。木釘のほうはトランプゲームのクリベッジ用ボードの穴に差すペグのサイズですが、あれはふつう象牙でできていますよね。これはただの生木《なまき》です。おおかた樅《もみ》の木の枝かなにかを削ったものでしょう」

「きわめて珍しいですね」とポアロはつぶやいた。

「よければ、お持ちください」サグデンは親切にもそう言った。「わたしには必要ないですから」

「友《モナミ》よ、あなたから取りあげるつもりはありませんよ！」

「あなたにもこんなものは必要ないですかね？」

「正直に言いましょう——ないですね、これっぽっちも！」

「そいつはよかった！」サグデンは皮肉たっぷりに応じてから、ゴムと木釘をポケットにしまった。

ポアロは言った。「先へ進みましょう」

「ジョージ・リー夫人は、ピラールが人目を気にしながら、そのこまごましたものをさっと拾ったと言うのですが、ほんとうにそうだったのでしょうか？」

サグデンはじっと考えこんだ。

「さあ——」彼は言いよどんだ。「人目を気にするというほどではなかったと思います。やましいことがあるようには見えませんでした——そんなふうにはまったく。むしろ彼女は仕事をしたんですよ——そう、すばやく、静かに。この意味がおわかりならば。わたしが見ているとは思ってもいなかったでしょう！　まちがいなく！　だから、それをよこせとわたしが言うと、飛びあがって驚きました」

ポアロは思案するように言った。

「では、拾う理由があったのですね？　でも、どんな理由が考えられますか？　ゴムの切れはしはまだ真新しくて、なにかに使用されていた形跡はありませんね。そのことにはなんの意味もないかもしれませんが、でも――」

サグデンはじりじりしながら言った。

「まあ、悩まれるのは自由ですけど、ポアロさん。わたしにはほかに考えなくてはならないことがありますので」

ポアロは尋ねた。

「目下のところ、どうですか――あなたの見立ては？」

サグデンは手帳を取りだした。

「ここまでにわかった事実を整理しておきましょうか。まず、犯行におよべなかった人がいます。その人たちを除外しましょう――」

「その人たちとは――？」

「アルフレッド・リーとハリー・リー。このふたりには明白なアリバイがあります。アルフレッド・リー夫人も同様です。二階で騒ぎが始まるわずか一分まえにトレッシリアンが客間にいる彼女を見ていますから。この三人はシロです。そのほかの人間については、リストを作成してみました。クロかシロかを判断する材料として」

彼は手帳をポアロに手渡した。

犯行時刻の所在

ジョージ・リー	？
ジョージ・リー夫人	？
デイヴィッド・リー	音楽室でピアノを弾いていた（妻により確認）
デイヴィッド・リー夫人	音楽室にいた（夫により確認）
ミス・エストラバドス	寝室にいた（確認なし）
スティーヴン・ファー	舞踏室で蓄音機をかけていた（使用人室でその音を聞いた使用人三名により確認）

ポアロはリストが書かれたノートをサグデンに返しながら言った。

「それで？」

「それでですね」とサグデンは言った。「ジョージ・リーはリー老人を殺すことが可能でした。ジョージ・リー夫人も可能でした。ピラール・エストラバドスも殺すことができました。そして、デイヴィッド・リー夫妻のどちらかがリー老人を殺すことも可能でした。ただし、ふたりでそれをおこなうことは不可能でした」

「つまり、あなたはそのアリバイを認めてはいないのですね？」

サグデン警視は首を強く振った。

「むろんですよ！　夫婦というのは互いに一身を捧げていますから。ふたりでそれをやるかもしれないし、ひとりが実行犯ならば、もうひとりはアリバイを証言してみせるでしょうよ。わたしはこう見ています。何者かが音楽室でピアノを弾いていた。それはデイヴィッド・リーだったかもしれない。おそらくはそうだったのでしょう。彼に音楽の素養があることは知られていました。しかし、彼の妻もそこにいたという証拠はなにもないのです。彼女自身の言葉と彼の証言があるだけで。同じように、ピアノを弾いていたのはじつはヒルダで、デイヴィッド・リーはそのあいだにそっと二階へ行き、父親を殺したということもありえます！　これは、食堂にいたふたりの兄弟とはあきらかに異なりますよ。アルフレッド・リーとハリー・リーは互いを嫌っていた。どちらも相手のために偽証などしないでしょう」

「スティーヴン・ファーについてはどうですか？」

「彼も容疑者候補です。蓄音機のアリバイはいささか弱いのでね。それでいて、この種のアリバイは、十中八九、あらかじめ用意した鉄壁のアリバイよりも、崩しようがなかったりしますが」

ポアロは考え深げに頭を軽くさげてみせた。

「おっしゃることはわかります。アリバイなどを求められようとは思ってもいなかった人間のアリバイなのですからね」

「まったくそのとおり！　いずれにせよ、わたしには、今回の事件によそ者が関係しているとはどうしても思えません」

ポアロは即座に相槌を打った。

「わたしもそう考えます。ここには家族の問題がありますね。血のなかでまわる毒が。密接なつながり。根深い感情。憎悪と熟知があるように思えます……」

ポアロは両手を大きく振った。

「わかりませんね、じつに――難題です！」

サグデン警視は敬意を表して、だが、あまり感動を受けたふうもなく、ポアロの言葉が終わるのを待っていた。

「まったくです、ポアロさん。しかし、われわれは恐れることなく、消去と論理を駆使して真相を突きとめますよ。現時点ですでに容疑者候補がいるんですから。つまり、犯行の機会があった人間が。ジョージ・リー、マグダリーン・リー、デイヴィッド・リー、ヒルダ・リー、ピラール・エストラバドス。スティーヴン・ファーも加えておきましょう。つぎは動機です。リー老人を亡き者にしなければならない動機があったのはだれか？　ここでまた何人かを消去することができます。まず、ミス・エストラバドス。古い遺言書が有効であるいま、彼女はなにも受け取ることができません。シメオン・リーが彼女の母親よりも先に死んでいれば、母親に分与された遺産を母親の死後、彼女が相続したでしょうが（母親がべつに遺言を残していないかぎり）、ジェニファー・エストラバドスはシメオン・リーより先に死んでしまったため、ジェニファーの相続ぶんは家族のほかの者たちの手に戻されることになります。要するに、リー老人が生きていたほうがピラール・エストラバドスに有利なのは明白です。リー老人は彼女を気に入っていましたから。新しい遺言書を作成する際には、彼女にもかなりの額を分与したにちがいありません。彼が殺されたことによってピラール・エストラバドスはすべてを失ったあげく、得るものもなくなりました。この意見には賛成してもらえますか？」

「異論はありません」

「むろん、口論でもあって、かっとなった勢いで老人の喉を切った可能性は捨てきれませんが、その可能性はかぎりなく低いとわたしは思います。第一に、ふたりの仲はとてもうまくいっていた。また、彼女はここへやってきてまだ日が浅く、なんにせよ彼に悪意を抱きようがない。したがって、ミス・エストラバドスがこの犯罪に関与している可能性はかぎりなく低いと思われる。ただし、あなたのお友達のジョージ・リー夫人と同じく、男の喉をかっ切るのは非イギリス的だという主張をなさるならべつですが」

「彼女をわたしの友達などと言わないでください」ポアロは間髪をいれずに言った。

「さもないと、わたしも、あなたのことをすばらしくハンサムだと言ったミス・エストラバドスをあなたのお友達と言わせてもらいますよ」

ポアロはまたしても警視が職務上の平静さを失ってうろたえるのを見て満足した。サグデンは真っ赤になった。意地悪なポアロはおもしろそうに眺めた。

つぎに口を開いたポアロの声にはせつなげな調子があった。

「あなたの口ひげはほんとうにりっぱですね……教えてください、特別なポマードをつかっていらっしゃるのですか？」

「ポマード？　まさか！」

「じゃ、なにをおつかいなんです？」

「つかうって。なにもつかっちゃいませんよ。自然に――伸びるんです」

ポアロはため息をついた。

「生まれつき恵まれた方なんですねえ」彼は自分のふさふさの黒い口ひげをなで、もう一度ため息をついた。「しかし、いくら高価な調髪剤でも、ひげを自然な色に修復するタイプのものは毛の質をいくらかそこないます」

調髪問題に興味のないサグデン警視はあいかわらず反応なしだった。

「この犯罪の動機を考えるなら、スティーヴン・ファー氏は除外できるでしょうね。彼の父親とリー氏のあいだに揉めごとがあって、ファー氏の父親が被害をこうむったのかもしれませんが、わたしはそれも怪しいと考えています。そのことを語ったときのファー氏はやけに気楽で自信ありげでしたから。あの自信に満ちた態度が演技だとは思えません。そこからわれわれがなにかを発見できるとは思えないんですよ」

「その点は同感です」とポアロは言った。

「それと、もうひとり、リー老人を生かしておきたい動機がある人物がいます――息子のハリー・リーです。遺言書により彼に利益が生じるのは事実ですが、そのことを彼が知っていたとは考えられません。それを確かめる手立てが彼にはなかったわけですから。家を出た時点でハリーへの遺産の分与はなくなったというのが、おおかたの見方だったでしょう。ところが、いまや彼はふたたび利益にあずかろうとしていたのです！　父親が新しい遺言書を作成するというのは彼には利益しかもたらしません。その父親をわざわざいま殺すほど愚かではないでしょう。それに実際、われわれにもわかっているように、彼にはそれをやることができませんでした。では、先へ進みます。邪魔な人間をどんどん消去していきますからね」

「いや、おっしゃるとおり、もうすぐだれもいなくなってしまいます！」

サグデンはにやりとした。

「そんなに速くは進みませんよ！　ジョージ・リー夫妻、そしてデイヴィッド・リー夫妻。この四人はリー老人の死で利益を得ます。ジョージ・リーは金銭に関して貪欲な男であることが、わたしの調べから判明しているうえに、手当を減らすと父親に脅されていました。ジョージ・リーには動機も機会もあったわけです」

「続けてください」とポアロは言った。

「つぎはジョージ夫人です！　クリームが好きな猫に負けないぐらい金が大好きです。しかも、賭けてもいいですが、彼女はいま、かなりの額の借金をかかえていて、あのスペインから来た娘に嫉妬していました。彼女は競争相手が老人の心をつかんでいるのを目ざとく悟った。義父が弁護士を屋敷に呼ぶつもりでいることを彼の電話から知っていた。それで決断して襲った。論理的には説明がつきます」

「ありえなくはないですね」

「デイヴィッド・リー夫妻はどうでしょう。彼らは現在の遺言書で遺産を相続できます。

しかし、どう言ったらいいか、この夫妻の場合、金銭の問題がことさら強い動機になるとは思えませんね」

「そうですか？」

「ええ。デイヴィッドは夢見がちな人物のようなので。でも、彼は――まあ、変人ですよ。わたしの見立てでは、この殺人には三つの動機が考えられます。ダイヤモンドにからむ複雑な事情、遺言書の書き換え、そして――そう――純粋な憎しみ」

「ほう、あなたはそう見ているわけですね？」

サグデンは言った。

「当然ですよ。そのことは最初から頭にありました。デイヴィッドが父親を殺すとしたら、目的は金ではありません。もし、この事件の犯人が彼であるなら、あの――流血の説明がつくかもしれません」

ポアロは感心したようにサグデンを見た。

「ええ、じつは、あなたがいつその点を考慮に入れてくれるかと思っていたのです。こんなにたくさんの血――これはアルフレッド夫人の言葉でしたね。古代の儀式を彷彿とさせます。血の生け贄――生け贄の血で浄めようとするかのようです……」

サグデンは顔をしかめた。

「犯人は狂っていたということですか？」

「それはあなた──人間は自分でも気づいていない、ありとあらゆる種類の本能をもっていますからね。血への渇望──生け贄を欲する本能もあるでしょう！」

サグデンは疑わしげに言った。

「デイヴィッド・リーはもの静かで無害な人物に見えますが」

ポアロは言った。

「あなたは人間の心理を理解しておられない。デイヴィッド・リーは過去に生きている人です。彼のなかには母親の記憶がいまなおありありと生きています。彼が長い年月、父親から離れていたのは、母への仕打ちが許せなかったからでしょう。その彼がここへやってきたのは許すためだったとしても、やはり許せなかったのかもしれませんよ……わたしたちにわかることはひとつ──父親の死体のそばに立ったとき、デイヴィッド・リーの心の一部は鎮められ、満足を得ただろうということです。〝神の挽き臼はゆっくりだが、どんな小さな粒も挽く〟。つまり、天罰！　報い！　死をもって罪をあがなったわけですから」

サグデンはぶるっと身を震わせた。

「そんなふうに言わないでください、ポアロさん。頭が混乱するじゃありませんか。たしかにあなたのおっしゃるとおりかもしれませんね。だとすれば、デイヴィッド夫人は知っていますよ。そして、あらゆる手段を講じて彼をかばおうとするでしょう。それはたやすく想像がつきます。ですが、一方、彼女が殺人犯だとはどうしても思えません。彼女は人をなごませるタイプのごく平凡な女ですから」

ポアロは興味深げに警視を見た。

「あなたはそういう印象を夫人から受けたのでしょうか?」ポアロは口のなかでつぶやいた。

「ええ、まあ——素朴な女ですよね。わたしの言いたいことがおわかりになればですけど!」

「ああ、おっしゃりたいことはたいへんよくわかります」

サグデンはポアロを見た。

「ところで、ポアロさん、この事件についてあなたにもお考えがあるでしょう。聞かせてください」

ポアロはゆっくりと言った。「ええ、考えていることはいくつかあります。しかし、まだぼんやりとしたものなので、まずはあなたがまとめた事件の経緯を聞かせていただけませんか」

「ですから、いまも言ったように、考えられる動機は三つです。憎しみ、利欲、ダイヤモンド絡みの複雑な事情。時系列で事実を追うとこうなります。

三時三十分、家族が集合。弁護士との電話の内容を家族全員が耳にした。つぎにリー老人が家族に向かって勝手にしゃべり、終わると出ていくよう命じた。彼らは怯えた兎よろしくすごすごと引きあげた」

「ヒルダ・リーは残りました」とポアロ。

「そうでした。だが、長居はしなかった。それから、六時ごろにアルフレッドが父親と面談しています――不愉快な面談をね。ハリーが父と和解しており、アルフレッドとしてはおもしろくない。当然、アルフレッドは第一容疑者でなくてはいけないわけです。もっとも強い動機があるのはまちがいなく彼なのですから。しかし、その先へ進むと、そこにハリーが現れます。根っから陽気な気質の彼は老いた父親の心をたやすくつかんでしまいました。ところが、このふたりとの面談のまえに、シメオン・リーはダイヤモンドの紛失に気づき、わたしに電話をよこしています。紛失については息子ふたりのどちらにも話していません。なぜか？　わたしの考えでは、彼は息子のどちらもその件に関与していないと確信していたからです。ふたりともまったく疑われていなかったわけです。先ほどから何度も言っているように、老人が疑っていたのはホーベリーともうひとりの人物だったからでしょう。彼がなにをするつもりだったか、わたしには手に取るようにわかります。いいですか、シメオン・リーは夜にはだれも自分のところに来るなと言い渡しているんですよ。なぜか？　ふたつの予定があったからです。ひとつはわたしの訪問、もうひとつは、そのもうひとりの疑わしい人物の訪問です。彼は何者かに夕食がすんだらすぐ来いと言っていたのでしょう。では、その人物はだれだと考えられるか？　ジョージ・リーだったかもしれません。ジョージの妻のほうが可能性としては高いですが。そして、この構図にふたたびはいってくる人物がもうひとりいます――ピラール・エストラバドスです。老人は彼女にダイヤモンドを見せて、その価値まで語っています。あの娘が泥棒でないとどうして言いきれるでしょう？　彼女の父親が不名誉な行為におよんでいたらしいという謎めいた証言があったことも思い出してください。もしかしたら、父親自身がプロの泥棒で、そのために刑務所送りになっていた可能性もないとはいえません」

　ポアロはゆっくりと相槌を打った。

「そうなると、あなたの言われるように、ピラール・エストラバドスがこの構図にふたたびはいってきますね……」

「ええ――泥棒として。ほかにはないでしょう。盗んだことを気づかれて動転したのかもしれません。祖父に飛びかかり、暴行を加えたのかもしれません」

ポアロはまたしてもゆっくりとした口調で応じた。

「ありえなくはないですね——ええ……」

サグデン警視はとげとげしい目つきでポアロを見た。

「でも、あなたの考えはちがうんでしょう？　言ってくださいよ、ポアロさん、あなたはどうお考えなんですか？」

ポアロは言った。

「わたしの考えはいつも同じところに戻るのです——故人の性格に。シメオン・リーはどういう性格の人間だったのかということに」

「それほど謎めいてはいませんよ」サグデンはポアロに鋭い目を向けたままで言った。「では、教えてください。地元の住民には彼がどのような人物として知られていたのかを」

サグデン警視は自信なげに顎の線を指でなぞった。戸惑っているようだった。

「わたしはここが地元ではないので。隣の——リーヴシャー州の出身なんです。しかし、もちろん、シメオン・リーは近隣の州でも名士とされていましたし、その噂はひととおり聞いています」

「ほう？　その噂とは——どういう？」

サグデンは言った。

「ひとことでいうなら抜け目のない人でしたね。リー氏を出し抜ける人間は多くはいなかったでしょう。とはいえ、自分の金については太っ腹で、大儲けをする一方で出し惜しみもしませんでした。そんな人物の息子のジョージ・リー氏が正反対の性格をしているのがわたしには解せません」

「なるほど！　しかし、この一族にははっきりと異なるふたつの特徴がありますね。アルフレッドとジョージとデイヴィッドは——少なくとも表面上は——この家族の母方に似ているようです。今朝、脇廊下に飾られている肖像画を拝見しました」

「彼は短気でした」サグデン警視は続けた。「それに、むろん、女にかかわる悪評がありました——もちろん若いころの話で、最近はずっと病に臥していましたが。ただ、昔から気前がよかったのは事実です。問題が生じるといつも盛大に金を出して、相手の女を結婚させてしまうのです。悪党ではあったかもしれないが、けちではなかった。妻に対する扱いはひどいものでした。ほかの女を追いまわし、妻をほったらかしにしていました。夫人は悲嘆のうちに亡くなったそうです。悲嘆というのは都合のいい言葉ですが、わたしは夫人がほんとうに我が身の不幸を嘆いていたと思います。気の毒な人ですよ。

年じゅう病気がちで家の外に出ることはほとんどなかったようです。リー氏が奇妙な性格だったことは疑いようがありません。執念深い一面もありました。裏切るやつにはかならず報復し、しかも、その報復を実行するためにはどれだけ長く待つこともいとわなかったと噂されています」

「神の挽き臼はゆっくりだが、どんな小さな粒も挽く」ポアロはつぶやいた。

サグデン警視はおもおもしく言った。

「というより、悪魔の挽き臼ですね。シメオン・リーに聖人めいたところはいっさいありませんから。悪魔に魂を売り、その取引を愉しんだ。そういうたぐいの男だったのではないでしょうか。しかも、彼は誇り高い男でもあった。誇り高い堕天使《ルシファー》ほどにも」

「ルシファーほどにも誇り高いとは！」とポアロ。「なかなか暗示めいていますね、あなたがおっしゃることは」

サグデン警視は戸惑うような表情を見せた。

「まさか彼が誇り高い性格のために殺されたと言われるんじゃないでしょうね？」

「わたしが言いたいのは、遺伝するものがあるということです。シメオン・リーはその誇り高い性格も息子に伝えていたでしょう——」

ポアロはそこで言葉を切った。ヒルダ・リーが家のなかから出てきたのだ。彼女はテラスを見渡して立っていた。

3

「あなたをさがしていましたのよ、ポアロさん」

サグデン警視はふたりに断りを入れて、すでに家のなかに引き返していた。そのうしろ姿を見送りながらヒルダは言った。

「あの方とご一緒だとは思わなくて。あの方はピラールと一緒だとばかり思っていました。親切で、りっぱな方ですね」

ヒルダの声は低くて、人の気持ちを落ち着かせるような心地よさがあった。

ポアロは尋ねた。

「わたしをさがしておられたんですか？」

ヒルダは首をかしげた。

「ええ。あなたなら助けてくださると思って」

「喜んでそうさせていただきますよ、マダム」

「あなたはとても聡明な方ですわ、ポアロさん、昨夜、それがわかりました。あなたならなんなくこたえを見つけられるんでしょうね。わたしはあなたに夫のことを理解していただきたいんです」

「はい、マダム？」

「こんなこと、サグデン警視にはとてもお話しできません。理解しようとなさらないでしょうから。でも、あなたはちがいます」

ポアロは軽く一礼した。「それは光栄です、マダム」

ヒルダは穏やかに続けた。

「夫は長いこと——わたしと結婚してからもずっと——心が不自由としか表現しようのない状態にありました」

「おお！」

「人は肉体に大きな傷を負うと、ショックと苦痛を経験しますが、肉体の傷はゆっくりと癒えます。離れた肉はふさがり、骨もくっつきますわ。多少は体力が落ちるかもしれませんし、傷痕は薄く残るかもしれませんが、それぐらいのことです。わたしの夫はね、ポアロさん、いちばん多感な年ごろに心に深い傷を負いましたの。彼は心から愛していた母が死んでいくのをそばで見ていました。父には母の死に対して倫理的な責任があると、夫は考えました。そのときのショックから彼はまだ立ちなおっていません。父への恨みはまったく消えていませんでした。このクリスマスにここへ来て父と和解するようデイヴィッドを説得したのはわたしなのです。それは――夫のために――彼の心の傷を癒やしたかったから。ここへ来たのはまちがいだったといまはわかりますけれど。シメオン・リーはその古傷をえぐることで自分を愉しませようとしたんですもの。とんでもなく――危険な遊びでしたわ……」

ポアロは言った。「マダム、あなたは、ご主人が父親を殺したとおっしゃりたいのですか？」

「ポアロさん、わたしは、夫にはなんなくそれができたかもしれないと言っているのです……もうひとつ申しあげておきますわ――彼はやらなかったと！　シメオン・リーが殺されたとき、彼の息子、デイヴィッドは『葬送行進曲』を弾いていました。夫の心には父を殺したいという願望があったでしょう。その願望はその指を通して流れでて、音の波となって消えていきました――それが真相なのです」

ポアロは一分か二分、沈黙した。それからこう言った。

「では、マダム、あなたご自身はそうした過去の経緯《いきさつ》について、どのような判断をくだされますか？」

「シメオン・リーの妻の死について、ということでしょうか？」

「そうです」

ヒルダはおもむろに言った。

「どんなことも表に現れた価値にもとづいて判断してはいけないとわかるだけの人生経験はしています。シメオン・リーはどこから見ても責めを負うべきで、彼の妻はひどい扱いを受けていました。と同時に、女のなかに従順というか、苦しみを自分から受けいれるようなところがあると、ある種の男たちの最悪の本能を呼び覚ますのだと思えてなりません。精神的にも肉体的にも強い女だったらシメオン・リーも称賛を送ったでしょうが、忍耐や涙に対しては苛立ちを感じるだけだったはずです」

ポアロはうなずいた。

「昨夜、あなたのご主人は〝母はひとことの不平も言わなかった〟とおっしゃいました。それはほんとうですか？」

ヒルダ・リーはもどかしそうにこたえた。

「そんなことはもちろんありません。彼女は始終ディヴィッドに不平や愚痴をこぼしていましたわ！　自分の不幸の重荷をぜんぶ彼の肩に背負わせたのです。母が肩に置いた重荷を背負うには、ディヴィッドは幼すぎました！」

ポアロは考え深げにヒルダを見た。ポアロの視線を受けて彼女は顔を赤らめ、唇を噛んだ。

ポアロは言った。

「わかりますよ」

ヒルダはきつい調子で訊き返した。

「なにがわかるんです？」

ポアロはこたえた。

「あなたはご主人の母親でいなければならなかったということが、です。妻でありたいときでも」

ヒルダは顔をそむけた。

そのとき、デイヴィッド・リーが家から出てきて、ふたりがいるテラスのほうへ向かってきた。遠くから話しかける彼の声にはあきらかに喜びの響きがあった。

「ヒルダ、今日は暖かくていい日だねえ？　まるで春が来たみたいだ」

デイヴィッドはふたりのそばまで来た。頭をのけぞらせても、ブロンドの前髪は額にかかっていた。ブルーの目はきらきらしていた。びっくりするほど若々しく、まるで少年のようだ。彼には若者のもつ熱意と屈託のない輝きがある。エルキュール・ポアロは息をのんだ……

デイヴィッドは言った。「池のところまで行ってみようよ、ヒルダ」

ヒルダは微笑み、夫の腕に自分の腕を絡ませた。ふたりはポアロのまえから立ち去った。

遠ざかるふたりを見送っていると、ヒルダが振り返って、すばやい視線をよこした。ポアロはその目に一瞬浮かんだ不安をとらえた――それとも恐怖だったのだろうか？

エルキュール・ポアロはゆっくりとした足取りでテラスの逆の端へ向かって歩いた。ひとりごとをつぶやきながら。

「何度でも言うが、どうやらわたしは聴罪司祭らしい。男よりも女のほうが懺悔する率が高いので、今朝もわたしのところへやってきたのは女たちだ。つぎのひとりがまたすぐに現れるのではないかな？」

テラスの端まで来て、ふたたび向きを変えて戻りはじめたとき、みずからの問いにこたえが返されているのがわかった。リディア・リーがポアロのほうへ近づいてきた。

4

リディアが言った。

「おはようございます、ポアロさん。あなたがハリーとここにいらっしゃるとトレッシリアンから聞きました。でも、おひとりでよかったわ。夫があなたのことばかり話していますの。どうしてもあなたにお話ししたいことがあるようなんです」

「おや！　そうですか？　いまからご主人にお会いしたほうがよろしいでしょうか？」

「いまはちょっと。夫はゆうべほとんど一睡もできなくて、強い睡眠剤を飲ませましたの。ぐっすり眠っているので起こしたくありません」

「承知しました。それは賢明な処置でしたね。昨夜はたいへん強いショックを受けられていることはわたしにもわかりましたよ」

リディアは深刻な口調で言った。

「おわかりでしょうけれど、ポアロさん、彼はほんとうに心を痛めております――ほかのだれよりも」

「わかります」

彼女は訊いた。

「あなたには――あの警視さんにも――あんな恐ろしいことをおこなった人間の見当が

ついているのでしょうか？」

ポアロは慎重にこたえた。

「ある程度の見当はついていますよ、マダム、だれがやらなかったかということについては」

リディアはそのこたえでは満足できないというように言葉を継いだ。

「まるで悪夢を見ているようですわ。あんな——あんな非現実的なことが実際にあったなんて信じられません！」

彼女はつけ加えた。

「ホーベリーについてはどうなんでしょう？　自分で言っているように、まちがいなく映画館にいたのでしょうか？」

「はい、マダム、彼が語ったことは確認ずみです。彼は事実を語っていました」

リディアは足を止め、櫟《いちい》の葉を引っぱった。顔がわずかに青ざめた。

「なのに、あんな恐ろしいことが！　それじゃ残るは——家族だけじゃありませんか！」

「そのとおりです」

「ポアロさん、わたしには信じられません」

「マダム、信じられるはずですよ。それに、信じていらっしゃるではありませんか！」

彼女は異議を唱えるかに見えたが、不意に後悔するように微笑んだ。

そして言った。

「とほうもない偽善者の仕業なんでしょうね」

ポアロはうなずいた。

「正直なお気持ちをお聞かせねがえればですが、マダム、かりに家族のひとりがあなたの義父を殺したとしても、まったく不自然ではないとお認めになるのではないですかね」

リディアは語気を荒らげた。

「それこそ現実離れしたお考えですわ、ポアロさん！」

「たしかにそうです。しかし、あなたの義父が現実離れした方だったのですから」

リディアは言った。

「気の毒な老人でした。いまなら同情することができます。生きているときは言葉では言いあらわせないほどわたしを悩ませた人でしたけれど」

ポアロは言った。

「お察ししますよ」

彼は石のシンクにつくられた箱庭のひとつのまえにかがみこんだ。

「じつに精巧にできていますねえ、こちらは。たいへん愉しいです」

「気に入っていただけて嬉しいですわ。わたしの趣味なんですの。ペンギンと氷河をあしらったこの北極の風景がお好きなのかしら？」

「チャーミングです。それにこちらも――これはなんでしょう？」

「ああ、それは死海です。いえ、これから死海になるところです。まだ完成しておりませんので、そんなにごらんにならないで。これはコルシカ島のピアナのつもりですのよ。ピアナの岩はきれいなピンク色で、それが青い海にもぐっていて、ほんとうに可愛らしいの。この砂漠の風景もかなりおもしろいと思われませんこと？」

リディアはポアロの先に立って進んだ。テラスが終わるところに着くと腕時計をちらりと見た。

「そろそろ戻って、アルフレッドが起きたかどうか確かめなくては」

リディアが行ってしまうと、ポアロはまたゆっくりとした足取りで死海を象ったミニチュア庭園に戻り、目いっぱいの好奇心で観察した。それから、小石を何粒かすくいあげ、それらが指のすきまからさらさらと落ちるにまかせた。

と、突然、彼の顔つきが変わった。ポアロは小石を顔に近づけた。

「なんと《サブリスティ》！」思わず声をあげた。

「これは驚いた！　いったいどういうことだろう？」

第五部　十二月二十六日

7

ジョンスン警察本部長とサグデン警視は信じがたいという顔でポアロを見つめた。ポアロは注意深い手つきでボール紙の小箱にぱらぱらと小石を戻すと、その小箱を本部長の手に押しこんだ。

「まちがいありません」と彼は言った。「やはりこれはダイヤモンドです」

「で、きみはどこでこれを見つけたって？　庭園か？」

「アルフレッド・リー夫人がつくられている箱庭のひとつです」

「アルフレッド夫人？」サグデンはかぶりを振った。「そんな馬鹿な」

ポアロは言った。

「アルフレッド夫人が義父の喉を切ったなどとはとても考えられないというんでしょょ

う？」

サグデンは即座にこたえた。

「彼女がやっていないことはわかっています。わたしが言いたいのは、彼女がこれらのダイヤモンドを盗んだと思えないということです」

ポアロは言った。

「彼女が泥棒だなんてだれも容易には信じないでしょう、むろん」

サグデンは言った。

「隠そうと思えばだれでもできたわけですし」

「まさしくそのとおり。その箱庭は死海を象ったもので、形状も外観もダイヤモンドとそっくりな小石がたまたまありましたから」

サグデンは言った。

「あらかじめ似せてつくってあったというんですか？　アルフレッド夫人が準備していたと？」

ジョンスン大佐は興奮ぎみにいった。

「にわかには信じられんな。にわかには。そもそもなぜ彼女にダイヤモンドを盗む必要があったのだろう？」

「まあ、それについては――」サグデンがためらいがちに言いかけた。

ポアロはすぐさま口を挟んだ。

「それについて考えられるこたえのひとつはこうです。彼女はダイヤモンドが殺人の動機だとほのめかすために盗んだ。つまり、彼女自身は積極的にはかかわっていなかったが、この殺人がおこなわれようとしていることを知っていた」

ジョンスンは眉間に皺を寄せた。

「それではすじが通らんだろう。きみは彼女を共犯者扱いしているが、では、だれの共犯者だというんだね？　夫しかいないじゃないか。しかし、すでに調べがついているように、彼は犯行には無関係だ。その説は最初から成り立たない」

サグデンは反射的に顎をさすりはじめた。

「たしかにそうですね。もし、アルフレッド・リー夫人がダイヤモンドを盗んだのだとすれば――万が一そうだと仮定すれば――あきらかに盗みが目的ですよ。そして、今回の事件の捜索が終わるまで、そのミニチュアの庭を隠し場所として特別に用意したのかもしれません。もうひとつの可能性は偶然の一致です。ダイヤモンドによく似た小石がいっぱいあるその箱庭を見た泥棒が――男であれ女であれ――これこそ理想的な隠し場所だとひらめいた……」

ポアロは言った。

「その可能性はおおいにありえますね。わたしはつねにひとつの偶然の一致は認めることにしています」

サグデン警視はそれにしても信じがたいというように首を振った。

ポアロは言った。

「あなたの意見はどうなのですか、警視？」

警視は用心深く語りだした。

「アルフレッド・リー夫人はたいへんりっぱな婦人です。なんにせよあの人がいかがわしいことに手を染めるとは思えません。むろん、だれにもわかりませんが」

ジョンスン大佐は苛立ちをつのらせた。

「とにかく、ダイヤモンドに関する真相がどうであろうと、彼女が殺人に関与しているというのは論外だ。犯罪がまさにおこなわれているときに客間にいるのを執事が目撃しているんだから。きみもそれは覚えているだろう、ポアロ？」

ポアロは言った。

「忘れておりませんよ」

警察本部長は部下のほうを向いた。

「先に進んだほうがいいな。報告することはないか？　なにか新しいやつは？」

「はい、あります。新たな情報をいくつか入手しています。まずはホーベリーですが、彼が警察を避けたかった理由がわかりました」

「泥棒でもやっていたのか？　ええ？」

「いや、そうではなくてですね、金をゆすり取っていたのです。恐喝まがいの手口で。証拠不十分で逮捕はされませんでしたが、その種のことを一件や二件はやって逃げおおせたのだろうとわたしはにらんでいます。身に覚えがあるので、ゆうべトレッシリアンから警察官が来たと聞いてドキッとしたのでしょう」

警察本部長は言った。

「ふむ！　ホーベリーについてはそれぐらいにしておこう。ほかには？」

サグデン警視は咳払いをした。

「あとは――ジョージ・リー夫人ですね。結婚まえの情報がはいってきました。彼女はジョーンズ海軍中佐と暮らしており、表向きは中佐の娘ということになっていますが、じつは娘ではありません……警察にもたらされた情報をまとめると、どうもリー老人は彼女の本性をかなり正確に見抜いていたようです。こと女に関して彼は見る目がありますから、悪党を見れば、ひと目でわかりますよ――で、おもしろ半分にあてずっぽうを口にした。すると彼女の痛いところを突いたのです！」

ジョンスン大佐はなるほどという顔をした。

「それは彼女のもうひとつの動機になりうるな――金銭的な動機とはべつの。彼女はリー老人がなにか明白な事実を知っていて、夫に自分のことをばらすつもりなのではないかと考えたかもしれない。あの電話の話はいかにも怪しい。じつは電話などかけていなかったんだな」

サグデンは提案した。

「では、ふたりを一緒に呼んで、その電話の件をずばりと訊くのはいかがでしょうか。きっとなにかわかりますよ」

ジョンスン大佐は言った。

「いい考えだ」

彼がベルを鳴らすと、トレッシリアンが姿を見せた。

「ジョージ・リー夫妻にここへ来るように言ってくれ」

「かしこまりました」

さがろうとする老執事にポアロが声をかけた。

「そこの壁に掛かっているカレンダーの日付ですが、殺人があった日からそのままなのですか？」

　トレッシリアンは振り返った。

「どのカレンダーでございましょう？」

「向こうの壁に掛かっているカレンダーです」

　三人はこの日も、アルフレッド・リーが書斎にしている小部屋にいた。問題のカレンダーとは、剝ぎ取り式の大きな日めくりカレンダーで、一枚一枚に太字で日付がしるされていた。

　トレッシリアンは部屋の反対側に目を凝らしてから、足を引きずりながらそろそろと進み、五十センチほど手前で立ち止まった。

　老執事は言った。

「はばかりながら、もう剝ぎ取られておりますね。今日は二十六日ですので」

「それは失礼。とすれば、どなたが剝ぎ取ったのでしょう？」

「アルフレッドさまが毎朝なさっています。アルフレッドさまはたいへん几帳面な方でいらっしゃいますから」

「そうですか。ありがとう」

　トレッシリアンは出ていった。サグデンは困惑した顔で訊いた。

「あのカレンダーになにか怪しいことでもあるんですか、ポアロさん？　わたしはなにか見落としていますか？」

ポアロは肩をすくめた。

「カレンダーはどうでもいいのです。ちょっとした実験をやってみただけですから」

ジョンスン大佐が言った。

「検死審問（人が不自然に死んだときに死因を調査し、判定するために開かれる公開の法廷）は明日だな。当然、延期されるだろうが」

サグデンが言った。

「ええ、検死官に会いました。手配したそうです」

2

ジョージ・リーが妻とともに部屋にはいってきた。

ジョンスン大佐が言った。

「おはようございます。お掛けになりませんか？　いくつかおふたりにお尋ねしたいことがありましてね。はっきりしない点があるとわかったので」

「わたしでお役に立てるなら喜んでお話ししますよ」ジョージはもったいぶった調子で言った。

マグダリーンは消えいりそうな声で応じた。

「もちろんですわ」

警察本部長がサグデンに軽くうなずいてみせると、サグデンが言った。

「昨夜、犯行があった時刻の電話の件ですが、あなたはたしかウェスタリンガムに電話をかけていたとおっしゃいましたよね、リーさん？」

ジョージは冷ややかにこたえた。

「ええ、言いました。選挙区の代理人にかけていたんですよ。彼に問い合わせてもらっても――」

サグデン警視は片手をあげて制した。

「そうですね――おっしゃるとおりです。われわれもその点は問題にしていません。電話が通じたのは八時五十九分ちょうどでしたね」

「いや、わたしは――そこまで――時刻を正確に言うことはできませんが」

「ええ」とサグデン。「しかし、われわれにはできるのです！　日ごろからこうしたことを入念に調べていますから。細心の注意を払っているんです。電話が通じたのが八時五十九分、通話が終わったのが九時四分でした。お父上のリー氏が殺されたのは九時十五分前後です。そのときのあなたの行動について、もう一度お尋ねしなければなりません」

「ですから、お話ししたとおり、電話をかけていましたよ！」

「いや、リーさん、あなたは電話をかけておられなかった」

「馬鹿馬鹿しい。おおかた、あなたがたがどこかでまちがったんでしょうよ！　ああ、ちょうど電話をかけ終わってから――もしかしたら――つぎの電話をかけようかどうしようか考えていたかもしれないな――それが――高い料金に見合う価値があるかどうか――そのとき、二階からあの騒音が聞こえたんです」

「ふつうは電話を一本かけようかどうしようかで十分間も悩みませんよね」

ジョージの顔が紫色になり、彼は唾を飛ばしてまくしたてた。

「どういう意味です？　いったいなにを言いたいんですか？　無礼にもほどがある！　わたしの言葉を疑うんですか？　議員という立場にある人間の言葉を？　いったいなぜ――自分の行動を一分刻みに説明しなくてはならないんですかね？」

サグデン警視はポアロも感心するほど相手にしなかった。

「通常の手順です」

ジョージは憤慨して警察本部長のほうを向いた。

「ジョンスン大佐。こんな——こんな前例のない無礼な態度をお認めになるんですか？」

警察本部長は歯切れよく言った。「殺人事件の捜査にあたってはですね、リーさん、このような質問もしなければなりませんし、こたえていただかなければなりません」

「もうこたえましたよ！　電話を切ったあと——つまり——つぎの電話をかけようかどうしようか迷っていたと」

「二階から異様な騒ぎが聞こえるまで、この部屋にいたとおっしゃるんですね？」

「いました——ええ、いましたよ」

ジョンスンはマグダリーンに顔を向けた。

「では、奥さん、あなたも騒ぎが始まったときは電話中で、しかも、ひとりでこの部屋にいたと言われましたよね？」

マグダリーンは動揺を見せた。息をのみ、横目でジョージを、つぎにサグデンを、それから、訴えるような目でジョンスン大佐を見た。

「ああ、ほんとうに——どうしてかしら——自分がなにを言ったのか覚えていないんです……すっかり混乱していたので……」

サグデンは言った。

「われわれはぜんぶ書き留めていますよ、ご承知でしょうが」

マグダリーンは訴えかける相手をサグデンに変え、目をさらに大きく見開いて唇を震わせてみせた。だが、返されたのは頑なでよそよそしい視線だった。サグデンは社会的信用を重んじる男なので彼女のようなタイプを受けいれなかった。

マグダリーンは曖昧な口調で言った。

「電話は――もちろん――かけていましたわ。ただそれがいつだったかということまでは――」

彼女の言葉が途切れた。

ジョージが言った。

「どういうことだ？　きみはどこで電話していたんだ？　この部屋でないなら」

サグデン警視が言った。

「わたしがお教えしますよ、奥さん、あなたは電話などかけていなかった。となると、あなたはどこで、なにをなさっていたんでしょうね？」

マグダリーンは視点の定まらぬ目でまわりを見まわしてから、わっと泣きだした。すすり泣きをしながら彼女は言った。

「ジョージ、この人たちがわたしをいじめるのをやめさせて！　わかるでしょ、人に脅されて大声で質問を浴びせられたら、なんにも思い出せなくなってしまうのよ！　あの夜、自分がなにを言ったのかほんとうに覚えてないの。それほど怖かったんですもの。すっかり気が動転していたし、この人たちは意地悪ばかり言うし……」

彼女はいきなり椅子から立ちあがると、すすり泣きを続けながら部屋から走って出ていった。

ジョージ・リーは思わず腰を上げ、怒鳴りつけた。

「どういうつもりですか？　妻を脅したり怖がらせたりするのはわたしが許しませんよ！　とても繊細な女なんです。けしからん！　警察がこのように浅ましい恫喝《どうかつ》的な取り調べの手法をつかっていることについて、議会で取りあげます。まったくもって浅ましい！」

彼は憤然と部屋を出て、乱暴にドアを閉めた。

サグデン警視は頭をのけぞらせて笑った。

それから、こう言った。

「うまくいきましたね！　さてどうなりますか！」

ジョンスンは眉根を寄せた。

「なんとまあ手のかかることよ！　たしかに臭い。彼女の供述をあらためて取らなくてはならんな」

サグデンは気楽な調子で応じた。

「いや、彼女は一、二分で戻ってきますよ、なんとこたえるか決心がついたら。ちがいますか、ポアロさん？」

先ほどから考えごとをしていたポアロは驚いたようだった。

「なんとおっしゃいました？」

「彼女は戻ってくるだろうと言ったのですよ」

「おそらく——ええ、ひょっとしたら——ああ、そうか！」

サグデンはポアロを見つめた。

「どうかしましたか、ポアロさん？　幽霊でも見たんですか？」

ポアロはゆっくりとこたえた。

「そうですね——そんなものは見なかったと断言することはできませんね」

ジョンスン大佐はいらいらして言った。

「それで、サグデン、ほかになにかあるか？」

サグデンは言った。

「各人が犯行現場に到着した順番を確認してみました。それによって、そのときなにが起きていたかがはっきりします。犯行後、被害者の断末魔の叫びが家のなかに響くと、殺人犯は部屋を抜けだし、ペンチまたはそれに類する道具で部屋の外からドアに鍵をかけました。まもなく、最初のひとりが現場に駆けつけました。あいにくなことに、駆けつけた各人がだれを見たのかということを正確に知るのは難しいです。こうした瞬間の人間の記憶は曖昧ですから。トレッシリアンは、ハリーとアルフレッドが食堂から出て広間を横切り、階段を駆けのぼるのを見たと言っています。その証言だけでもふたりは容疑者から除かれますが、どちらにせよ、われわれもこのふたりを疑わしいとは考えていません。わたしが調べたかぎりでは、エストラバドス嬢は遅れて現場に着いています――いちばん最後に。全体としては、ファー氏とジョージ夫人、それにデイヴィッド夫人が最初に着いたと思われているようですが、この三人はそれぞれ、自分以外のふたりのどちらかがまえを走っていたと言っているため、非常にややこしく、意図した嘘と、文字どおりの曖昧な記憶を見分けることはできません。みんなが走っていた――それだけは全員の一致した供述です。でも、その順番を特定するのはたやすいことではありません」

ポアロがゆっくりと言った。

「あなたはそのことが重要と考えているのですね？」

サグデンは言った。

「時間的な要因ですから。しかも、それは信じがたいほど短い時間でした」

ポアロは言った。

「時間的な要因がここではたいへん重要であることには同意します」

サグデンは続けた。

「捜査状況をより困難にしているのはこの家には階段が二ヵ所あることなんです。ひとつは広間にある表階段。こちらは食堂からも客間からもほぼ等しい距離にあります。そして、もうひとつ、家の反対側にあたるところにも階段があり、スティーヴン・ファーはそちらの階段をつかいました。エストラバドス嬢もその階段の上の踊り場を通りました(彼女の部屋は反対側にあるのです)。ほかの人々も、ふたりはそちらからやってきたと言っています」

ポアロが言った。

「たしかにややこしいですね」

ドアが開き、マグダリーンが足早にはいってきた。息をはずませ、両の頬を真っ赤にしていた。彼女は大机に近づくと、小声で言った。

「夫はわたしが横になっていると思っています。そっと部屋を抜けだしてきましたの。ジョンスン大佐」マグダリーンは大きく見開いた目に苦しげな表情を浮かべて大佐に訴えた。「ほんとうのことをお話ししても、内緒にしておいてくださるでしょ？　だって、すべてを公《おおやけ》にする必要はないですものね？」

ジョンスン大佐は言った。

「おっしゃりたいことはわかりますよ、奥さん。今回の犯罪とは無関係のことなんですな？」

「ええ、まったく無関係なことですわ。わたしの――私生活にかかわることですから」

警察本部長は言った。

「洗いざらい話して、あとはわれわれの判断にまかせたほうがよろしいですよ、奥さん」

マグダリーンは目に涙を溜めて言った。

「はい、あなたを信用してお話しします、信用できる方だとわかっているので。とても親切そうですもの。あの、こういうことなんですの。ある方に――」彼女は口をつぐんだ。

「ええ、奥さん？」

「ゆうべ、ある方に電話をかけたかったのです――男性の――お友達に。ジョージにはそのことを知られたくありませんでした。自分がいけないことをしようとしたのはわかっています――でも、とにかくそういうことだったのです。それで、夕食のあと、ジョージはまだしばらく食堂にいるから大丈夫だと思って、電話をかけにいきました。でも、ここへ来てみると、夫が電話している声が聞こえたので待ちました」

「どこで待っていたのですか、マダム？」ポアロが訊いた。

「階段のうしろ、コートやらなにやらを置くところですわ。暗い場所です。そっとそこに隠れました。そこならジョージがこの部屋から出てくれれば見えますから。でも、彼はなかなか出てこなくて、そうしたら、あのものすごい騒ぎが始まりました。老人の恐ろしい悲鳴が聞こえたので階段を走ってのぼりました」

「ということは、殺人がおこなわれたときまで、ご主人はこの部屋から出ていなかったわけですね？」

「そうです」

警察本部長は言った。

「あなたご自身は、九時から九時十五分まで階段裏の奥まった場所で待機していたと？」

「はい。だけど、そうは言えませんでしょう？　警察はわたしがそこでなにをしていたかと訊きますから。もう、もう、どうすればいいのか困り果てて。あなたならわかってくださいますわね？」

ジョンスンはそっけなく応じた。

「たしかに困り果てたでしょうな」

マグダリーンは愛らしい微笑みを彼に送った。

「ほんとうのことをあなたに打ち明けて胸のつかえがおりました。夫には内緒にしていただけるでしょ？　ええ、あなたはきっとそうしてくださるわ！　信用のおける方ですもの、みなさんも」

マグダリーンは最後に祈るようなまなざしを三人に向けてから、足早に部屋をあとにした。

ジョンスン大佐はやれやれというように息を吸いこんだ。

「なるほどね。いかにもありそうな話だ。説得力はある。ただ、一方で——」

「そういうことではないのかもしれません」とサグデンが締めくくった。「そこなんですよ。われわれにわからないのは」

3

リディア・リーは客間の戸口から遠い窓辺に立ち、外を眺めていた。いかにも重そうなカーテンが彼女の体を半分隠していた。部屋に聞こえた物音にはっとして振り返ると、エルキュール・ポアロがドアのそばに立っていた。

彼女は言った。

「びっくりしましたわ、ポアロさん」

「お詫びしますよ、マダム。わたしは足音をたてないで歩くのです」

リディアは言った。

「ホーベリーかと思いました」

エルキュール・ポアロはうなずいた。

「たしかに彼も足音をたてませんね。まるで猫か――泥棒のような歩き方です」

ポアロは少し間合いをとって彼女を観察した。

リディアは無表情だったが、しゃべりはじめると不快そうにちょっと顔をしかめた。

「あの男は最初から好きではありませんでした。今回の件で追い出せると思うとほっとします」

「そうなさるのが賢明だと思いますよ、マダム」

リディアはすばやくポアロを見た。

「どういう意味でしょうか？　あなたにもホーベリーを嫌う理由がおありなのかしら？」

ポアロは言った。

「あの男は人の秘密を集めています。それを自分のために利用しているのですよ」

リディアの口ぶりが険しくなった。

「じゃ、彼はなにかを知っているとお考えなの？——この殺人についても？」

ポアロは肩をすくめて言った。

「あの男は忍び足と早耳をもっています。なにかを盗み聞きして溜めこんでいるかもしれませんよ」

リディアは歯に衣《きぬ》着せず、こう尋ねた。

「そのことで家族のだれかをゆする気かもしれないとおっしゃるの？」

「それはありうることですね。しかし、それを言いにここへ伺ったわけではありません」

「では、なにを言いにいらしたの？」

ポアロはおもむろに語りだした。

「アルフレッド・リー氏と話をしました。あなたのご主人はわたしに対してある提案をなさいました。それをお受けするかどうか決めるまえに、あなたとお話ししたかったのです。ところが、絵画のようなあなたのお姿に見とれてしまい——深紅のカーテンを背景にしたそのセーターの柄のチャーミングなことといったら——しばし足を止めて観賞させていただいておりました」

リディアは切り返した。

「あの、ポアロさん、わたしたちはお世辞の交換に時間を費やさなければならないのでしょうか？」

「失礼いたしました、マダム。着こなしの意味を理解しているイギリス女性はごくわずかですね。最初にお会いした夜にあなたがお召しになっていたドレス——あの大胆な、それでいてシンプルな柄は優美そのもので、目を瞠りました」

リディアはじれったそうに言った。

「どんなご用件でわたしに会いにいらしたの？」

ポアロの態度が真剣になった。

「こういうことです、マダム。ご主人はわたしが調査することを本気で望んでおられます。ここに――この家にとどまり、事件の真相を突きとめてくれとおっしゃるのです」

リディアは訊き返した。

「それで？」

ポアロはゆっくりと言った。

「当然ながら、この家の女主人が認めない招待を受けたくはありません」

リディアはそっけなく応じた。

「わたしは当然、夫の招待に同意しますわ」

「そうですか、マダム、しかし、わたしには同意だけでは足りません。あなたは本心からわたしにこちらにとどまってほしいとお思いですか？」

「なぜそんなことをお訊きになるの？」

「もっと率直に話しましょう。わたしはこうお訊きしたいのです。あなたは真実があきらかになることをお望みですか？　それとも――？」

「もちろん望んでいます」

ポアロはため息をついた。

「そのような型にはまった返事をしなければならないのでしょうか？」

リディアは言った。

「わたしは型にはまった女ですから」

そこで彼女は唇を嚙み、ためらいがちにつけ足した。

「たしかに率直にお話ししたほうがいいのかもしれませんね。もちろん、あなたのおっしゃることはわかります。けっして愉快な立場ではありませんもの。義父《ちち》はむごたらしい殺され方をしました。そして、いちばん疑わしい人物、ホーベリーに不利な証拠――窃盗と殺人の――が出てこなければ――それはもう期待できそうにありませんし――その場合は、家族のだれかが義父を殺したということになってしまうんですから。その人物を正義の裁きにかけることは、わたしたち家族の恥を世間にさらし、家名を汚すことを意味します……正直な胸の内を語れとおっしゃるなら、そんな調査は望まないと言わなければなりません」

ポアロは言った。

「殺人者が処罰をまぬがれても甘んじると？」

「世のなかには発見をまぬがれている殺人犯が何人もいるのではないかしら」

「それについてはおっしゃるとおりです」

「では、それだけではないということですね？」

ポアロは言った。

「ご家族のほかの方々のことをどう思われますか？　無実の家族について？」

リディアは目を凝らした。

「彼らをどう思うかですって？」

「あなたの望みどおりになれば、永遠にだれも知らないままだということに気づいていますか？　疑惑の影がみなさんに落とされたままなのですよ、まるで……」

リディアは不安をあらわにした。

「そういうことは一度も考えませんでしたわ」

ポアロは言った。

「永遠にだれも知らないままなのですよ、罪を犯したのがだれなのか……」

彼は穏やかにつけ加えた。

「あなたがすでに知っていらっしゃるのでないかぎりはね、マダム」

リディアは叫んだ。

「そんなことをおっしゃる権利はあなたにはありません！　それはちがいます！　ああ！　犯人が他人でさえあれば――家族のだれかでさえなければいいのに」

ポアロは言った。

「両方であるかもしれません」

リディアは彼を見つめた。

「どういう意味ですか？」

「家族の一員であり——同時に他人であるかもしれない……などと言ってもおわかりになりませんよね？　まあいい《エ・ビアン》です、いまのはエルキュール・ポアロの頭にふと浮かんだことにすぎません」

ポアロはリディアを見た。

「さて、マダム、アルフレッド・リー氏にどうお返事すればよろしいでしょう？」

リディアは両手を宙に挙げてから、不意に力なく落とした。

そして言った。

「もちろん——あなたは引き受けなくてはいけません」

4

ピラールは音楽室の真んなかに立っていた。攻撃を恐れる動物のように視線を忙しく左右に走らせながら、直立していた。

彼女は言った。

「ここから逃げだしたいわ！」

スティーヴン・ファーは優しく言った。

「そう思ってるのはきみだけじゃないよ。だが、彼らはぼくらを逃がしてくれないのさ」

「彼らって、警察のこと？」

「そう」

ピラールはやけに神妙な口ぶりで言った。

「警察と関係ができるなんていやよね。ちゃんとした人には起きるはずのないことだもの」

スティーヴンは薄い笑みを浮かべた。

「自分のことを言ってるのかい？」

ピラールは言った。

「ちがうわ、アルフレッドやリディアや、デイヴィッドやジョージやヒルダのことよ——

——あとは——ああ——マグダリーンも」

スティーヴンは紙巻き煙草に火をつけた。ぷかぷかと煙草を吹かしてから、こう言った。

「なぜ例外があるんだ？」

「なによ、それ？」

スティーヴンは言った。

「なぜハリーをはぶくのかな？」

ピラールは声をあげて笑った。きれいに揃った白い歯が覗いた。

「だってハリーはちがうもの！　彼は警察と関係ができたらどうなるか、よくわかってると思うわ」

「きみの言うとおりなんだろうね。たしかにハリーは少しばかり個性がありすぎて、家庭的な絵柄に溶けこむのは難しいかもしれない」

彼は続けた。

「きみはイギリスの親戚が気に入ってるの、ピラール？」

ピラールは自信なさそうにこたえた。

「みんな親切よ。とっても親切にしてくれるの。だけど、あまり笑わないのよね。愉しそうじゃないの」

「そりゃ、きみ、家のなかで殺人があったばかりだからさ！」

「そう――だけど」ピラールはまだ心もとない様子だった。

「殺人は」スティーヴンは言い聞かせるような口調になった。「日常的な出来事じゃないんだ。きみの無関心もそういうことなのかもしれないけど。イギリスで殺人があれば、だれだって深刻に受けとめるよ。スペインではどうであろうと」

ピラールは言った。

「あたしのことを笑ってるのね……」

スティーヴンは言った。

「そんなことはないさ。笑う気分になんかなれない」

ピラールは彼を見つめた。

「それは、あなたもここから逃げだしたいから？」

「そうだ」

「なのに、あの体の大きいハンサムな警察官がここから出ていかせてくれないんでしょ？」

「彼に頼んじゃいないよ。でも、頼んだとしても、ノーと言うに決まってる。足もとには気をつけないとね、ピラール。用心するに越したことはない」

「そういうのがうんざりなの」と言いながらも、ピラールはこっくりとうなずいた。

「うんざりじゃすまないかもしれないよ。あのへんてこな外国人がうろついてるから。あいつがなにかの役に立つとは思えない。むしろ、落ち着かない気分にさせられるだけだ」

ピラールは顔をしかめた。

「おじいさまはものすごいお金持ちだったんでしょ？」

「そうらしいね」

「そのお金はどうなっちゃうの？　アルフレッドやほかの家族がもらうの？」

「遺言しだいだな」

ピラールは考えこんだ。「あたしに少しはお金を残してくれたのかもしれないけど、残してくれなかったんじゃないかとも思うのよね」

スティーヴンは優しく言った。

「心配いらないさ。なんのかんのいっても、きみは家族の一員なんだから。この家の人なんだから。彼らにはきみの面倒を見る義務がある」

ピラールはため息まじりに言った。「あたしが——この家の人。それはやっぱり、おかしいと思うの。だけど、ぜんぜんおかしくないのよね」

「きみはそのことをあまりおもしろがっていないらしいね」

ピラールはふたたびため息をついた。

「蓄音機をかけたら、ふたりで踊ったりできるかしら？」

スティーヴンは疑わしげに言った。

「そりゃまずいよ。家じゅうが喪に服してるときに。なかなかに無神経なスペインのじゃじゃ馬だな、きみは」

ピラールは大きな目をもっと大きく見開いた。

「でも、あたしはちっとも悲しくないんだもの。おじいさまのことをたいして知らなかったし、話をするのはまあよかったけど、死んだからといっておいおい泣きたくないし、悲嘆に暮れたくもないわ。そんなふりをするのは愚の骨頂よ」

スティーヴンは言った。「なんて可愛いことを言うんだろう！」

ピラールは彼を説得しようとした。

「蓄音機にストッキングや手袋を押しこんでみたらどう？　そうすれば大きな音がしないから、だれにも聞こえないわよ」

「じゃあ、おいで、この小悪魔め」

ピラールはけらけらと愉しげに笑うと、部屋から走りでて、家のいちばん奥の舞踏室へ向かった。

庭に出るドアに通じている脇廊下に達すると、彼女は急に足を止めた。追いついたスティーヴンも同じくだった。

エルキュール・ポアロが壁に掛けられていた肖像画のひとつをはずし、テラスから射しこむ光を受けたその絵を食い入るように見ていたのだ。彼は顔を上げ、ふたりに気づいた。

「おや！　ちょうどいいところへ来てくれました」

ピラールは言った。「なにをしてるの？」

彼女は近づいてポアロの横に立った。

ポアロはいかめしく言った。

「たいへん重要なことを調べているところなのです。シメオン・リーの若いころの顔を」

「あら、それ、おじいさまの若いころなの？」

「そうですよ、マドモアゼル」

ピラールはその油絵の顔に見入った。それから、ゆっくりと言った。

「まるきりちがうのね——ぜんぜんちがう……いまはうんと年を取って、皺くちゃだったから。これはハリーに似てるわね。十年まえのハリーはこんなふうだったかも」

エルキュール・ポアロはうなずいた。

「そうなのです、マドモアゼル。ハリー・リーはまさしくこのお父上の息子という感じです。こちらをごらんなさい――」彼は脇廊下の少し先へ彼女を導いた。「ほら、こちらのマダムがあなたのおばあさまです――優しい面長のお顔ときれいなブロンドの髪、穏やかなブルーの目」

ピラールは言った。

「デイヴィッドに似てる」

スティーヴンが言った。

「アルフレッドにもちょっと似てるな」

ポアロが言った。

「遺伝はじつに興味をそそります。リー夫妻は正反対のタイプでした。総じて、この結婚で誕生した子どもたちは母親似のようですね。この方をごらんなさい、マドモアゼル」

ポアロは、金糸のような髪と愉しげな大きいブルーの目をもった、十九歳ぐらいの娘の肖像画を指さした。その目の色はシメオン・リーの妻と同じだが、そこにはリーの妻の穏やかなブルーの目と優しげな顔立ちにはない生気と力強さが感じられた。

「まあ!」とピラール。

彼女は顔を赤らめた。

片手が首すじに向かい、長い金鎖の先のロケットを引っぱった。留め金を押すとロケットが勢いよく開いた。肖像画と同じ愉しげな顔がポアロを見あげた。

「お母さんよ」とピラールは言った。

ポアロはうなずいた。ロケットの反対側には、黒髪に暗いブルーの目をもつハンサムな若い男の写真がはいっていた。

ポアロは言った。「お父上ですか?」

ピラールは言った。

「ええ、あたしのお父さん。とても男前でしょ?」

「まったく。スペインではブルーの目の人は珍しいですね、セニョリータ?」

「北部にはときどきいるの。それに、お父さんの母親はアイルランド人だったし」

ポアロは考えをめぐらしながら言った。

「ということは、あなたはスペイン人の血とアイルランド人の血とイギリス人の血を引いていて、流浪の民の血もちょっぴりまじっているということでしょうか。わたしがなにを考えているか、おわかりですか、マドモアゼル？　そのような血すじでは厄介な敵をつくってしまいそうですねえ」

スティーヴンがげらげら笑った。

「列車のなかで言ったことを覚えてるかい、ピラール？　敵が現れたときのきみの対処法は、相手の喉をかっ切ることなんだろ。おっと！」

スティーヴンは口をつぐんだ。自分が口にした言葉の重大性にそこで気がついたのだ。

エルキュール・ポアロはすぐさま会話の方向転換をした。

「おお、そうだ。お伝えしなければならないことがありました、セニョリータ。あなたのパスポートです。友人のサグデン警視が確認したいとのことです。警察の規定なんでしょう――つまらない退屈な規定です。とはいえ、この国にやってきた外国人にとって必要なことではありません。それに、むろん、法律上はあなたも外国人ですし」

ピラールの眉が上がった。

「パスポート？　ええ、じゃ持ってきます。部屋にあるので」

ポアロはピラールと並んで歩きながら、詫びるように言った。

「面倒をおかけして申しわけありませんね。ほんとうに」

ふたりは肖像画が飾られた長い脇廊下のつきあたりまで来ていた。そこからは階段になっていた。ピラールは駆けあがり、ポアロもあとに続いた。スティーヴンもついてきた。ピラールの寝室は階段をのぼりきったところにあった。

ドアのまえまで来ると彼女は言った。「いま取ってきますね」

ピラールは部屋にはいり、ポアロとスティーヴンは部屋の外で待った。

スティーヴンは後悔を口にした。

「くそ。なんであんな馬鹿なことを言ってしまったんだろう。でも、彼女は気づかなかったと思うんですけど、どうでしょう?」

ポアロはその問いにはこたえず、なにかに耳を澄ますかのようにわずかに首をかしげていた。

そして言った。

「イギリス人はやたらと新鮮な空気を欲しがります。エストラバドス嬢も遺伝でその気質を受け継いだとみえます」

スティーヴンは目を丸くした。

「なぜそんなことを?」

ポアロは静かな声で言った。

「今日はことのほか冷えて——黒霜が降りるほどの寒さなのに(穏やかで陽光が降りそ

そいでいた昨日とはうって変わって)、エストラバドス嬢はたったいまサッシ窓をあげました。そんなにも新鮮な空気が好きとは驚きです」

突然、スペイン語の叫び声が部屋のなかから聞こえたかと思うと、ピラールが笑いながらも、うろたえた様子で現れた。

「ああ!」彼女は声を張りあげた。「あたしは間抜けで――ヘマをよくするの。窓台に小さなケースを置いていたのだけど、急いでそのなかを手さぐりしてたら、手が滑ってパスポートを窓の外に落としてしまって。下の花壇に落ちたので、いま拾ってきます」

「おれが拾ってこよう」とスティーヴンが言ったが、ピラールはすでに彼の横を走り抜けていて、肩越しに叫び返した。

「いいの、これは自分の失敗だから。あなたはポアロさんと客間へ行っててちょうだい。すぐにそこへ持っていくから」

スティーヴン・ファーは彼女のあとを追いかけたそうだったが、ポアロの片手が彼の腕にそっと置かれ、耳もとにポアロの声がした。

「こちらへ行きましょう」

ふたりは二階の廊下を、家の逆の端のほうへ向かって歩き、表階段のところまで行くと、ポアロが言った。

「さしあたり下へ降りるのはよしましょうか。犯罪のあった部屋へわたしと一緒に来てくれませんか？　お尋ねしたいことがあるのです」

ポアロとスティーヴンはシメオン・リーの部屋に通じる廊下を進んだ。ふたりが通りすぎた左手の壁のくぼみには、大理石の彫像が二体置かれていた。どちらも堅牢なつくりのニンフ像で、身にまとった衣の襞を握りしめているのはヴィクトリア朝の礼節がもたらす苦しみの表現だった。

スティーヴン・ファーはそのニンフ像をちらっと見て、つぶやいた。

「昼間の光のなかで見ると、かなり怖いですね。あの夜ここを通ったときはニンフが三人かと思いましたが、ふたりで助かりましたよ！」

「こういう像は近ごろはあまり人気がありませんね」とポアロも認めた。「しかし、制作当時は相当な費用がかかったはずです。わたしも夜に見たほうがましに見えると思います」

「そうなんです。ほの白く光る人影のようにしか見えませんから」

ポアロは口のなかでぶつぶつ言った。

「闇のなかの猫はみな灰色（闇のなかでは美醜の判断がつかないという諺）！」

部屋にはサグデン警視がいた。彼は金庫のまえにひざまずき、拡大鏡で調べていたが、ふたりがはいってくると目をあげた。

「やはり錠が開けられていましたよ。組み合わせ数字を知る何者かによって。ほかにはなんの痕跡も残されていません」

ポアロはサグデンのそばへ行き、彼を脇に引き寄せて、なにかを耳打ちした。警視はうなずくと部屋を出ていった。

ポアロはスティーヴン・ファーのほうを向いた。彼はシメオン・リーがいつも座っていた肘掛け椅子を見つめて立ちすくんでいた。眉をひそめ、額の静脈が青く浮かびあがって見えた。ポアロはそんな彼をしばらく見つめてから言った。

「なにか思い出されたのですか?」

スティーヴンはとつとつとこたえた。

「二日まえ、彼は生きてそこに座っていたんですよ——なのにいまは……」

それから、もの思いを振り払うようにして尋ねた。「そうだ、ポアロさん、なにか訊きたいことがあるから、ここへ連れてきたんでしょう?」

「おお、そうでした。たしかあの夜、あなたはこの現場へ最初に駆けつけましたね?」

「そうでしたっけ? 覚えてませんね。いや、そのまえに婦人のひとりが来ていたんじゃなかったかな」

「どのご婦人でしょうか？」

「奥さんのひとり――ジョージの奥さんだったか、デイヴィッドの奥さんだったか――とにかく、ふたりともすごく早くにここへ来ていたのは覚えてます」

「あなたは悲鳴を聞かなかったとおっしゃいましたよね？」

「聞こえなかったと思います。それもはっきりと覚えてるわけじゃないんです。だれかが叫んだのはまちがいないんだけれども、下にいる人の声だったかもしれませんし」

ポアロは言った。

「こういう騒がしい音は聞こえなかったのですね？」

彼は頭をそらし、いきなり耳をつんざくような奇声を発した。

思いもよらぬ運びにスティーヴンはあとずさりをして、あやうく倒れそうになった。

彼は怒りの抗議をした。

「なんですか、いったい？　家じゅうの人間を怖がらせるつもりですか？　いいえ、聞いていません、少なくともそんな声は！　おかげでこの家はまた大騒ぎになりますよ。みんな、また殺人があったと思いますよ！」

ポアロはがっかりした表情を見せて、つぶやいた。

「おっしゃるとおり……馬鹿げた真似をしました……早く行かなくては」

彼は小走りに部屋から出た。リディアとアルフレッドが階段の下から見あげていた——ジョージが図書室から出てきて、ふたりとともに見あげた。片手にパスポートを持ったピラールも走ってやってきた。

ポアロは声を張りあげた。

「なんでもありません——なんでも。ご心配なく。ちょっとした実験をやってみたのです。それだけです」

アルフレッドはむっとした顔をして、ジョージも怒りを隠さなかった。ポアロは説明をスティーヴンにまかせ、急ぎ足でその場を離れ、家の逆の端へ向かって廊下を進んだ。廊下の突きあたりのピラールの部屋からサグデン警視が出てきて、ポアロと落ちあった。

「どうでした？」《エ・ビアン》とポアロは訊いた。

警視は首を横に振った。

「なんの音も聞こえませんでした」

サグデンはさすがだといわんばかりにポアロと目を合わせ、こっくりとうなずいた。

5

アルフレッド・リーは言った。「それでは、引き受けてくださるのですね、ポアロさん？」

口へ持っていった片手がわずかに震えていた。やわらかな茶色の目はこれまでにない熱っぽい表情を浮かべて輝いていた。話しだすとやや口ごもった。リディアは黙って夫の横に立ち、心配そうに彼を見守っていた。

アルフレッドは言った。

「あなたには、それが――わ、わたしにとって――ど、どういうことか――そ、想像もできないでしょうが……父を殺した人間は、ぜ、ぜったいに、み、見つけなければならないのです」

ポアロは言った。

「時間をかけてじっくりとお考えになったことだとおっしゃるのですから――はい、お引き受けしましょう。ただし、ご理解くださいね、リーさん、引き返すことはできませんよ。わたしは狩猟犬ではないので、仕留めた獲物が気に入らないからといって呼び戻されても帰ってはきません！」

「むろんです……むろん……準備はすべてできています。あなたの寝室も用意しました。いつまででも必要なだけお泊まりください――」

ポアロはいかめしく言った。「長くはかからないでしょう」

「え？　なんですって？」

「長くはかからないだろうと言ったのです。この犯罪はいたって狭い輪のなかで起きたため、真実に到達するのに長くかかりようがないのです。早くも終局に近づいていると思われます」

アルフレッドはポアロを見つめた。「まさか！」

「まったく、まさかではありませんよ。すべての事実が多かれ少なかれ明白にひとつの方向を指しています。あとは無関係な事柄を通り道からどかせばいいだけのことです。それがすめば、真実がおのずと姿を見せるでしょう」

アルフレッドは信じがたいというように言った。

「あなたにはもうわかっているということですか？」

ポアロはにっこりした。「はい。わかっていますよ」

アルフレッドは言った。

「父は――父は――」彼は顔をそむけた。

ポアロはてきぱきと言葉を継いだ。

「リーさん、あなたにお願いしなければならないことがふたつあります」

アルフレッドはくぐもった声でこたえた。

「なんでも言ってください——なんでも」

「では、まず、ご親切にわたしのために用意してくださった寝室に、リー老人の若いころの肖像画を掛けていただきたいのです」

アルフレッドもリディアもポアロをじっと見つめた。

アルフレッドが言った。「父の肖像画を——でも、なぜ?」

ポアロは片手をひと振りしてみせた。

「あの絵は——なんと申しましょうか——霊感を与えてくれますので」

リディアがぴしゃりと言った。

「ポアロさん、あなたは霊能力で犯罪を解決するとおっしゃるの?」

「こう言い換えましょう、マダム、わたしは肉眼だけでなく、心眼をつかおうとしているのだと」

リディアは肩をすくめた。

ポアロは続けた。

「つぎに、リーさん、あなたの妹さんの夫、ファン・エストラバドスの死にまつわる嘘いつわりのない事情を知りたいのですが」

リディアが言った。「それが必要なことなのですか？」

「すべての事実を知っておく必要があるのです、マダム」

アルフレッドが言った。

「ファン・エストラバドスは、カフェで女絡みの喧嘩をしたあげく、相手の男を殺しました」

「どういう殺し方をしたのでしょう？」

アルフレッドは目でリディアに訴えた。彼女は冷静に説明した。

「彼は相手を刺し殺しました。挑発されたということで、ファン・エストラバドスは死刑の宣告は受けませんでしたが、終身刑に処せられ、獄中で死にました」

「娘さんはそのことを知っているのでしょうか？」

「知らないと思います」

アルフレッドが言った。

「知りませんよ、ジェニファーはあの子にはけっして言わなかったはずです」

「わかりました」

リディアが言った。

「あなただって、まさかピラールが知っているとは——ああ、ありえませんわ！」

ポアロは言った。

「ところで、リーさん、あなたの弟さんのハリー・リー氏についても、いくつか事実をお教えねがえませんか？」

「なにを知りたいんですか？」

「あの方はなんとなく一族の恥だと見なされているようですが、なぜなのでしょうか？」

リディアが言った。

「それはもう昔の話で……」

アルフレッドが顔を紅潮させてこたえた。

「知りたいのであればお話ししますよ、ポアロさん。あいつは父の名の小切手を偽造して大金を盗んだのです。当然ながら、父は法に訴えることはしませんでした。ハリーは昔から心の曲がったやつなんです。世界のどこにいても面倒を起こし、自分の蒔いた種で行きづまると電報で金の無心をしてきました。イギリスにいようとどこにいようと監獄への出入りを繰り返してきたんですよ」

リディアが言った。

「あなたはそんなになにもかもを知っているわけじゃないでしょう、アルフレッド」

アルフレッドは怒りで両手を震わせた。

「ハリーはただの役立たずだ——なんの役にも立たないくずだ！　昔からずっとそうだった！」

ポアロは言った。

「どうやら、おふたりは仲がお悪いようですね？」

アルフレッドは言った。

「あいつは父を騙したんですよ——恥知らずにも父親を騙したんだ！」

リディアはため息をついた——苛立たしげな短いため息を。ポアロはそれを聞き逃さず、鋭い視線を彼女に投げた。

リディアは言った。

「あのダイヤモンドが見つかりさえすれば。そうすればきっと解決するのに」

ポアロが言った。

「あのダイヤモンドは見つかっていますよ、マダム」

「なんですって？」

ポアロは穏やかにこたえた。

「あなたの死海の箱庭で発見されたのです……」

リディアは叫んだ。

「わたしの箱庭ですって？　そんな――そんなおかしなことって！」

ポアロは囁くように応じた。

「ほんとうにおかしいですね、マダム？」

第六部　十二月二十七日

1

アルフレッド・リーはため息まじりに言った。

「心配するほどのことはなかったな」

一同はたったいま検死審問から戻ってきたところだった。

用心深い青い目をした古風な事務弁護士、チャールトンも立ち会い、家族とともに帰ってきたのだった。

「やはり、申しあげたとおりだったでしょう。この手続きは完全に形式上のものだったんです。検死が延期されることは決まっていたようなものです。警察が追加の証拠を集められるようにね」

ジョージが苛ついて言った。

「不愉快だ——不愉快きわまる。こんな不快な立場に置かれるとは！　この犯罪は、なんらかの手段で屋敷にはいることができた凶暴な人間の仕業だとわたしは確信しているんだ。あのサグデンという男はラバ並みに強情なやつだ。ジョンスン大佐はロンドン警視庁に応援を求めるべきだろう。地元警察はまるで頼りにならん。頭が固すぎる。たとえば、あのホーベリーとかいう男はどうなんだ？　やつの過去はあきらかに怪しいのに、警察はそのへんに捜査の手を伸ばさない」

チャールトン氏は言った。

「いや——ホーベリーなる人物には、問題の時間のじゅうぶんなアリバイがあるのだと思いますよ。警察がそれを認めているんですから」

「なぜ認めるんだ？」ジョージは息巻いた。「わたしが警察なら、そんなアリバイは条件つきでしか認めんね——それも厳密な条件でしか。ふつうに考えて、犯罪者はかならず自分でアリバイを用意しているだろう。そのアリバイを崩すのが警察の仕事じゃないか。彼らが自分の仕事のなんたるかをわかっていればだがね」

「しかし、まあ」とチャールトン氏。「警察に警察の仕事を教えることがわれわれの仕事というわけでもありませんしね。彼らはおおむね有能な人間で構成された組織なんですから」

ジョージは嘆かわしいといわんばかりに首を振った。

「やはりロンドン警視庁に応援要請をするべきだよ。サグデン警視にはまったく満足がいかない。彼は勤勉ではあっても頭脳明晰とはほど遠い」

チャールトン氏は言った。

「それには同意しかねますな。サグデンは優秀な男ですよ。いばり散らすことなく、目的を遂げるタイプです」

リディアが言った。

「警察が力を尽くしてくださっているのはわかっていますわ、チャールトンさん。シェリー酒でもいかが？」

チャールトン氏は丁寧に謝意を伝えながらも辞退した。それから、咳払いをひとつして、遺言書の朗読に取りかかった。家族全員が一堂に会しているので。

彼は曖昧な言いまわしにぐずぐずと時間をかけ、法律の専門用語を味わいながら、あきらかに愉しそうに遺言書を読みあげた。

読み終わると、眼鏡をはずして拭き、なにか質問はあるかというように、集まった家族の顔をぐるりと見まわした。

ハリー・リーが言った。

「こうした法律的な文章は理解しにくいな。要点をわかりやすく説明してくれませんか？」

「じつのところ」とチャールトン氏は言った。「こちらはいたって明解な遺言書なのですが」

ハリーは言った。

「へえ！　だったら、どんなのが難解な遺言書なんです？」

チャールトン氏は非難するような目でハリーを見た。

「この遺言書の骨子はこのうえもなく単純です。故シメオン・リー氏の財産の半分はアルフレッド・リー氏に残され、残りはそのほかのご子息、ご息女に分与されるということですから」

ハリー・リーは不満そうに声をあげて笑った。

「例によって、アルフレッドがあたりくじを引いたわけだ！　親父の財産の半分とはね！　まったく運のいいやつだなあ、アルフレッド、ええ？」

アルフレッドは真っ赤になった。リディアが食ってかかった。

「アルフレッドは父親に忠誠を尽くす献身的な息子でしたわ。まかされた仕事を長年にわたって務め、その責任を一身に負ってきたんです」

ハリーが言った。「そりゃそうだ。アルフレッドはいつもいい子だったからな」

アルフレッドが言い返した。

「多少なりとも遺産の分け前にあずかったおまえこそ、運がよかったと考えたほうがいいぞ！」

ハリーは頭をのけぞらせて、げらげら笑いながら言った。

「おれがはぶかれていれば、もっとよかったと思っているんだろ？　兄貴は昔からおれを嫌っていたからな」

チャールトン氏が咳払いをした。彼は遺言書の朗読後に繰り広げられる痛ましい光景には慣れっこだった——慣れすぎているともいえた。彼としては、お定まりの身内の争いが活発になるまえにさっさと引きあげたかった。

チャールトン氏はもごもごと言った。

「ええと——わたくしから——お伝えすることは——以上ですので——」

ハリーが問いつめるように言った。「ピラールのぶんはどうなるんだ？」

チャールトン氏はもう一度咳払いをした。この咳払いは言いわけめいていた。

「あのですね——遺言書にはエストラバドス嬢についての言及はありません」

ハリーは言った。「母親の取りぶんが彼女にまわされるんじゃないのか？」

チャールトン氏は説明した。

「エストラバドス夫人がご存命なら、むろんみなさんと同等の分与を受けられたでしょうが、亡くなっておられるので、夫人が受け取るはずだったぶんは遺産に戻され、みなさんのあいだで分けられることになります」

ピラールは南国育ちらしい深みのある声でゆっくりと言った。

「それじゃ――わたしには――なにも？」

リディアが慌てて口を挟んだ。

「大丈夫よ、そのことは家族でなんとか考えるわ、もちろん」

ジョージ・リーが言った。

「ここでアルフレッドと暮らせばいいじゃないか。なあ、アルフレッド？　われわれは――いや――きみはわれわれの姪なんだから、面倒を見るのはわれわれの義務だよ」

ヒルダが言った。「わたしたちもいつでもピラールを喜んで迎えます」

ハリーは言った。

「彼女は正当な分与にあずかるべきだ。ジェニファーの取りぶんをもらうべきだよ」

チャールトン氏はぶつぶつ言った。

「ほんとうに――もう――失礼しなければ。ごきげんよう、リー夫人。当方にできることでしたらいつでも——ええ——なんなりとご相談に応じますよ……」

チャールトン氏は逃げるように帰っていった。ここにあるすべての要素が家族の揉めごとを生みだすだろうと、経験から予測できたからだ。

弁護士が部屋を出てドアが閉められると、リディアがよくとおる声で言った。

「わたしはハリーに賛成ですわ。ピラールには分与を受ける資格があります。この遺書が作成されたのはジェニファーが亡くなる何年もまえなんですもの」

「くだらない」とジョージ。「法律を無視した、いいかげんな考え方だよ、リディア。法律は法律だ。われわれは法律にしたがわなければならないんだ」

マグダリーンが同調した。

「もちろん、不運なめぐり合わせで、ピラールは気の毒だというのがみんなの気持ちだけれど、ジョージはまちがってないわ。彼の言うように法律は法律よ」

リディアが立ちあがり、ピラールの手を取った。

「可愛い子」と彼女は言った。「こんな話を聞くのはいやよね。この問題を話し合うあいだ、席をはずしてもらえない？」

リディアはピラールをドアまで導いた。

「心配しないで、ピラール。ここはわたしにまかせてちょうだい」

ピラールはゆっくりと部屋から出た。リディアはドアを閉めると引き返した。

みんながひと息ついて、つかのま沈黙が流れたが、つぎの瞬間には本格的な口論に突入した。

ハリーが言った。

「おまえは昔からドケチだったからな、ジョージ」

ジョージが言い返した。

「こっちはだれかとちがって、ゆすりやたかりをやったことはないがね！」

「たかり屋としてはおれにひけをとらないだろうが。長年親父を食い物にしてきたんだから」

「忘れているようだが、わたしは社会的責任が重く根気のいる職務に――」

ハリーはなおも言った。

「社会的責任が重く根気のいる職務がどうした！　おまえは思いあがったホラ吹きでしかないね！」

マグダリーンが金切り声を発した。「なんてことを言うの？」

ふだんは冷静なヒルダの声もいくぶんうわずった。

「もっと静かに話し合いができません？」

リディアは感謝するようにヒルダをちらりと見た。

デイヴィッドがにわかに感情をたかぶらせた。

「金をめぐってこんなにみっともない大騒ぎをしなくちゃいけないのか！」

マグダリーンは悪意に満ちた言葉を彼に投げた。

「そんなに気高い心でいられるとはすばらしいわね。あなただって遺産の受け取りを拒否するつもりはないんでしょう？　自分もほかのみんなと同じぐらいお金が欲しいくせに！　そんな浮世離れしたお説教はうわべだけのポーズよ！」

デイヴィッドは喉を絞められたような声を出した。

「ぼくは拒否するべきだと思っているんだね？　それは——」

ヒルダがきっぱりと言った。

「もちろん拒否などするべきじゃないわ。みんなしてこんな子どもじみたふるまいをしなければならないのかしら？　アルフレッド、あなたはいまや家長なのですから——」

アルフレッドはその言葉で夢から覚めたようだった。

「すまない、なんだって？　みんなが同時に大声でしゃべりだすから——どうも——混乱してしまう」

リディアが言った。

「ヒルダが指摘したとおりよ。なぜこんなふうに欲張りな子どものようにふるまわなければならないの？　落ち着いて静かに話し合いましょうよ。それと――」彼女は急いでつけ加えた。「問題はひとつずつ順番にね。ではまず、いちばん年長のアルフレッドから。あなたはピラールの件をどう思います、アルフレッド？」

彼はゆっくりと語った。

「彼女はやはりここで暮らすべきだろう。で、われわれは彼女に手当を与えるべきだ。母親に残されるはずだった遺産に対しては、彼女に法律上の権利はないと思う。ピラールはリー家の一員ではないし、スペイン国民なんだから」

「法律上の権利はない、そうね」とリディア。「でも、倫理的な権利はあると思いますわ。わたしの知るかぎり、あなたの父親は自分の意思に反して娘がスペイン人と結婚しても、平等に遺産を受け取る権利があるとお認めになったんですもの。ジョージ、ハリー、デイヴィッド、そしてジェニファーへの分与は均等でした。ジェニファーが死んだのはわずか一年まえ。あなたのお父さまは、チャールトン氏に電話をなさったときには、新しい遺言書のなかでピラールに関する条件もきちんと書きこむつもりだったにちがいありません。少なくとも母親に分与されるものは彼女に割り振ったでしょうし、もしかしたら、それ以上のことをしてやるおつもりだったかもしれないわ。たったひとりの孫なんですもの。お父さま自身が改めるつもりだった不公平を改めるように努力することは、わたしたちにもできるはずです」

アルフレッドが興奮ぎみに言った。

「よく言った、リディア！　わたしがまちがっていたよ。父の遺産分配のジェニファーの取りぶんはピラールに与えられなければならないというきみの意見に賛成だ」

リディアが言った。「つぎはあなたよ、ハリー」

ハリーが言った。

「わかってるだろうけど、その意見に賛成だ。リディアがみごとに代弁してくれた」

リディアが言った。

「ジョージは？」

ジョージは顔をほてらせて、まくしたてた。

「むろん反対だね！　本末転倒だ！　彼女には住むところとそこそこの衣装手当を与えればいい。それでじゅうぶんだ！」

「では、協力を拒むということか？」とアルフレッドが訊いた。

「ああ、そうだ」

「そうよ、彼は正しいわ」とマグダリーン。「そんなふうに無理強いするような言い方はひどいと思います！ 世のなかに役立つ仕事をしてきたのは家族のなかでジョージひとりなのに、お義父《とう》さまがこんなに少ししか彼に残してくださらなかったのはひどすぎるわ！」

リディアが言った。「デイヴィッド？」

デイヴィッドの意見は漠然としていた。

「ああ、きみの言うとおりだと思う。このことでこんなにも醜い議論をしなければならないのは残念だよ」

ヒルダが言った。

「あなたの言うとおりよ、リディア。これは正義の問題だわ！」

ハリーは一同を見まわした。

「なるほど、これではっきりしたね。家族のうち、アルフレッドとおれとデイヴィッドは動議に賛成で、ジョージは反対。賛成多数だ」

ジョージが切り返した。

「賛成反対の問題じゃない。遺言書の遺産分配のわたしの取りぶんはなにがあろうとわたしの取りぶんだ。一ペニーたりとも手放すつもりはない」

「ええ、そのとおり」とマグダリーン。

リディアが言い放った。

「あくまでも譲らないつもりなら、どうぞご自由に。残りの者であなたのぶんを埋め合わせます」

リディアは同意を求めて一同を見まわし、みんなはうなずいた。

ハリーが言った。「アルフレッドの取りぶんがだんぜん多いわけだから、負担ぶんもほぼアルフレッドが引き受けるべきだろうね」

アルフレッドが言った。「おまえが言いだした公平な分配がたちまち成立しなくなりそうだな」

ヒルダは断固たる態度を取った。

「また最初に戻るのはよしましょう！　わたしたちの決定をリディアからピラールに伝えてもらいます。細かい部分はあとで決めればいいんですから」

気まずい雰囲気を変えたくて、ヒルダは言い足した。

「ファーさんはどこにいるのかしら？　ポアロさんも？」

アルフレッドが言った。

「裁判所へ行く途中の村でポアロさんを車から降ろしたんだ。だいじな買い物があるとか言っていたよ」

ハリーが言った。「どうして彼は検死審問に同行しなかったんだろう？　当然、来ると思っていたのに」

リディアが言った。

「形式上の手続きだとわかっていらしたのかもしれないわね。あら、庭に人がいるけれど、だれかしら？　サグデン警視？　それともファーさん？」

女性ふたりの努力が実り、家族会議はお開きとなった。

リディアはヒルダにそっと声をかけた。

「ありがとう、ヒルダ。あなたの援護のおかげよ。このたいへんなときにあなたがいてくれて、どれだけ心強いか」

ヒルダはしみじみと言った。「お金がこんなにも人の心を乱すなんておかしいわ」

ほかの者はみな部屋から出たあとで、ふたりだけが残っていた。

リディアが言った。

「そうね、ハリーまでも。もともと彼が提案したことなのに。かわいそうなアルフレッドも。彼はイギリス的すぎるの。本心ではスペイン人にお金を渡したくないのよ」

ヒルダは笑みを浮かべた。

「わたしたち女のほうが浮世離れしているのかしら？」

リディアは優美な肩をすくめた。

「というより、あれは実際にはわたしたちのお金ではないからよ。自分のお金じゃないってことと！　そのちがいかもしれないわ」

ヒルダは考えこんだ。

「彼女は変わった子ね――ピラールは。これからあの子はどうなるんでしょう？」

リディアはため息をついた。

「ゆくゆくは独立してくれるといいんだけど。住む家と服を買うお金を与えられて、ここで暮らすとしても、本人にすれば納得がいかないと思うのよ。プライドの高さがそれを許さないと思うの。とにかく――異質すぎる子よね」

リディアはもの思いにふけりながら言い足した。

「ずっとまえに、きれいな石をエジプトから持ちかえったことがあったっけ。エジプトの太陽と砂漠を背景にすると、それはそれは美しい色だった――きらきら輝いて、暖かみのある青い色だった。ところが、イギリスに帰ってきたら、その青の美しさがほとんど失せて、黒っぽくくすんだただの飾り玉になってしまったの」

ヒルダは言った。

「ああ、わかるような気がするわ……」

リディアは優しく言った。

「やっとあなたとデイヴィッドに会えてほんとうに嬉しいわ。よく帰ってきてくださったわね」

ヒルダはため息をついた。

「ここ数日は、来なければよかったと何度も思ったけれど」

「そうでしょうね。きっとそう思ったはずよ……でもね、ヒルダ、今度のことでデイヴィッドが受けたショックがこれぐらいですんでよかったかもしれないわよ。つまり、彼はとても繊細な人だから、完全に打ちのめされたとしても不思議じゃないもの。でも、殺人事件のあとはむしろ気持ちが回復したようだし――」

ヒルダの表情にやや動揺が見られた。

「じゃ、気がついていらしたのね？　見方によっては恐ろしいことなんでしょうけど……でも、そうなの！　リディア、まちがいなくそうなのよ」

ヒルダは少しのあいだ口をつぐみ、ゆうべ夫が口にした言葉を思い出した。額にかかるブロンドの髪をさっとうしろに振りあげながら、彼は熱っぽくこう言ったのだ。

「ヒルダ、『トスカ』（イタリアの作曲家プッチーニのオペラ）を覚えているだろう？　スカルピアが死んで、トスカが彼の頭と足に蠟燭《ろうそく》をともす場面がある。トスカはそこでなんと言うか、覚えているかい？　〝これでやっとこの男を許せる〟と言うのさ。まさにいまのぼくの気持ちだ――親父に対する。これまで長いこと許せなくて、でもほんとうは許したくて……だが、だめだった。やっといま憎しみがこれっぽっちもなくなったよ。全部消し去ることができたんだ。なんだか――ああ、まるで背中の重い荷物がひょいと持ちあげられたような感じがする」

恐怖に襲われそうになるのを必死でこらえながら、ヒルダは訊いた。

「お義父さまが死んだから？」

妻の質問が終わるまえからデイヴィッドはこたえはじめていたが、高まる感情が彼を口ごもらせた。

「い、いや、ちがう。きみはわかってない。親父が死んだからじゃないんだ。親父に対する子どもじみた、ぼくの憎しみが死んだからだ……」

ヒルダはいま、夫のその言葉を思い起こしていた。

かたわらにいる女性に夫の言葉をそのまま伝えたいという気持ちもあったが、それはやめておいたほうがよさそうだと本能的に感じた。

ヒルダはリディアのあとについて客間から広間に出た。

広間にはマグダリーンがいた。彼女は片手に小さな紙包みを持って、脇テーブルのそばに立っていた。ふたりに気づくとマグダリーンは飛びあがらんばかりに驚いた。

「ああ、ポアロさんのだいじな買い物って、これのことらしいの。たったいま彼がここへ置くのを見たのよ。中身はいったいなんなのかしら」

彼女はリディアとヒルダの顔を順に見て、忍び笑いを漏らしたが、その言葉の取り繕った陽気さとはうらはらに目つきは鋭く、内心の不安をあらわしていた。

リディアは両の眉を吊りあげてみせた。

「昼食のまえに手を洗ってくるわね」

マグダリーンはなおも子どもっぽさを装っていたが、声ににじむ必死さを隠すことはできなかった。

「ちょっとだけ覗いてみなくちゃね！」

彼女はその小さな紙包みを開くと、ぎゃっと叫び、手にしたものを食い入るように見つめた。

リディアは立ち止まった。ヒルダの動きも止まった。ふたりともマグダリーンを見つめた。

マグダリーンは狐につままれたような声で言った。

「つけひげだわ。でも――でも――どうして？」

ヒルダは訝しげに言った。

「変装用？　だけど――」

リディアがそのあとの言葉を引き継いだ。

「でも、ポアロさんにはご自分のりっぱな口ひげがおありよ！」

マグダリーンはそのひげを紙で包みなおした。

「ぜんぜんわからない。頭が――おかしいんじゃない？　なぜポアロさんはつけひげなんか買ったのかしら？」

2

ピラールは客間を出て、のろのろと広間を進んだ。スティーヴン・ファーが庭に通じるドアからはいってきた。

「おや？　家族会議は終わったの？　遺言書の朗読はすんだのかい？」

ピラールは息をはずませて言った。

「あたしはなにももらえないの――なんにももらえないのよ！　あれはずっとまえにつ

くられた遺言書だから。おじいさまは母にお金を残してくれたけれど、母が死んでしまったので、そのお金はあたしじゃなくて、あの人たちのところへ行ってしまうんですって」

スティーヴンは言った。

「それはだいぶきつい話だね」

ピラールは言った。

「もし、あの老人が生きていれば、きっと遺言書を書き換えてくれて、あたしにお金を残してくれたのに——たくさんのお金を！　もっと時が経てば、お金を全部あたしに残してくれたかもしれないのに！」

スティーヴンはにこにこしながら言った。

「それもあまり公平とはいえないんじゃないか？」

「どうして？　おじいさまはあたしのことがいちばん好きになったはずよ。それだけのことよ」

スティーヴンは言った。

「きみはなんて欲張りな子なんだろう。文字どおりの金目当ての小娘ってやつだな」

ピラールは真顔でこたえた。

「世間は女にはひどく残酷なものよ。女は自分でできることをやらなくてはならないの——それも若いうちに。年老いて醜くなってしまったら、だれも助けてくれないんだから」

スティーヴンは諭すように言った。

「きみが言うことには、おれが知りたい以上の真実がある。しかし、事実とちがうところもあるぞ。たとえば、アルフレッド・リーは父親のことを本心から好いていた。どうしようもなく厄介で耐えがたい老人だったのに」

ピラールは顎をつんと上げた。

「アルフレッドは、相当に馬鹿よね」

スティーヴンはげらげら笑った。

そして言った。

「とにかく、くよくよするなって、可愛いピラール。きみの面倒を見るのはリー家の義務なんだから、わかるだろ？」

ピラールは憂鬱な様子で応じた。

「それもあまり愉しくなさそう」

スティーヴンはゆっくりと言った。

「たしかに、あまり愉しくなさそうだな。この家できみが暮らしている姿は想像できないよ、ピラール。じゃあ、南アフリカへ来るっていうのはどうだい？」

ピラールはうなずいた。

スティーヴンは言った。

「あっちには太陽がある。広々とした土地がある。つらい仕事もある。きみは働くのが得意かい、ピラール？」

ピラールは自信なげにこたえた。

「わからないわ」

彼は言った。

「どちらかといえば、バルコニーに座って、日がな一日お菓子を食べていたいほうだろう？　で、ぶくぶく太って三重顎になるんだ」

ピラールが声をあげて笑うと、スティーヴンは言った。

「そのほうがいい。笑わせてやったぞ」

ピラールは言った。

「このクリスマスは笑って過ごすつもりだったの！　イギリスのクリスマスはとっても愉しいって、本で読んだから。焼きレーズンを食べたり、炎につつまれたプラム・プディングが出てきたり、薪に似せたユール・ログっていうケーキもあったりするのよね」

スティーヴンは言った。

「ああ、だけど、殺人などがあればクリスマスのお愉しみは当然なしだ。ちょっとこっちへおいで。昨日、リディアに見せてもらったんだ、彼女の貯蔵室を」

彼がピラールを案内したのは食器戸棚よりほんの少し大きいだけの小部屋だった。

「見てごらん、ピラール、このたくさんの箱を。中身はクラッカー、砂糖漬けの果物、ナツメやクルミの実、それから、この箱には――」

「まあ！」ピラールは両手をぎゅっと組み合わせた。「なんてきれいなの、この銀や金の玉」

「それはみんな樅の木に吊るす予定だったのさ、使用人へのプレゼントと一緒にね。そして、この、霜できらきら光る小さい雪だるまたちはディナー・テーブルに置かれるはずだったし、こっちの箱にはいった色とりどりの風船も膨らまされるのを待ってたんだ！」

「すごい！」ピラールは目を輝かせた。「風船のひとつを膨らませてもいい？　リディアは気を悪くしないわよね。あたし、風船が大好きなの」

スティーヴンが言った。「子どもだなあ。ほら、どれがいい？」

ピラールは言った。「赤いのがいいわ」

ふたりは風船を選び、それを膨らませた。頬もいっぱいに膨らんだ。ピラールが息を吹きこむのをやめて笑いだすと、風船はまたしぼんでしまった。

彼女は言った。

「あなたの顔がおもしろすぎるからよ。そんなに——ほっぺたを膨らませて」

ピラールの笑い声が小部屋に響きわたった。それからまた彼女は一生懸命、風船に息を吹きこんだ。ふたりは風船の口を注意深く結ぶと、ポンポンと上に突いたり、お互いに突きあったりして、遊びはじめた。

ピラールが言った。

「広間へ行きましょうよ。あそこのほうが広いもの」

ふたりが笑いながら風船を突きあっていると、ポアロが広間を通りかかった。彼はふたりに寛容なまなざしを向けた。

「子どものお遊び《レ・ヴュー・ダンファン》ですか？　これはきれいですねえ！」

ピラールは息せききって言った。

「赤いのがあたしの風船。彼のより大きいの。ずっと大きいでしょ。外に出れば空に飛ばせるのに」

「じゃあ、空に飛ばして願いをかけよう」とスティーヴンが言った。

「わあ、いいわね！　それがいいわ」

ピラールは庭に出る戸口へと走った。スティーヴンがそのあとを追った。ポアロもふたりに続いた。彼の顔にはなおも寛容な表情が浮かんでいた。

「お金がいっぱいはいってきますように！」ピラールは声高らかに願いをかけた。

彼女は風船についた糸を持って、つま先立ちになった。風がひと吹きすると風船が糸を引っぱった。ピラールは手を放した。風船はそよ風に乗って飛んでいった。

スティーヴンは笑った。

「願いごとを口に出しちゃだめだよ」

「だめなの？　どうして？」

「願いが叶わなくなるからさ。さて、おれも願いをかけるとしよう」

スティーヴンも風船を手から放した。だが、彼はあまり風に恵まれなかった。彼の風船は頼りなげに横のほうに漂ってから、ヒイラギの藪に引っかかり、パンッと音をたてて割れてしまった。

ピラールは割れた風船に走り寄った。

ついで悲劇の宣告をした。

「一巻の終わり……」

ピラールはぐにゃりとした小さいゴムの塊をつま先でつついた。

「そういえば、これと同じものをおじいさまの部屋で拾ったわ。おじいさまも風船を持っていらしたのね、色はピンクだったけど」

ポアロが奇声を発した。ピラールは問いたげに振り向いた。

ポアロは言った。

「なんでもありません。つま先をつついて――いや、ぶつけてしまいまして」

ポアロは体の向きを変え、じっくりと家を眺めた。

そして言った。

「たくさんの窓がありますね。家には目があるのですよ、マドモアゼル――耳もあります。これほどまでにイギリス人が開いた窓を好むのは、じつに残念です」

リディアがテラスに出てきた。

「昼食の用意ができましたわ。ピラール、あなたの満足がいくように話がついたわよ。詳しいことは昼食のあとでアルフレッドが話します。なかへおはいりなさい」

彼らは家のなかに戻った。最後に戻ったポアロは深刻な顔をしていた。

3

昼食がすんだ。

みんなはそれぞれに食堂から出ていった。アルフレッドはピラールに言った。

「わたしの部屋に来てくれないか？　話しておきたいことがある」

アルフレッドは広間を横切ってピラールを書斎に導くと、ドアを閉めた。ほかの人々は客間へ移動した。ひとりエルキュール・ポアロだけが広間にたたずみ、思案するように、閉じられた書斎のドアを見ていた。

老執事が不安そうにそばに立っていることに、ポアロはふと気がついた。

そこで訊いた。「やあ、トレッシリアン、なにか用でも？」

老執事は悩ましげだった。

「リーさまにお話ししたいことがあるのですが、お邪魔になるといけませんので」

ポアロは言った。「なにかありましたか？」

トレッシリアンはゆっくりと言った。

「なんとも奇妙なことがございまして。わけがわからないのです」

「話してください」とエルキュール・ポアロは言った。

トレッシリアンはためらいつつも語りだした。

「じつはこういうことなのです。お気づきだったかもしれませんが、この家の玄関口の左右両側には砲丸が置いてありました。大きな重い石です。ところが、その片方が消えておりまして」

エルキュール・ポアロの眉が吊りあがった。「いつからですか？」

「今朝はふたつともありました。その点はまちがいございません」

「見せてください」

ふたりは玄関の外に出た。ポアロは上体をかがめて、残っているほうの砲丸をためつすがめつした。姿勢をただしたポアロの表情は暗く沈んでいた。

トレッシリアンは身ぶるいした。

「そんなものを盗んでまで欲しがる人間がいるのでしょうか？　わけがわかりません」

ポアロは言った。「たしかにいやな感じですね。じつにいやな感じです……」

トレッシリアンは不安そうにポアロを見守っていたが、ふたたびためらいがちに言った。

「この家はどうなってしまったのでしょう？　大旦那さまが殺されてからというもの、

ここが以前と同じ家とは思われないのです。あれからずっと夢のなかをさまよっているような気がしてなりません。いろいろなことがごちゃごちゃになって、ときどき自分の目が信用できないと感じることもございます」

エルキュール・ポアロはかぶりを振った。

「その考えはまちがっていますよ。ご自分の目を信じなくてはいけません」

トレッシリアンもかぶりを振った。

「どうも視力が落ちているようで——以前のようには見えないのです。ものを——人もですが——混同してしまいます。この仕事をするには年を取りすぎたようです」

エルキュール・ポアロは老執事の肩を叩いた。

「元気を出して」

「ありがとうございます。ご親切にそうおっしゃってくださっているのですね。しかし、ごらんのとおり、年を取りすぎました。過ぎた日々や懐かしいお顔ばかりが思い出されるのです。ジェニファーお嬢さま、デイヴィッド坊ちゃま、アルフレッド坊ちゃま。みなさんのお若いときのお顔がたえず目に浮かびます。ハリーさまが戻っていらしたあの夜からずっとそんな状態でして——」

ポアロはうなずいた。

「ええ。わたしが考えていたのもまさにそこなのです。先ほどあなたは〝大旦那さまが殺されてから〟と言いましたね――でも、そのまえから始まっていたのですよ。いろいろなことが変えられて現実ではないように思えるのは、ハリー氏が帰ってきてからなのではありませんか？」

執事は言った。

「そうなのです、はい。あのときからです。ハリーさまは昔から厄介な問題を家に持ちこんでおいででした」

執事の視線が揺らぎ、石が置かれていた場所に戻った。

「それにしても、いったいだれの仕業なのでしょうね？」執事は小声で言った。「なぜこんなことを？　まるで――ここは狂気の館のようです」

エルキュール・ポアロは言った。

「これは狂気の仕業ではありませんね、残念ながら。正気なんです！　いま大きな危険にさらされている人がいます、トレッシリアン」

執事はドアに向きなおり、家のなかに戻った。

ちょうどそのとき、ピラールが書斎から出てきた。両の頬をほてらせ、頭をそらし、目をぎらつかせていた。

ポアロが近づくと、ピラールは急に地団駄を踏んで言った。「そんなもの受け取れないわ」

ポアロは眉を吊りあげた。

「なにを受け取れないのでしょうか、マドモアゼル？」

ピラールは言った。

「アルフレッドの話では、おじいさまの遺産の母の取りぶんをあたしがもらうことができるんですって」

「それで？」

「法律では、あたしがそのお金をもらうことはできないそうなの。でも、アルフレッドもリディアもほかの人たちも、そのお金はあたしが受け取るべきだと考えていて、これは正義の問題だと言うの。だから、あたしに渡すつもりだって」

ポアロはもう一度訊いた。

「それで？」

ピラールはもう一回、地団駄を踏んだ。

「わからないの？　あの人たちはそれをあたしに与えようとしてるのよ――くれてやろうとしてるのよ」

「そのことであなたのプライドが傷つく必要がありますか？　彼らの言っていること——正義に照らしてそのお金はあなたのものであるべきだということ——はまちがっていませんよ」

ピラールは言った。

「あなたはわかってないわ……」

ポアロは言った。

「いえいえ、むしろ——わたしはようくわかっていますよ」

「もう！……」ピラールはぷいと顔をそむけた。

呼び鈴の鳴る音がした。ポアロは肩越しにちらっと玄関のほうを見た。ドアの向こうにサグデン警視のシルエットが見て取れた。ポアロは急いでピラールに尋ねた。

「いまどこへ行こうとしていますか？」

ピラールは膨れっつらでこたえた。

「客間よ。みんなそこにいるから」

ポアロは口早に言った。

「よろしい。みなさんと一緒にいてくださいね。ひとりで家のなかをうろうろしないように。とくに日が落ちてからは。くれぐれも気をつけてください。あなたは大きな危険にさらされています、マドモアゼル。あなたにとって今日ほど危険な日はないでしょう」

ポアロは彼女から離れ、サグデンに会うために玄関へ向かった。

サグデンは迎えにでたトレッシリアンが食器室へ引っこむまで待った。

それから、ポアロの鼻先に電報を突きだした。

「いましがた届きました！　読んでください。南アフリカ警察からです」

電文はこうだった。

〝エベニーザ・ファーのひとり息子は二年まえに死亡〟

サグデンは言った。

「これでわかりました！　おかしなことに——わたしは完全に読みちがいをしていたようです……」

4

ピラールは堂々と頭を起こし、しっかりした足取りで客間にはいった。

そのまままっすぐにリディアがいるところを目指した。リディアは窓辺に腰掛けて編み物をしていた。

ピラールは言った。

「リディア、あのお金は受け取れないと言いにきたの。この家から出ていきます——いますぐに……」

リディアはびっくりして、編み物を横に置いた。

「どうしたの、ピラール。アルフレッドの説明のしかたが悪かったのね。これは施しとか、そういうことではまったくないのよ。もし、あなたがそんなふうに感じているのなら。わたしたちが親切だとか寛大だとか、そういうことでもないのよ、ほんとうに。単に善悪の問題なの。物事が順当に進んでいれば、あなたのお母さまが相続するはずだったお金があって、あなたは彼女からそれを相続していたはずなんだもの。あなたの権利——あなたの血の権利なの。施しではなくて、正義の問題なのよ！」

ピラールは猛然と言い返した。

「だからこそ、もらえないんです！　そんなふうに言われたら——あなたたちがそんなふうだから！　ここへ来て愉しかったわ。おもしろかった！　冒険だった。でも、あなたたちのおかげでなにもかも台無し！　いますぐここから出ていきます。二度とあたしにわずらわされることはないから安心して……」

涙で声をつまらせながら、ピラールはリディアに背を向け、脇目も振らずに走って部屋から出ていった。

リディアはそのうしろ姿を見つめていたが、力なくつぶやいた。

「彼女があんなふうに受けとめるとは思いもよらなかったわ」

ヒルダが言った。

「あの子、ずいぶん取り乱しているようだけど」

ジョージは咳払いしてから、もったいぶって言った。

「どうやら――今朝、わたしが指摘したとおりだったな。道義を絡めるのはまちがっているんだよ。頭のいいピラールは自分でそれを見抜いたんだ。だから施しを受けるのを拒んでいるんだ――」

リディアは言い返した。

「施しじゃありません。彼女の権利です！」

ジョージは言った。

「本人はそうは思っていないようだがね」

サグデン警視とエルキュール・ポアロがはいってきた。サグデンは一同を見まわしてから尋ねた。

「ファー氏はどこにいますか？　彼に話があるのですが」

だれかがこたえるのを待たずに、エルキュール・ポアロが険しい声で尋ねた。

「セニョリータ・エストラバドスはどこですか？」

ジョージ・リーがかすかな悪意と満足のにじむ声音で応じた。

「ここから出ていくつもりだそうですよ。イギリスの親戚にうんざりしたとみえます」

ポアロがくるっと振り返った。

彼はサグデンに言った。

「来てください！」

ふたりが広間に出ると同時に、ずどんっという音がして、遠くのほうで悲鳴があがった。

ポアロが叫んだ。

「早く……急がないと……」

ふたりは全力疾走で広間を横切り、階段を駆けあがった。ピラールの部屋のドアが開かれていて、戸口に男が立っていた。走ってくるふたりに気づいて、男は振り向いた。

それはスティーヴン・ファーだった。

スティーヴンは言った。

「彼女は生きてますよ……」

ピラールは部屋の壁にもたれてうずくまっていた。彼女の目は大きな石の砲丸が転がっている床に据えられていた。

ピラールは息を切らして言った。

「それがドアの上にのせてあったの。あたしが部屋にはいったら頭の上に落ちてくるように。でも、部屋にはいろうとしたときにスカートが釘に引っかかって、うしろに引っぱられて助かったの」

ポアロはひざまずいて、その釘を調べた。釘には紫色のツイードの糸くずがくっついていた。ピラールを見あげると、ポアロはいかめしい顔でうなずいた。

「この釘が、マドモアゼル、あなたの命を救ったのですね」

警視は戸惑っていた。

「あのう、いったいこれはどういうことなんでしょう？」

ピラールは言った。

「だれかがあたしを殺そうとしたんです！」

彼女は何度もうなずいた。

サグデン警視はドアの上端を見あげた。

「間抜け落とし《ブービー・トラップ》か。昔ながらのいたずらだ――しかも、目的が殺人とは！　この家で二度めの殺人が計画されたわけか。しかし、今回は成功しなかった」

スティーヴン・ファーがかすれ声で言った。

「きみが無事でほんとうによかった」

ピラールは両手を投げだし、振りまわして訴えた。

「聖母さま」とスペイン語で叫んだ。「なぜあたしを殺そうとする人がいるのでしょう？　あたしがなにをしたというのでしょう？」

エルキュール・ポアロがゆっくりと言った。

「あなたはむしろこう尋ねるべきですよ、マドモアゼル。わたしはなにを知っているのかと」

ピラールは目を大きく見開いた。

「知っている？　あたしはなんにも知らないわ」

エルキュール・ポアロは言った。

「そこがあなたのまちがっているところなんです。では教えてください、マドモアゼル・ピラール、殺人がおこなわれた時刻にあなたはどこにいましたか？　この部屋にはいなかったでしょう」

「いました。まえにそう言ったでしょ！」

サグデン警視はうわべの優しさを装った。

「ええ、でも、あのときは真実を語っていませんでしたね。あなたはおじいさまの悲鳴が聞こえたとわれわれに言いました。この部屋にいたなら、悲鳴は聞こえなかったはずなのに。昨日、ポアロさんとわたしで実験ずみです」

「ああ！」ピラールは息をのんだ。

ポアロは言った。

「あなたはもっとあの部屋に近いところにいました。ほんとうはどこにいたか、あててみましょうか、マドモアゼル。あなたはおじいさまの部屋のドアのすぐそばの壁のくぼみに彫像と一緒にいたのです」

ピラールはぎょっとした。

「ああ……どうしてそれを？」

ポアロは微笑んだ。

「あなたがそこにいるのをファー氏が見ていました」

スティーヴンはきっぱりと言った。

「見ていませんよ。いまのはまったくの嘘です！」

ポアロは言った。

「失礼ながら、ファーさん、あなたはたしかに彼女を見たのです。壁のくぼみに置かれた彫像はふたつではなく三つかと思ったとおっしゃったのを思い出してください。あの夜、白い服を着ていた婦人はエストラバドス嬢しかいません。彼女はあなたが見た第三の白い像だったのですよ。そういうことですね、マドモアゼル？」

ピラールは一瞬ためらってから、こたえた。「ええ、そのとおりです」

ポアロは穏やかに言った。「では、わたしたちに話してください、マドモアゼル、真実をすべて。あなたはなぜあそこにいたんです？」

ピラールは言った。

「夕食のあと客間を出てから、おじいさまの顔を見にいこうと思いました。きっと喜ぶだろうから。だけど、あの廊下に出て歩きだしたら、だれかほかの人が部屋のドアのまえにいることに気づいたんです。その人に見られたくなかった。だって、夜はだれにも会いたくないとおじいさまがおっしゃったのを知ってたから。ドアのまえの人がこっちを振り向いても見られないように、そっとあの壁のくぼみに隠れたんです。

そうしたら突然、あのすさまじい音がして――テーブルや椅子や――」ピラールは両手を振りまわした。「いろんなものがひっくり返ったり壊れたりする音がして。あたしは動けませんでした。なぜだかわからないけど、とにかく怖くて。すると、恐ろしい絶叫が聞こえて――」彼女は十字を切った。「心臓が止まってしまって、思わず言いました。〝だれかが死んだ〟……」

「それから？」

「それから、みんなが廊下を走ってきたので、あたしも最後にくぼみから出て、みんなに加わったの」

サグデン警視は問いただした。

「われわれが最初に聴取したときにはそのことをいっさい言いませんでしたね。なぜですか？」

ピラールはかぶりを振った。あたりまえだろうと言いたげだった。

「警察によけいなことを話すとろくなことにならないでしょ。もし、現場の近くにいたと言えば、あなたたちはあたしがおじいさまを殺したと考えるかもしれないと思って、だから、自分の部屋にいたと言ったのよ」

サグデンはなおもきつい調子を崩さなかった。

「そうやってわざと嘘をつくと、結局は疑いを抱かれることになるんですよ」

スティーヴン・ファーが言った。「ピラール？」

「ええ？」

「きみがあの廊下を歩きだしたときにドアのまえにいたのはだれなんだ？　それを教えてくれ」

サグデンも言った。「そうですね。話してください」

ピラールはつかのま躊躇した。目を見開いてから、細め、ゆっくりとこう言った。

「だれだったかはわからないの。暗すぎて見分けられなかったから。でも、い、い、女の人だっ、た……」

5

サグデン警視は集まった人々の顔を見まわした。これまで見せたことのない焦りに近い表情が彼の顔に広がった。

「こんなことはめったにないんですが、ポアロさん」

ポアロは言った。

「ちょっと思いついたことがあります。できればわたしが知ったことをみなさんにお話ししたいのです。そのうえでみなさんに協力をお願いすれば、この事件の真相に到達するでしょう」

サグデンは声を落としてつぶやいた。「いたずらを仕掛けるわけですか」

ポアロは椅子に背中をあずけた。

「そのまえにまず、あなたからファー氏に説明を求めなければなりませんね」

サグデンの口もとが引きしまった。

「本来なら、みなさんが同席するときを選ぶべきではなかったでしょうが、いたしかたありません」彼は例の電報をスティーヴン・ファーに手渡した。「さて、ファーさん、あなたが自称するとおりに、そうお呼びしましょう。この件について説明してもらえますか？」

スティーヴン・ファーは電報を受け取ると、眉を上げて、ゆっくりと大きな声で電文を読みあげた。それから一礼し、電報を警視の手に返した。

「なるほど」と彼は言った。「さすがにこれはまずいですよね？」

サグデンは言った。

「あなたが言うべきことはそれだけですか？　じゅうぶん理解されているでしょうが、

あなたはこたえる義務を負っておらず――」

スティーヴン・ファーは警視の言葉を遮った。

「そんな警告をするにはおよびません、警視さん。舌が震えてるのが見えますよ！　いいですよ、事情をお話ししましょう。あまりりっぱな事情ではありませんが、真実を」

彼は一拍の間をとってから話しはじめた。

「おれはエベニーザ・ファーの息子じゃありません。とはいえ、エベニーザの親父とも息子とも親しくしていましてね。おれの立場にあなた自身を置いてみてください。ちなみに本名はスティーヴン・グラントといいます。生まれてはじめてこの国にやってきて、失望しました。ものも人もなにもかもがくすんで生気をなくしているように見えたんです。そんなことを思って列車に乗っていると、ある娘と出会いました。はっきり言ったほうがいいかな。その娘に恋をしてしまったのですよ！　彼女はじつに愛らしく、この世界にこんな娘がいたのかと思いました。列車のなかでしばらく話をするうちに、彼女をけっして見失うまいと心に決めていました。客室から出ようとしたときに、スーツケースに貼られたラベルに目がとまりました。彼女の名前に心あたりはありませんでしたが、彼女が向かおうとしているところの住所にはありました。ゴーストン館という屋敷の名前に聞き覚えがあったし、そこの主《あるじ》については知り尽くしていました。その男とエベニーザ・ファーはかつての仕事仲間で、エベニーザの親父はたびたび彼を話題にして、その人となりを語っていましたからね。

そこで、ゴーストン館に行ってエブの息子になりすまそうと思いついたんです。本人はその電報にあるように二年まえに死にました。だが、おれは、エブの親父が、もう何十年もシメオン・リーから便りがないと言っていたのを覚えていたので、エブの息子の死もおそらくリーは知らないだろうと判断しました。どっちにせよ、これはやってみる価値がある。そう直感で思ったわけです」

サグデンは言った。「しかし、あなたはそれをすぐにはやらなかった。二日間、アドルズフィールドの〈キングズ・アームズ〉という宿に泊まっていますね」

スティーヴンは言った。

「やるべきかやらざるべきか——さんざん迷っていたんです。そしてやっと決心がつきました。自分にとってはちょっとした冒険ですよ。魔法をかけられたみたいなもんです！　リー老人はこのうえもなく友好的に迎え入れてくれただけでなく、しばらくこの家に泊まっていくようにと言ってくれました。むろん受けいれました。説明は以上です。想像がつかないなら、自分が恋愛したときのことを思い出してみてくださいよ。そういうときに、少しでも馬鹿なことをした覚えがないかどうか。本名は、さっき言ったとおり、スティーヴン・グラントです。電報で南アフリカに確かめてもらってかまいません。でも、念のために言っておくと、社会的地位のある一市民だということがわかるだけですよ。ペテン師でも宝石泥棒でもないってことがね」

ポアロが穏やかに声をかけた。「わたしはあなたがそんな人間だとは一度も思いませんでしたよ」

サグデン警視は油断するまいというように顎をさすった。

「いまの話は確認しなければなりません。わたしが知りたいのは、殺人がおこなわれたあとも正体を明かさず、そうしたいくつもの嘘をつきつづけたのはなぜかということです」

スティーヴンは肩すかしを食わせるようなこたえを返した。

「馬鹿だったからでしょうね。嘘をついたまま逃げられると思ったんです。偽名でここへ来たことを認めたら怪しまれるだろうとも思いました。これほど間抜けじゃなかったら、警察がヨハネスブルグに電報で身元照会をすることぐらい気がついたでしょうに」

サグデンは言った。

「いや、ファーさん――あ、グラントさん――わたしはなにも、あなたの話を信じないと言っているわけではありません。真偽はすぐにわかるのですから」

サグデンは問いたげな視線をポアロに送った。ポアロは言った。

「エストラバドス嬢もおっしゃりたいことがありそうですね」

ピラールの顔は真っ青になっていた。息もたえだえに彼女は言った。

「ええ、あります。リディアとあのお金のことがなかったら、ぜったいに話さなかったでしょうけど。この家へ来たのも、別人になりすましてみんなを騙したり、お芝居をしたりしたのも――おふざけだったんです。だけど、リディアがお金はあたしのもので、これは正義の問題だと言ったときに、状況が変わりました。もうおふざけではすまなくなりました」

アルフレッド・リーが困惑を顔に浮かべて言った。

「きみがなんの話をしているのか理解できないんだが」

ピラールは言った。

「あたしのことを姪のピラール・エストラバドスだと思っていらしたでしょう？　だけど、そうじゃないの！　ピラールはスペインであたしと車で旅をしてるときに殺されたの。爆弾が落ちて、車を直撃して、ピラールは殺されてしまったの。でも、あたしは無傷だった。ピラールのことはそんなによく知ってたわけじゃないけれど、彼女は自分のことをいろいろ話してくれたわ。祖父からの手紙でイギリスに来るように言われてることや、その祖父がものすごいお金持ちだってことを。あたしにはお金がぜんぜんないし、これからどこへ行って、なにをすればいいのかもわからなかったから、ふと思ったの。〝ピラールのパスポートでイギリスへ行って、お金持ちになるのもいいんじゃない？〟って」不意に彼女の顔が輝き、笑みが広がった。「ああ、この計画をうまくやりおおせたらと考えるのは愉しかったわ！　パスポートの写真だとあたしたちの顔はけっこう似てたし。ただ、ここでパスポートを見せるように言われたとき、思わず窓を開けて外に投げて、自分も走って外に出て、写真の顔に泥を少しこすりつけたの。空港の検査では写真の顔とじっくり見比べたりしないけれど、ここにいる警察の人はきっと――」

アルフレッドは怒りの声をあげた。

「つまり、きみは孫娘だと称して父の愛情につけいろうとしたのか？」

ピラールはうなずき、満足そうに言った。

「ええ、わたしのことを大好きにさせられるとすぐにわかったわ」

ジョージ・リーは激高した。

「とんでもないことだ！」と唾を飛ばして言った。「犯罪だろう、これは！　他人になりすまして金をせしめようとしたのだから」

ハリー・リーが言った。

「彼女はおまえから一ペニーもせしめていないぜ！　ピラール、おれはきみに味方するよ。その大胆不敵なところに敬服する。おまけに、もう姪と伯父じゃないんだから神に感謝しなければ！　いままでよりはるかに自由に動けるわけだ」

ピラールはポアロに言った。「あなたにはわかってたの？　いつわかったの？」

ポアロはにっこりした。

「マドモアゼル、メンデルの法則を勉強したことがあれば、青い目の両親から茶色の目の子が生まれることは万にひとつもないとわかるでしょう。あなたのお母上はたいへん慎み深く尊敬すべきスペインのご婦人だったにちがいありません。この法則にしたがって、あなたがピラール・エストラバドスではないという結論が自然と導かれました。あなたがパスポートに細工をしたので、いっそう確信をもてました。巧みな細工ではありましたが、とびきり巧みとまではいきませんでしたね」

サグデン警視が不愉快そうに言った。

「計画全体が巧みなどという域に達していませんよ」

ピラールはサグデンを見つめた。

「どういう意味かわからないわ……」

サグデンは言った。「あなたはひとつの真相をわれわれに語りました。だが、まだ語っていないことがたくさんあると思いますよ」

スティーヴンが言った。「もう彼女をそっとしといてやれよ！」

サグデン警視は気にするふうもなく続けた。

「あなたは、夕食のあと祖父の部屋へ向かったと言いました。ふと思いたってそうしたと。わたしはべつの見方を示しましょう。あのダイヤモンドを盗んだのはあなただということを。あなたはダイヤモンドにさわったことがありました。もしかしたら、ときどき金庫から取りだしたこともあったかもしれない。その行動は老人の目にははいっていなかったかもしれない！　ダイヤモンドの紛失に気づいた老人は、金庫から取りだすことのできる人物はふたりしかいないとすぐにわかった。ひとりはホーベリーです。ホーベリーがダイヤル錠の組み合わせ数字をどうにかして知り、夜中に部屋に忍びこんで盗んだとも考えられる。もうひとりは、むろんあなたです。

そこでリー氏はすぐさま手段を講じました。わたしを電話でこちらへ呼びだしたのです。それからあなたに、夕食がすんだら部屋に来るようにとことづけました。あなたはそのとおりにしました。リー氏はダイヤモンドを盗んだことを責めました。あなたが否定すると、なおも強く、おまえが盗んだと言いたてました。つぎになにが起きたかはわかりません——あなたが孫娘ではなく、小粒ながら腕のいいプロの泥棒であるという事実を突きつけたのかもしれない。いずれにせよ、ゲームは終了です。警察に知られることを恐れて、あなたはナイフで老人に切りつけた。揉みあいになり、彼は悲鳴をあげた。そうした事態にもあなたは適切な対処をした。すばやく部屋から出て、外からドアに鍵をかけた。そこで逃げきれないと悟り、ほかの人々が駆けつけるまえに、彫像のある壁のくぼみに身をひそめたのです」

ピラールは耳をつんざくような声で叫んだ。

「そんなの嘘よ！　でたらめよ！　あたしはダイヤモンドを盗んでなんかいないわ！　殺してもいない。聖母マリアに誓って」

サグデンは責めたてた。

「では、だれがやったんだ？　リー氏の部屋のドアの外に人が立っているのを見たと言ったな。きみの話にしたがえば、その人物が殺人犯でなければおかしい。ほかに壁のくぼみのまえを通った人間はいないんだ！　しかし、そもそもドアの外に人がいたと言っているのはきみだけなんだよ。言い換えれば、自分が罪から逃れるためにそんなつくり話をしたってことだ！」

ジョージ・リーも言いはなった。

「もちろん犯人は彼女だよ。明白すぎるほど明白じゃないか。わたしは最初から父を殺したのは外部の人間だと言っていたんだ！　家族のひとりがやったかのように見せかけるとは笑止千万だ！　どう考えても不自然だろうが！」

ポアロは椅子に座りなおした。

「その意見には同意できませんね。シメオン・リーの性格を考えるなら、そのような事態が発生するのはきわめて自然でしょう」

「はあ？」ジョージがぽかんと口を開けてポアロを見据えた。

ポアロは続けた。

「さらに、わたしの意見では、あれは起こるべくして起こったことだったのです。シメオン・リーは自身の血肉を分けた人間に殺されました。彼を殺した者にすれば当然にしてじゅうぶんと思われる理由によって」

ジョージは叫んだ。「われわれのなかに犯人がいるというのか？　断じてわたしは――

――」

彼の言葉をポアロの声が鋼鉄のごとく非情に遮った。

「ここにいる全員に不利な事実がありますよ。まずはジョージ・リーさん、あなたから始めましょう。あなたには父親への愛情がみじんもありませんでした。あなたが父親と良好な関係を保っていたのは金のためです。死の当日、シメオン・リー氏はあなたへの手当を減らすと脅しました。彼が死ねば、自分がかなりの額の遺産を相続することになるのをあなたは知っていました。それが動機です。夕食後、電話をかけにいったとあなたは言っています。たしかにあなたは電話をかけました。ただし、通話時間はわずか五分でした。そのあと父親の部屋へ行き、雑談をしたのちに襲いかかって殺すことはたやすくできたでしょう。部屋を出て、ドアの外から鍵をかけた。泥棒の犯行と見せかけたかったからです。泥棒説を裏づけるためには窓が大きく開いていなければならないのに、パニック状態にあったあなたは、その肝腎な点の確認をしなかった。間の抜けた失敗です。もっとも、失礼を承知で言わせていただくなら、あなたはだいぶ間抜けな人です！」

ポアロが短い間を挟むと、ジョージは反論しようとしたが失敗した。ポアロは先を続けた。「しかしながら、世の多くの間抜けな人間が犯罪者になっています」

ポアロはマグダリーンに視線を移した。

「夫人のマグダリーンにも動機はあります。彼女には借金があるようですし、確信に満ちた義父の言葉のなにかが彼女の不安をかきたてたのかもしれません。彼女にもアリバイがありません。電話をかけにいきながらも、実際には電話をしていませんでした。なにをしていたのか、本人が語った言葉があるのみです……

つぎはデイヴィッド・リー氏。リー一族の血に流れる執念深い気質と記憶へのこだわりについて、われわれは一度ならず聞きおよんでいます。デイヴィッド・リー氏は自分の母親に対する父親の扱いを忘れることも許すこともしませんでした。亡き母に向けられた最後の愚弄が我慢の限界だったのかもしれません。デイヴィッド・リーは殺害時刻にはピアノを弾いていたことになっています。弾いていたのは偶然にも『葬送行進曲』でした。彼ではないだれかがその『葬送行進曲』を弾いていたとしたらどうでしょう？彼のやろうとしていることを知っている、しかも、その行為をよしと認めるだれかが弾いていたのだとしたら？」

　ヒルダ・リーが静かに言った。

「それはひどすぎる連想ですわ」

　ポアロはヒルダのほうを向いた。「あなたについてはべつの連想もできますよ、マダム。それをおこなったのはあなたの手だった。足音を忍ばせて二階へ行き、人として許しがたいとあなたが見なす男に裁きをくだしたのは、あなただった。あなたは、マダム、怒るとほんとうに恐ろしくなれるタイプの方です……」

　ヒルダは言った。「わたしは彼を殺してはおりません」

　サグデン警視がぶっきらぼうに言った。

「ポアロさんの言うとおりです。アルフレッド・リー氏と、ハリー・リー氏と、アルフレッド・リー夫人以外は全員、容疑者になりえます」

　ポアロは穏やかに応じた。

「わたしはその三人さえも除外しようとは思いません……」

警視は抗議した。「いまさら、なにを言うんです、ポアロさん！」

　リディア・リーが言った。

「では、わたしにはどんな不利な事実がありますの、ポアロさん？」

　リディアはかすかに笑みを浮かべながらそう言った。両の眉を皮肉っぽく吊りあげて。

　ポアロは一礼してみせた。

「あなたの動機は、マダム、ここでは見送りましょう。言わずともあきらかですから。それ以外のことについて触れるなら、あの夜のあなたは、とても独創的な花柄のタフタのドレスとケープをお召しでしたね。執事のトレッシリアンが近視だということを思い出してください。彼の目には遠くのものがぼやけて見えるのです。あなたがいらした客間は広いうえに、ぶ厚いシェードつきのランプの明かりしかなかったということも指摘しておきましょう。あの夜、二階から叫び声が聞こえる一、二分まえ、トレッシリアンはコーヒーカップをさげに広間へはいってきました。あなたを見た、と彼は思いました。

ドアから遠い窓辺に、いつものようにおもおもしいカーテンで体の半分を隠されたあなたが立っていらっしゃったと」

リディア・リーは言った。「彼はわたしを見ましたわ」

ポアロは続けた。

「わたしはほのめかしているのです、トレッシリアンが見たのはあなたのケープだった可能性もあると。あたかもあなたがそこに立っているかのように見せるために、窓のカーテンのそばにそれが配置されていたのかもしれないと」

リディアは言った。「わたしはあそこに立っておりました……」

アルフレッドが言った。「いったいそれはどういう――？」

ハリーが割ってはいった。

「続きを聞かせてもらおうよ、アルフレッド。つぎはおれたちの番だ。親愛なるアルフレッドは最愛の父親をどうやって殺したことにするのかねえ？　ふたりともそのときは食堂にいたんだが」

ポアロは満面の笑みをハリーに送った。

「それは、いたって単純なことですよ。アリバイというものは、求めずして与えられたときに、結果として効力を発揮するのです。あなたとお兄さまの不仲はよく知られています。あなたは人前で彼を罵りますし、彼もあなたをよく言ったことがありません。しかし、それがすべて入念に練られたシナリオだったとしたらどうでしょう。アルフレッド・リーは世話のやける父親のご機嫌を伺うことに辟易《へきえき》していたとしたら。あなたと彼はだいぶまえから和解していたとしたら。ふたりでプランを練り、あなたが帰ってくる。アルフレッドはあなたの帰還を快く思わないふりをする。あなたに対する嫉妬や嫌悪をあらわにする。あなたも彼に対する軽蔑をあからさまにする。そして、巧妙に計画した殺害を実行する夜となる。ふたりのどちらかが食堂に残って、話しだす。ひょっとしたら言い争う声もあげたかもしれない。ふたりの人間がそこにいると思わせるために。もうひとりのほうは階段をのぼって犯罪を実行する……」

アルフレッドははじかれたように立ちあがった。

「あなたは悪魔か！」と言ったが、ろれつがまわっていなかった。

サグデンはポアロをじっと見つめた。

「あなたは本気でそのようなことを――？」

ポアロの声に突如として威厳の響きが加わった。

「わたしはここで可能性を提示しなければなりません。起きたかもしれないこととして。そのうちのどれが現実に起きたのかということは、表に見えるものから内にある真実へ移行することでしか理解することができないのです……」

ポアロはひと息いれてから、ゆっくりとこう言った。

「ここからは、先ほどわたしが言ったように、シメオン・リー本人の性格に戻らなければなりません……」

6

短い沈黙が流れた。不思議なことに憤りも敵意もみなおさまっていた。エルキュール・ポアロの個性がこの場にいる人々に魔法をかけてしまったのだ。魅入られたように彼らが見つめるなかで、彼はゆっくりと語りはじめた。

「つまりは、それがすべてなのです。死者こそが謎の焦点であり中心なのです！　わたしたちはシメオン・リーの心と頭を掘りさげ、そこで見つけたものに目を据えなければなりません。なぜなら人はひとりで生きて死ぬのではないのですから。その人物がもっているものは——彼のあとに連なる者へ——伝えられます……シメオン・リーは息子と娘に伝えるべき、なにをもっていたでしょうか？　まず第一に、プライドです。あの老人にあったプライドは、子どもたちへの失望でくじかれました。つぎは忍耐心。彼は自分を傷つけた人間に復讐するために何年も辛抱強く待ったと、わたしたちは聞かされました。彼の気質のこの一面は、容貌ではもっとも彼に似ていない息子に引き継がれたことも、わたしたちは知っています。デイヴィッド・リーもまた、長い年月、父への恨みを忘れることなく、心に抱きつづけることができました。子どものなかではただひとり、容貌が父親によく似ていたのはハリー・リーです。両者がそっくりであることは、若いころのシメオン・リーの肖像と見比べれば、いっそうはっきりします。鼻梁の高い鷲鼻も、長くて尖った顎の線も、うしろにそりぎみの頭も、うりふたつです。わたしには、ハリーは父親のさまざまな仕種——たとえば、頭をのけぞらせて笑うところや、ほかにも指で顎をさする癖などを受け継いでいるように思えます。

こうしたすべてを頭におきつつ、この殺人は死者と密接な関係にある人物によっておこなわれたと確信したわたしは、ここで人間の心理という観点から家族を観察してみました。家族のうちのだれが、心理学的に犯罪者となりうるかを見定めようとしたのです。そして、その点で資格がある人物は、わたしの判定ではふたりのみ。アルフレッド・リーと、デイヴィッドの妻のヒルダ・リーでした。デイヴィッド自身は殺人犯候補としては却下しました。彼のようにこまやかな感受性をもった人間が、喉をかっ切って血が流れるという状況に向きあえたとは思えませんから。ジョージ・リーとその妻も不適格としました。いくら強欲だろうと、このふたりにリスクを冒す気質があるとは思いません。ふたりとも根は用心深い人間です。アルフレッド・リー夫人は、暴力的な行為に走ることはぜったいにできない人だと確信しました。彼女の性質には皮肉の要素が多すぎます。ハリー・リーについては迷いました。彼に粗暴で好戦的な一面があるのはたしかですが、威勢よくふるまったり虚勢を張ったりすることはできても、本質的には腰抜けだと思えてなりません。これは彼の父親の意見でもあったと、いまはわかっています。ハリーもほかの子らと同じような価値しかないと言っていたそうですね。こうして、いま挙げたふたりが候補に残りました。アルフレッド・リーは無私無欲の献身をいやというほど実行できた人物です。長年にわたって自分を抑え、自分以外の人間の意思にしたがってきた人です。そのような状況におかれていれば、なにかのきっかけでプツリと切れる可能性はつねにあるでしょう。さらにいうなら、内心に抱いている父親への怨念が、いかなる形でも一度も表にあらわされずにきたことによって、じょじょに膨らんでいったとも考えられます。だれよりもおとなしく従順な人間が突然、だれにも予測できないような暴力をふるうというのは、まれなことではありません。そうした人間の抑制の糸が切れるときには、ほんとうに、完全に、切れてしまうからです。この犯罪を実行できるとわたしが考えたもうひとりの人物は、ヒルダ・リーでした。彼女は、場合によっては、法律を自分の手の内におさめてしまうことができるタイプの人間です——といって、身勝手な動機がそうさせるのではありません。この種の人々は法の裁きも執行もおこないます。旧約聖書の登場人物にはこのタイプが多いですね。たとえばヤエル（「士師記」五章二十四節に登場するイスラエルの勇気ある女性）、そしてユディト（「ユディト記」に登場する夫を亡くしたユダヤの女性）。

さて、以上は犯罪そのものの状況の説明でした。ここから真っ先に浮かびあがってくるのは——いわば顔をはたかれるように強く印象に残るのは、あの犯罪が起きた異常な状況です！　シメオン・リーが死んでいたあの部屋を思い出してみてください。重たいテーブルも重たい椅子も、もろともにひっくり返されていたことを、ランプも陶器もグラスも割られて飛び散っていたことを、覚えておいででしょう。しかし、とくにびっくりさせられたのは、椅子とテーブルでした。どちらも頑丈なマホガニー製ですよ。あの弱々しい老人とその敵対者のあいだにかりに格闘があったとしても、どうやったらあれだけどっしりした家具がひっくり返されるという結果になるのか、そこのところがどうしてもわかりませんでした。事件全体が非現実的に思われました。ただ、それが現実には起きていないとしても、正気の人間ならあんな舞台演出のような真似をしたりはしないでしょう——シメオン・リーは力の強い相手に殺されており、あのとっぴな演出のアイディアは、犯人が女または体格のよくない男だと示唆するためだったのならばべつですが。

しかし、そのアイディアはまったく説得力に欠けていました。家具の倒れるすさまじい音が警報のように響き渡り、それゆえに殺人犯には現場から逃げる時間がほとんどなくなるからです。シメオン・リーの喉をできるだけ静かに切り裂くことこそ、だれであれ犯人を有利にするのはまちがいありません。

さらにもう一点、異常なのは、ドアの外から鍵がかけられていたことでした。ここでも、そんな手順を加える理由がまったく見あたりません。死に方そのものが自殺とは無縁ですから、自殺をほのめかすのは無理がありますし、窓から逃げたとすることもできません——あの部屋の窓は侵入者が逃げられないように工夫がされていましたから。そのうえ、またしても時間の問題がありました。時間は殺人犯にとって貴重な要素であるはずです。

不可解なことはさらにもうひとつありました——シメオン・リーの洗面用具袋から切り取られたゴムの切れはしと小さな木釘。どちらもサグデン警視に見せてもらいました。事件後に最初にあの部屋にはいった人たちのひとりが床から拾ったのですが、これまた理屈に合わないものなのです！　まったく、なんの意味ももたない！　なのに、それらはそこにありました。

考えれば考えるほど、この犯罪はわけがわからなくなります。順序もなければ、手法もない——つまるところ《アンファン》、すじが通らない。

そして、さらなる困難に行きあたります。サグデン警視はあの日、死者から呼びだされていました。彼はダイヤモンドが盗まれたことを知らされ、一時間半後にふたたび屋敷に来るようにと頼まれました。なぜか？　シメオン・リーが孫娘、あるいは家族のほかのだれかを疑っていたからだとしたら、どうして彼は疑わしい一団と急な面談をしているあいだ、サグデン警視に一階で待つように頼まなかったのでしょうか？　警視を家にとどまらせていれば、盗みの罪を犯した人物に対して、はるかに強い精神的な圧力をかけられたでしょうに。

こう考えると、殺人犯の行動が異様なだけでなく、シメオン・リーの行動も異様だったという本件の核心に到達します！

そこでわたしは自分にこう言います。〝これは最初から全部まちがっている！〟と。なぜか？　それは、わたしたちはまちがった角度からこの事件を見ているからなのです。わたしたちは殺人犯が見てほしい角度から事件を見ているのですよ……

なんの意味ももたないことが三つありました。格闘、鍵のかけ方、そしてゴムの切れはし。しかし、それら三つのことが意味をもつ見方があるはずです！　頭をからっぽにして、この犯罪にまつわるすべての状況を忘れ、その三つがもつ利点にもとづいて考えてみましょう。まず、格闘。あれはなにを意味しているんでしょうね？　暴力——破壊——騒音……鍵は？　人が鍵をかけるのはなぜですか？　だれもなかにはいれないようにするためでしょうか？　でも、あのドアの鍵は人がはいることを止められませんでした。ドアはすぐにぶち破られてしまいましたから。だれかを閉じこめるためなのか？　だれかを締めだすためなのか？　ゴムの切れはしは？　わたしは自分にこう言います。〝洗面用具袋の切れはしは洗面用具袋の切れはしだ。それだけのことだ〟

結局、なにもないじゃないかとみなさんはおっしゃるでしょうね。だが、それは厳密には真実ではありません。三つの印象はやはり残るからです。騒音——隔離——空白……

これら三つの印象は、さきほどの候補者ふたりのどちらかにあてはまりますか？　いいえ、あてはまりません。静かな殺人であれば、アルフレッド・リーとヒルダ・リーのどちらにとっても非常に望ましいものだったでしょうがね。ドアの外から鍵をかけるという時間の無駄づかいは無意味ですし、洗面用具袋の切れはしは——何度も言いますが、なんの意味ももちません！

それでもわたしは強く感じるのです。この犯罪に関して無意味なことはなにひとつないと——それどころか、この犯罪は周到に計画され、みごとに成し遂げられたのだと。じっさい成功したのだと！　したがって、あのとき起きたすべてのことはやはり意図されたことだったのですよ……

そこで、最初からもう一度じっくりと考えてみると、ひとすじの光が見えたのです……

血——こんなにたくさんの血——あたり一面の血……血へのこだわり——なまなましく、じっとりとして、ぎらついた血……こんなにたくさんの——膨大な量の血……するとそれとともに第二の考えがひらめきました。これは血の犯罪であると。シメオン・リーの血が本人に対して反乱を起こしたのだと……」

エルキュール・ポアロは身を乗りだした。

「この事件でもっとも貴重な手がかりが、ふたりの異なる人物の口から無意識に発せられています。最初の言葉はアルフレッド・リー夫人が引用した『マクベス』のなかの一節です。〝あの老人にこんなにたくさんの血があったなんて、だれが考えたでしょう……〟もうひとつは執事のトレッシリアンが言ったことです。彼は目がくらむと、以前にあったことがまた起きているような気がすると言いました。彼をそんな奇妙な感覚に陥らせたのは、しごく単純な出来事でした。トレッシリアンは呼び鈴が鳴るのを聞いて玄関へ行き、ドアを開けてハリー・リーを迎えました。そして翌日、同じようにスティーヴン・ファーを迎えました。

では、執事はなぜそんな奇妙な印象を受けたのか？ ハリー・リーとスティーヴン・ファーをごらんなさい。そのわけがわかるでしょう。ふたりは驚くほどよく似ています！ だから、玄関ドアを開けてスティーヴン・ファーを見たときと、ハリー・リーを見たときの感じにほとんどちがいがなかったのです。一瞬、同じ男がまたそこに立っていると錯覚したかもしれません。そして今日も、トレッシリアンはいつも人を混同してしまうのだとこぼしていました。無理もありません。スティーヴン・ファーには鼻梁の高い鼻と、笑うときに頭をのけぞらせる癖と、人さし指で顎をさする癖があります。若いころのシメオン・リーの肖像を長い時間とっくりと眺めていると、ハリー・リーだけでなく、スティーヴン・ファーを見ているような気になります……」

スティーヴンが身じろぎし、椅子がきしみ音をたてた。

「シメオン・リーの感情の爆発を思い出してください。家族に対して辛辣な言葉をながながしく浴びせたことを。妻でない女とのあいだに生まれた息子のほうがもっと出来がよかっただろうと言ったことを、みなさんは覚えておいででしょう。ふたたびシメオン

・リーの性格に戻りますが、シメオン・リーという人物は女を絶やしたことがなく、妻をさんざん嘆かせた男です！　シメオン・リーはピラールに向かって、ほぼ同い年の息子たちで護衛隊をつくれるかもしれないなどと自慢してみせました。そこでわたしはこういう結論に達しました。シメオン・リーにはこの家の家族であるリーを名乗る息子のほかに、彼自身の知らない、認知をされていない、血を分けた息子がいるのだと」

スティーヴンが立ちあがった。ポアロは言った。

「それがここへ来たほんとうの理由なのでしょう？　列車で娘にひとめ惚れしたという、可愛らしいロマンスではなくて！　あなたは彼女に出会うまえから、ここへ来るつもりでいました。自分の父親がどんな男かを確かめようとしていたんです……」

スティーヴンの顔は死人のように蒼白だった。彼はしわがれた声でとぎれとぎれに話しはじめた。

「ええ、ずっと思ってました……たまに母が父のことを話してはくれましたが、父がどんな人間なのか、この目で確かめたいという気持ちが、一種の強迫観念のように膨らんでいったんですよ！　多少の金ができたので、イギリスへ来ました。自分の素性を父に明かすつもりはなかった。だからエベニーザの息子になりすましたんです。おれがここへ来た理由はただひとつ——自分の父親がどんなやつかを確かめることだったんだ……

……」

サグデン警視はほとんど囁き声で言った。

「ああ、わたしにはなにも見えていなかった……いまならわかるよ。きみのことを二度、ハリー・リー氏とまちがえた。そのときは自分が見まちがえただけだと思ったが、まさかそういうことだったとは！」

サグデンはピラールのほうを向いた。

「つまり、そういうことなんだな？　きみが見た、リー氏の部屋のドアのまえに立っていた人物とはスティーヴン・ファーだったんだろう？　わたしは忘れていないよ、立っていたのは女の人だったと言うまえに、きみが言いにくそうにして彼に目をやったのを。きみが見たのはファーだった。きみは彼をかばおうとしたんだ」

そのとき静かな衣ずれの音がして、ヒルダ・リーが低い声で言った。

「いいえ、そうじゃありません。ピラールが見たのはわたしです……」

ポアロは言った。

「やはりあなただったのですね、マダム？　そうだと思っていましたよ……」

ヒルダは静かにこたえた。

「自衛本能とは妙なものですね。自分にあんな卑怯なことができるとはまだ信じたくありません。黙っていようとしたのです、我が身が心配だったから！」

　ポアロは言った。

「いまこそ話していただけますね？」

　ヒルダはうなずいた。

「わたしはデイヴィッドと音楽室におりました。彼はピアノを弾いていました。なにかに取り憑かれたような感じで、少し怖いぐらいでした。この家へ来るように説得したのはわたしなので、責任を痛感しました。デイヴィッドが『葬送行進曲』を弾きはじめた瞬間、わたしは決心しました。それがいくら変に見えても、いますぐふたりでこの家を出ていこうと決めたのです。そっと音楽室を出て、二階へ向かいました。リー老人のところへ行って、なぜわたしたちが出ていくのかを率直にお話しするつもりでした。廊下を進んで彼の部屋のまえまで行くと、ドアをノックしました。返事はありませんでした。もう一度、今度は強めにノックしました。やはり返事はありません。そこでドアの取っ手をまわそうとしました。でも、鍵がかかっていました。そのとき、わたしがどうしようかとドアのまえで迷っているときに、部屋のなかから物音がしたのです――」

　ヒルダはいったん言葉を切った。

「わたしがこんなことを言っても、信じていただけないでしょうが、ほんとうなんです！　だれかがなかにいました——リー氏を襲った人が。それからテーブルや椅子のひっくり返る音、そしてグラスや陶器の割れる音が聞こえました。そして、あのおぞましい最期の叫び声が聞こえ、それがだんだん小さくなって——まったく音がしなくなりました。

　わたしはドアのまえで立ちすくんでいました！　動くことができずに！　すると、ファー氏が走ってきました。マグダリーンやほかの人たちも。ファー氏とハリーがドアを叩きはじめました。ドアがはずれてから、みんなで部屋のなかを見ると、なかにはだれもいなくて——リー氏があの血の海のなかに倒れているだけでした」

　ヒルダの静かな声がかん高くなり、彼女はこう叫んだ。

「リー氏のほかにはだれもいなかったのです！　だれも、ですよ！　しかも、部屋から出ていった人もいないのです……」

7

　サグデン警視は深く息を吸いこんで言った。

「気が変になりそうだ！　それとも、わたし以外の人がみんな変なのでしょうかね！　あなたがいま言われたことは、奥さん、どこからどう見てもありえません。狂ってる！」

ヒルダ・リーは叫んだ。

「わたしは、部屋のなかで争うような音が聞こえたと言っているんです。喉を切られた老人が悲鳴をあげるのも聞きました――なのに部屋からはだれも出てこなくて、部屋のなかにはだれもいなかったのです！」

エルキュール・ポアロは言った。

「あなたはそのことをいままでひとこともおっしゃらなかった」

ヒルダ・リーの顔が青ざめた。だが、その口調に揺るぎはなかった。

「ええ、なにがあったのかを話していれば、あなたがたが口にすること、あるいは思い浮かべることはひとつしかありませんもの――わたしが彼を殺した……」

ポアロは首を振った。

「いいえ、あなたはリー氏を殺してはいません。彼を殺したのは彼の息子です」

スティーヴン・ファーが言った。

「神に誓って、おれは手を触れてもいないぞ！」

「あなたではありませんよ」とポアロは言った。「彼の息子はほかにもいます！」

ハリーが言った。

「いったいどういう――」

ジョージは目を丸くして、デイヴィッドは片手で目をこすった。アルフレッドは二度まばたきをした。

ポアロは言った。

「この家にはじめて来た夜――殺人がおこなわれた夜――わたしは幽霊を見ました。それは亡きリー氏の幽霊でした。ハリー・リー氏をはじめて見たとき、不思議な気分を味わいました。まえにも彼を見たことがあるような気がしたのです。そこで彼の顔かたちを注意深く観察すると、父親にそっくりであることに気づき、以前から知っているような気持ちになったのはそのせいだろうと自分に言い聞かせました。

ところが、昨日、わたしと向かい合わせに座った男が頭をそらして笑いました――ハリー・リーを見たときに頭によぎったのがだれだったのか、それでわかったのです。わたしはまたも、もうひとりの人物の顔に、故人の顔かたちをたどってみました。

気の毒に高齢のトレッシリアンが玄関のドアを開け、互いによく似た人物をふたりならず三人も迎えたときに混乱したのは当然です。人の見分けがつかなくなると告白したのも無理からぬことでした。同じ家のなかの、さほど距離をおかぬところに、入れ替わることができそうなほど似た男が三人もいたのですから！　同じような体格、同じような仕種（とくに目立つのが、顎をなでる癖です）、同じように鼻すじのとおった高い鼻。もっとも、そうした類似点にたやすく気づくとはかぎりません――第三の男は口ひげをたくわえていますから」

ポアロは身を乗りだした。

「人は警察官も人間であることを忘れがちです。彼らにも妻や子や母がいることを――」彼は一拍の間を挟んだ。「それに父もいることを……シメオン・リーの地元での評判を思い出してください、多くの女と関係をもち、妻を悲しませた男。妻でない女とのあいだに生まれた息子もいろいろなものを父から受け継ぐかもしれません。父のプライドや忍耐心や執念深さを！」

ポアロの声が高くなった。

「サグデン、あなたは生まれてこのかた、人の道にはずれた父の仕打ちを恨んできました。父を殺す決意をしたのはずっと以前のことでしょう。あなたはここからそう遠くない、隣の州の出身ですね。あなたの母親は、シメオン・リーが気前よく与えた金で、生まれた子の父親となる夫を見つけることができたでしょう。あなたがミドルシャー警察隊にはいって、機が熟すのを待つことも容易だったでしょう。そして警視ともなれば、殺人を犯して逃げおおせるチャンスはおおいにあります」

サグデンの顔が紙のように白くなった。

「あなたは狂ってる！　彼が殺されたとき、わたしは家の外にいました」

ポアロはかぶりを振った。

「いいえ、あなたは最初に彼を殺し、そのあとで家の外に出たのです。あなたが出ていったあと、生きているリー氏を見た人間はいません。あなたにすればわけもないことだったでしょう。シメオン・リーはたしかにあなたが来るのを待っていた。だが、彼があなたを呼びだしたのではありません。あなたが彼に電話をして、窃盗の企てがあるというような、曖昧な話を聞かせたのでしょう。シメオン・リーには、あの夜、警察の慈善活動のための募金のふりをして八時ちょっとまえに訪問すると言ったのですね。シメオン・リーはなんの疑いも抱かなかった。彼はあなたが息子であることを知りませんでしたから。あなたはその時刻にやってきて、つくり話をしました。ダイヤモンドがすりかえられているとかなんとか。彼が金庫を開け、本物のダイヤモンドが無事に金庫にあることを示すと、あなたは詫びて、彼とともに暖炉のまえに戻りました。そして、すきを狙って彼の喉をかっ切ったんです。叫び声が漏れないように片手で彼の口を押さえて。

あなたのようにたくましい体格の男にとっては赤子の手をひねるようなものだったはずです。

そのあとは、舞台の用意です。まず金庫からダイヤモンドを取りだしました。つぎに、テーブルや椅子やランプやグラスを積みあげると、自分の体に巻いて持参した細いロープだか紐だかをそれらに巻きつけました。さらにあなたは、殺したばかりのどこかの動物の血に大量のクエン酸ナトリウムをくわえた液も瓶につめて持参していて、それをあたり一面に撒いてから、シメオン・リーの傷口から流れた血溜まりにもクエン酸ナトリウムをそそぎました。それから、死体が冷たくならないように暖炉の薪を足し、最後に紐の両はしを窓の下のすきまにとおして家の壁伝いに垂らすと、部屋を出て、ドアの外側から鍵をかけました。それはきわめて重要な措置でした。万が一にも人が部屋のなかにはいってはならないのですから。

そこまでやってから、あなたはテラスに出て、石のシンクの箱庭にダイヤモンドを隠しました。遅かれ早かれダイヤモンドが発見されたとしても、疑惑はあなたの思惑どおり、シメオン・リーの合法的な家族に集中します。九時少しまえにあなたは戻ってきて、窓の下の壁に近づくと、窓から垂れている紐を引っぱりました。これによって、先に慎重に積みあげておいたものが一気に崩れ落ちました。家具や陶器がひっくり返ったり割れたりしました。あなたは紐の一方の端を引っぱって回収し、ふたたび体に巻きました。上着とチョッキの下にね。

そのうえで、もうひとつの工夫をしたのです！」

ポアロはみんなのほうを向いた。

「みなさんは記憶しておいでですか？　リー氏の絶命の瞬間の絶叫についての印象を、おひとりおひとりちがうように語っていたことを。リーさん、あなたは断末魔の人間の叫びと表現されました。あなたの奥さまとデイヴィッド・リー氏は地獄に堕ちた魂の叫びのようだと、デイヴィッド・リー夫人はそれとは逆に、魂のない者の叫びとおっしゃいました。彼女は人間ではなくて、獣《けだもの》のようだとも言いました。いちばん事実に近かったのはハリー・リーです。彼は殺される豚のような悲鳴だと言ったのです。

〝瀕死の豚〟と称されて祭りで売られている細長いピンク色のゴム袋をごぞんじでしょうか？　袋には豚の顔が描かれていて、なかの空気が吹きでるときに非人間的なうめき声を発します。それが、サグデン、あなたの最後のひと工夫でした。その〝瀕死の豚〟のひとつを部屋の仕掛けのなかに置いて、袋の口を木釘でとめました。ただし、その釘は例の紐に結んであります。あなたが窓の外から紐を引っぱると木釘がはずれ、豚から空気が抜けはじめました。それで、くずれ落ちる家具の音に加えて〝瀕死の豚〟の絶叫が響きわたったのです」

ポアロはほかの人々のほうに向きなおった。

「ピラール・エストラバドスが拾ったものがなんだったか、もうおわかりですね？　警視はすぐに現場へ戻って、よれたゴムの残骸をだれも気づかぬうちに回収したかったのでしょう。しかし、間にあわず、警察官の職務としてピラールから没収するしかありませんでした。でも、彼はそのことをだれにも報告しなかったことを思い出してください。それ自体が疑念を抱くにじゅうぶんな事実です。わたしはそのことをマグダリーン・リーから聞き、サグデンに質問をぶつけました。そうした不測の事態への備えとして彼は、リー氏の洗面用具袋から切り取ったゴムを用意していて、それを木釘と一緒に取りだしてみせました。言葉で説明すればどちらも同じでしょう――ゴムの切れはしと木釘ですから。そのときに感じたとおり、それはまったく意味のないものでした！　しかし、愚かにも、わたしはその場で言いませんでした。〝こんな意味のないものが現場にあったはずはない。サグデン警視は嘘をついている……〟とはね。そう、愚かにも、そのことに説明をつける努力までしてしまいました。真相に思いいたったのはエストラバドス嬢が風船を突いて遊んでいるときでした。風船が破裂すると彼女は、シメオン・リーの部屋で拾ったのも破裂した風船だったにちがいないと大声で言ったのです。

すべてのコマがあるべき場所におさまったとおわかりでしょう？　ありえない格闘は、偽りの死亡時刻を設定するために必要です。鍵のかかったドアは、死体をすぐに発見させないためです。そして断末魔の人間の叫びがつくられました。これは論理的かつ合理的に組み立てられた殺害です。

しかしながら、ピラール・エストラバドスは、風船についての独自の発見を叫んだ瞬間から、殺人者にとって地雷原となりました。もし、彼女の発言が家のなかにいたサグデンに聞かれていれば（彼女は高くすきとおった声で叫びましたし、いくつもの窓が開いていましたから）、その可能性はおおいにあります）、ピラール自身が生命の危険にさらされることになったわけです。ピラールはそれ以前にも一度、殺人犯をぎくりとさせたことがありました。リー老人のことを話していたときに〝おじいさまはきっとハンサムだったにちがいないわ〟と言ったあと、サグデンに向かって〝あなたみたいに〟とつけ加えました。彼女は思ったことを口に出したまでで、サグデンにもそれはわかっていました。サグデンが顔を紫色にして喉をつまらせたのも無理はありません。あれはまったく予想外の、しかも危険きわまりない出来事でした。あれ以来、サグデンは彼女に罪を着せたがりましたが、そうすることが意外に難しいとわかってきました。孫娘の彼女には遺産の分与がされておらず、祖父を殺す動機がないからです。その後、風船のことを話す彼女の高くすきとおる声を耳にした彼は、われわれが昼食の席にいるあいだに、例のブービー・トラップを仕掛けました。あれが失敗したのは、奇跡といってもいい幸運でした……」

完全な沈黙がひとしきり流れてから、サグデンが静かに訊いた。

「いつわかった？」

ポアロはこたえた。

「つけひげを買って戻り、シメオン・リーの肖像画につけてみるまでは、まだ確信がもてませんでした。で、ためしてみると――額のなかからわたしを見る顔はあなたの顔だったのですよ」

サグデンは言った。

「神よ、やつの魂を地獄で朽ち果てさせたまえ！　自分のやったことには心から満足している！」

第七部　十二月二十八日

リディア・リーが言った。

「ピラール、あなたの今後について、わたしたちがお膳立てをしてあげられるまで、ここで暮らしてはどうかしら」

ピラールは素直に言った。

「ご親切にありがとう、リディア。あなたは優しい人ね。こんなことがあっても文句のひとつも言わず、簡単に人を許すことができるんだもの」

リディアはにっこりした。

「わたしはあなたのことをまだピラールと呼んでいるけれど、ほんとうの名前はほかにあるんでしょ？」

「ええ、本名はコンチータ・ロペスといいます」

「コンチータも可愛い名前だわ」

「ほんとうにあなたは優しすぎるわ、リディア。でも、あたしのことは心配しないで。スティーヴンと結婚して、南アフリカへ行くつもりだから」

リディアは笑顔のままだった。

「そうなの、それでいろいろなことが丸くおさまるわね」

ピラールはおずおずと尋ねた。

「あなたがいつも親切にしてくださったから訊くんだけど、リディア、いつかまたイギリスへ来たら、お宅にお邪魔してもいい？——ええと、クリスマスにでも。そうすればクラッカーや焼きレーズンを食べたり、あのきらきらした飾りをツリーにつけたり、小さな雪だるまをテーブルに置いたりして、一緒に愉しく過ごせるでしょ？」

「もちろんよ、いらしてちょうだい。そしてイギリスのほんとうのクリスマスを一緒に愉しみましょうよ」

「きっと素敵なクリスマスになるわ。ねえ、リディア、今年のクリスマスはぜんぜん愉しくなかったものね」

リディアははっと息をのんだ。それから言った。

「そうね、愉しいクリスマスではなかったわね……」

2

ハリーが言った。

「じゃあな、アルフレッド。これからは、おれの顔を見ていらいらさせられることはあまりないと思っていいぜ。ハワイへ移住するつもりなんだ。昔から金が手にはいったらハワイで暮らそうと思ってたのさ」

アルフレッドは言った。

「それじゃ、ハリー。おまえなら愉しく生きられるよ。そうであることを祈ってる」

ハリーはかなり気まずそうに言った。

「怒らせてばかりですまなかった、兄貴。ろくでもないユーモアのセンスしかもちあわせていないもんだから、ついつまらん冗談を言わずにはいられないんだ」

アルフレッドはなんとかこう返した。

「わたしも冗談を受け流す術《すべ》を身につけないといけないんだろうな」

ハリーはほっとした顔になった。

「じゃあ——あばよ」

3

アルフレッドが言った。

「デイヴィッド、リディアと話してこの家を売ることにしたよ。それで、お母さんのつかっていたもののなかに欲しいものがあるんじゃないかと思ってね——椅子とかスツールとか。おまえはお母さんのお気に入りの息子だったから」

デイヴィッドはちょっとためらってから、ゆっくりと言った。

「その気持ちはありがたいけど、アルフレッド、わかってもらえるかな、そういうのはやめておこうと思うんだ。この家にあったものはなにもいらない。ぼくは過去と決別したほうがよさそうだ」

アルフレッドは言った。

「ああ、わかるよ。その判断はたぶん正しい」

4

ジョージが言った。

「じゃあな、アルフレッド、さよなら、リディア。われわれはなんという恐ろしい時間を過ごしたんだろうね。もうすぐ裁判も始まる。家族にまつわる不名誉な事情が――サグデンの存在が――親父の息子であることが――明るみに出るのはまぬがれない。彼にこっちの気持ちを伝えたくても、そんな手配はだれにもできないだろうし。自分は共産主義の先鋭的な思想の持ち主で、資本主義者の親父を憎んでいたとか――そういうような訴えを法廷でしてくれればいいんだが」

リディアが言った。

「ねえ、ジョージ、サグデンのような男がわたしたちの気持ちを鎮めるために嘘をついてくれるなどと本気で思っているの？」

ジョージは言った。

「まあ――無理だろうね。いや、きみの言いたいことはわかるよ。いずれにしても、あの男の頭がおかしいということはまちがいない。じゃ、今度こそ、さよなら」

マグダリーンが言った。

「ごきげんよう。来年のクリスマスはみんなでリヴィエラにでも行って、思いきり愉しみましょうよ」

ジョージが言った。

「為替相場しだいだけどな」

「あなたったら、ケチケチしないでよ」

5

アルフレッドがテラスに出てきた。リディアは石のシンクのまえでかがみこんでいた。夫に気づくと彼女は姿勢をただした。

アルフレッドはため息まじりに言った。

「やれやれ、みんな帰っていったね」

リディアは言った。

「ええ、ありがたいことに」

アルフレッドは言った。

「まあ、そうだな。ここから離れられて嬉しいだろう」

彼女は訊いた。

「あなたは心残り？」

「いや、わたしも嬉しいんだ。ふたりでできる愉快なことがたくさんあるだろうから。ここで暮らせば、あの悪夢のような出来事をたえず思い出すことになる。悪夢が終わって神に感謝だ！」

リディアは言った。

「エルキュール・ポアロにも感謝しなくてはいけないわ」

「ああ。彼の説明によって、あらゆることがおさまるべき場所におさまったのはまったく驚いたよ」

「ほんとうに。まるでジグソー・パズルを完成させたときのように、ぜったいにどこにもはまらないと思った奇妙な形のピースが、ごく自然に自分の場所にはまったんですものね」

アルフレッドは言った。

「ひとつだけ、まだはまっていない小さいピースがある。ジョージは電話を切ったあと、なにをしていたのかね？　彼はなぜそれを言おうとしなかったんだろう？」

「わからないの？　わたしは最初からわかっていたわ。ジョージはあなたの机にあった書類に目をとおしていたのよ」

「ええっ！　まさか、リディア、そんなことをするやつはいないだろう！」

「ジョージならするわ。お金の問題となると彼の好奇心はきりがないのよ。だけど、もちろん、そうとは言えないの。被告席にでも座らないかぎり、そのことを認めなかったでしょうね」

アルフレッドは言った。

「新しい箱庭をつくっているのか？」

「ええ」

「今度はなんだい？」

「今度はね」とリディア。「エデンの園に挑戦しているの。蛇がいなくて——アダムとイヴがすっかり中年になった——新ヴァージョンを」

アルフレッドは穏やかに言った。

「リディア、長いことよく耐えてくれたね。きみはいつもわたしに尽くしてくれた、優しくしてくれた」

リディアは言った。

「でもね、わかっているでしょうけど、アルフレッド、わたしはあなたを愛しているのよ……」

6

ジョンスン大佐が言った。

「たまげたよ！」それからまた言った。

「まったく！」最後にもう一度。「たまげたよ！」

彼は椅子の背にもたれてポアロを見つめた。憂鬱そうだった。

「なあ、きみ！　いったい警察はどうなるんだ？」

ポアロは言った。

「警察官にも私生活があります。サグデンは誇り高い男だったのですよ」

ジョンスン大佐は首を振った。

やりきれない気持ちをまぎらすために彼は暖炉の薪を蹴り、だしぬけにこう言った。

「いつも言うけれども——やはり薪の火にかぎるな」

エルキュール・ポアロは首のあたりがすうすうするのを感じながら、心のなかでつぶやいた。

〃わたしの場合は《プル・モワ》、いついかなるときもセントラル・ヒーティングだ……〃

解説

作家　森　晶麿

日本のミステリ界固有の概念に〈本格〉というものがある。〈あのミステリは本格〉とか〈あんなものは本格じゃない〉とか、とかくうるさ方はいちいち線引きしたがるのだが、ではその〈本格〉とは何ぞやということになると、意外と定義は時代時代で曖昧だったりする。たとえば、甲賀三郎が〈本格〉といった頃と、今の若い人が口にする〈本格〉ではだいぶ意味合いが違う。現代においては相対的に〈読者に推理可能な手がかりが、フェアな手順で用意され、論理的に解明されるミステリ〉くらいに考えておくのがちょうどいいかもしれない。最近では海外でも〈Honkaku〉として浸透しつつあるとも聞く。

もう一つ、〈探偵小説〉という言葉がある。英語でいえば〈detective story〉だが、恐らく海外の人間が〈detective story〉という言葉を聞くときと、日本人が〈探偵小説〉という言葉を聞いた時では喚起されるイメージが異なる。それは、〈偵〉の字が戦後当用漢字から外れて〈推理小説〉の語が代用されるようになり、〈探偵小説〉が死語とされていた時期があったことと関係していよう。そのせいか〈探偵小説〉の字面を書店で見かけると、戦前の乱歩作品のような血なまぐさい玩具箱のごときミステリが読めるのでは、と妙にワクワクする。

とりわけ、由緒ある屋敷、一族の因習絡まる儀礼の最中の殺人、しかも密室……と〈本格〉心をちらつかせるガジェットが揃っていると、もうすっかり食指が動いてしまう。

しかし、こうした心理は、〈Honkaku〉という言葉に馴染みがなかった頃の欧米でも変わらないようだ。というのは、本書の冒頭でクリスティーは義兄からの「もっと血が大量に流れる元気で凶暴な殺人を」というリクエストに応え、執筆に至ったと明らかにしている。義兄に言われた際、クリスティーの脳内に古くはエドガー・アラン・ポーが『モルグ街の殺人』で描き、その後、ヴァン・ダイン、ジョン・ディクスン・カー、エラリイ・クイーンといった多くのミステリ作家が書いてきた〈クラシック・フーダニット〉が脳裏に浮かんだであろうことは想像に難くない。というか、出来上がった『ポアロのクリスマス〔新訳版〕』を読めば疑いようがない。本書は、アガサ・クリスティーが古典的な〈本格探偵小説〉の意匠を借りつつ、アクロバティックなパロディを仕組んだ、企みに満ちた傑作ミステリだからだ。

こう書いたからといって、それまでのクリスティーが〈本格〉を書かなかったわけではない。ただ、クリスティーの魅力は〈本格〉の一言で括るにはあまりに広大だ。ミステリ界広しといえど、クリスティーほどミステリの「華」を体現する作家はいない。クリスティーの小説を読むときは、いつの間にか推理するのも忘れて物語の吸引力に翻弄され、読み終えればそれ自体華麗な罠だったと気づかされる。いわば〈小説〉に求められる根源的な魅力こそがクリスティー作品を支えているので、たとえ〈本格〉であっても、その一言に閉じ込めて窮屈な思いをさせるに忍びないのだ。

なかでも、一九三〇年代のクリスティー作品のストーリーテリングの豊穣さは群を抜いている。三四年に『オリエント急行の殺人』、『三幕の殺人』、三六年『ABC殺人事件』、三七年『ナイルに死す』、三八年『死との約束』と、作品名だけ挙げても、現在に至るまでクリスティーの代表作とされる作品のオンパレードで、脂が乗りきっている時期であることがわかるだろう。

そして、三八年の『死との約束』の次に書かれたのが、本書『ポアロのクリスマス』

である。〈本格〉に閉じ込めておくにはもったいない作家、クリスティーが、あえてその時期に、真正面からこうしたミステリの原点に帰るような作品を書いたことが、かつて私には不可解に思えた。というのも、物語作家としてのクリスティーの才能が大きく開花した『ナイルに死す』から、いっそそのまま豪華絢爛な愛とスリルの混然一体となった娯楽小説のさらなる高みへ突き進む道もあったはずだからだ。それこそ、頁数もさらに増やして、ディケンズのように分厚い〈鈍器本〉へと取り掛かってもよかった。

このクリスティーの変化の謎を繙《ひもと》くには、じつは『死との約束』という作品が重要な意味を持っている。『死との約束』は『ナイルに死す』と同じく中近東を舞台にした作品だ。この作品でクリスティーは、意地悪で支配的な老女、ボイントン夫人という〈殺されねばならない存在〉と大衆の普遍的関心事である〈家庭内の不協和音〉という装置で読者を引きつけた。『死との約束』は、このような、事件の大前提にある人間ドラマをミニマムに表現して抜群のリーダビリティを誇りつつ、同じくミニマムな仕掛けでミステリに仕上げた点で極めて秀逸だった。

『ナイルに死す』で手に入れた贅を尽くした緩急巧みな構成力から、一種のミニマリズム的にミステリの魅力に還元していこうとしたのが、『死との約束』だったと言えるだろう。

そして、その『死との約束』の次に書かれたのが、本書『ポアロのクリスマス』だ。クリスティーはあえて中近東から離れ、英国の荘厳なお屋敷という舞台装置に原点回帰する。ここで重要なのは、『死との約束』で用いた〈家庭内の不協和音〉、〈殺されねばならない存在〉、という強烈な要素が引き継がれたことだ。ミステリのミニマリストとして、クリスティーはこの二つを、『死との約束』から『ポアロのクリスマス』に忍び込ませた。自らが開発した物語の魅力を、今度は昔ながらの〈本格探偵小説〉の器に盛ってみせたのだ。しかも、呆れるほど賑やかしいトリックをいくつも振りかけて。

『死との約束』でのボイントン夫人の役割を担うのは、ゴーストン館の主人、シメオン・リーである。この人物、単なる悪人ではなく、底知れぬ老獪《ろうかい》さを湛《たた》えており、支配的という意味でボイントン夫人の血を継ぎつつそれを上回る不気味な存在感を醸成している。

このシメオンが、クリスマスのために珍しく家族全員を集めたことから悲劇の幕は上がる。そしてクリスマスの前夜、ゴーストン館に何かが破壊される音と奇妙な悲鳴が轟き、内側から施錠された密室から、シメオンが血みどろの死体で発見されて――。

物理トリックは、いつものクリスティーに比して非現実度の高いそれで、そのあたりも嬉しくなってしまう。実際、読み終えたとき、これがすでに亡くなって久しい大御所作家の古典ミステリだとはとても思えなかった。全体にテンションが高く、新本格以降の国内作品を読んだときのようなアグレッシブな空気が心地よかった。

レジェンド作家が、そのキャリアの円熟期にこんな実験精神に富んだ〈本格探偵小説〉をさらりと上梓していることに驚嘆とともに、改めて畏敬の念がわいてきたものだ。

しかし、こうした瑞々しい魅力に満ちながらも、やはりその白眉と言えるのは、クリスティー流の冒頭からの伏線だろう。本書の序文には、『マクベス』の一文が引用されている。

〈あの老人にこんなにたくさんの血があったなんて、誰が考えたでしょう……〉

多くは語らないが、序文にこの一文を引用すること自体の豪胆さだけでもひれ伏してしまいたくなる。何しろ、ここに引用されている〈血〉こそが本書の主題でもあるからだ。〈blood〉には〈血〉のほかにもいろんな意味がある。本書を読み終えた後に、英和辞典を引いてみるのも一興ではないだろうか。

クリスティーは二重三重の意味で大胆不敵な作家だ。献辞で義兄からの「血なまぐさい事件を」という依頼を明らかにしたうえで、本作を読者の前に提示するのだから。緊張みなぎる聖夜に解き放たれた殺意は、真っ赤な炎を灯す。事件が聖夜に起きたことも、トリックも、意外な犯人も、すべてが読者の（もちろん彼女の義兄もその筆頭である）

好む〈blood〉そのものへと集約されてゆく。

作中でポアロはこんなことを言う。

「人間は自分でも気づいていない、ありとあらゆる種類の本能をもっていますからね。血への渇望――生け贄を欲する本能もあるでしょう！」

血塗られたミステリを渇望した我々に意地わるくほくそ笑む作者が目に浮かぶ。また、本書では、クリスティーの〈ミニマリズムのミステリ〉を端的に表す名台詞が登場するのも忘れがたい。

「神の挽き臼はゆっくりだが、どんな小さな粒も挽く」

クリスティーは事件の背景にある人間ドラマを描くことで、この〈挽き臼〉が小さな粒を挽き潰す瞬間を見事に切り取って見せる。その舞台として、西欧社会における神の子が生まれた聖夜が選ばれるのは、じつによく考え抜かれている。もちろん、ポアロの謎めいた名探偵然とした行動や、ゴーストン館に集まった女性たちの凛とした人物造形など、いつも通りのクリスティー作品の興趣もぎっしり詰まっている。

〈クリスマスにはクリスティーを〉という当時の出版社が作ったキャッチフレーズを逆手にとり、そのクリスマスを象徴する〈赤〉の意味合いが変わってしまうようなとびきりショッキングな事件を用意した女王。

本作は、全方位にシニカルな眼差しを向けるミステリの女王に死角がないこと（書けないものはないこと）を改めて示した稀有な傑作である。我が国はキリスト教圏をパロディする感覚でクリスマスは盛大に〈らしさ〉が溢れる。そんなクリスマスの〈パロディ〉の時期にこそ、本格探偵小説の優雅な〈パロディ〉たる本書をご堪能いただきたい。

本書は、二〇〇三年十一月にクリスティー文庫より刊行された『ポアロのクリスマス』の新訳版です。翻訳の底本にはHarperCollins社のペイパーバック版を使用しています。

灰色の脳細胞と異名をとる
〈名探偵ポアロ〉シリーズ

本名エルキュール・ポアロ。イギリスの私立探偵。元ベルギー警察の捜査員。卵形の顔とぴんとたった口髭が特徴の小柄なベルギー人で、「灰色の脳細胞」を駆使し、難事件に挑む。『スタイルズ荘の怪事件』（一九二〇）に初登場し、友人のヘイスティングズ大尉とともに事件を追う。フェアかアンフェアかとミステリ・ファンのあいだで議論が巻き起こった『アクロイド殺し』（一九二六）、イニシャルのＡＢＣ順に殺人事件が起きる奇怪なストーリーが話題をよんだ『ＡＢＣ殺人事件』（一九三六）、閉ざされた船上での殺人事件を巧みに描いた『ナイルに死す』（一九三七）など多くの作品で活躍し、最後の登場になる『カーテン』（一九七五）まで活躍した。イギリスだけでなく、イラク、フランス、イタリアなど各地で起きた事件にも挑んだ。

映像化作品では、アルバート・フィニー（映画《オリエント急行殺人事件》）、ピーター・ユスチノフ（映画《ナイル殺人事件》）、デビッド・スーシェ（ＴＶシリーズ）らがポアロを演じ、人気を博している。

バラエティに富んだ作品の数々
〈ノン・シリーズ〉

名探偵ポアロもミス・マープルも登場しない作品の中で、最も広く知られているのが『そして誰もいなくなった』（一九三九）である。マザーグースになぞらえて殺人事件が次々と起きるこの作品は、不可能状況やサスペンス性など、クリスティーの本格ミステリ作品の中でも特に評価が高い。日本人の本格ミステリ作家にも多大な影響を与え、多くの読者に支持されてきた。

その他、紀元前二〇〇〇年のエジプトで起きた殺人事件を描いた『死が最後にやってくる』（一九四四）、『チムニーズ館の秘密』（一九二五）に出てきたロンドン警視庁のバトル警視が主役級で活躍する『ゼロ時間へ』（一九四四）、オカルティズムに満ちた『蒼ざめた馬』（一九六一）、スパイ・スリラーの『フランクフルトへの乗客』（一九七〇）や『バグダッドの秘密』（一九五一）などのノン・シリーズがある。

また、メアリ・ウェストマコット名義で『春にして君を離れ』（一九四四）をはじめとする恋愛小説を執筆したことでも知られるが、クリスティー自身は四半世紀近くも関係者に自分が著者であることをもらさないよう箝口令をしいてきた。これは、「アガサ・クリスティー」の名で本を出した場合、ミステリと勘違いして買った読者が失望するのではと配慮したものであったが、多くの読者からは好評を博している。

訳者略歴　早稲田大学文学部卒，英米文学翻訳家　訳書『晩夏の墜落』ホーリー，『ジェーン・スティールの告白』フェイ，『ビール・ストリートの恋人たち』ボールドウィン，『母を燃やす』ドーシ（以上早川書房刊）他多数

ポアロのクリスマス
〔新訳版〕

〈クリスティー文庫 17〉

二〇二三年十一月十五日　発行
二〇二四年十月二十五日　二刷
（定価はカバーに表示してあります）

著者　アガサ・クリスティー
訳者　川《かわ》副《ぞえ》智《とも》子《こ》
発行者　早川浩
発行所　株式会社早川書房
郵便番号一〇一‐〇〇四六
東京都千代田区神田多町二ノ二
電話　〇三‐三二五二‐三一一一
振替　〇〇一六〇‐三‐四七七九九
https://www.hayakawa-online.co.jp
乱丁・落丁本は小社制作部宛お送り下さい。
送料小社負担にてお取りかえいたします。

印刷・三松堂株式会社　製本・株式会社明光社
Printed and bound in Japan
ISBN978-4-15-131017-1 C0197

本書は活字が大きく読みやすい〈トールサイズ〉です。